# EL LOBO ESTEPARIO

HERMANN HESSE

Publicado por **PAGES PLANET PUBLISHING**
Correo electrónico: pagesplanetpublishing@gmail.com



Para más información o consultas, contacte con la editorial a través del correo electrónico indicado anteriormente.
Publicado por primera vez por Pages Planet Publishing en 2025

PAGES PLANET PUBLISHING

# Contents

# Prefacio

Este libro contiene los registros que nos dejó un hombre a quien, según la expresión que usaba a menudo, llamábamos el lobo estepario. Si este manuscrito necesita algún comentario introductorio puede estar abierto a dudas. Sin embargo, siento la necesidad de agregar algunas páginas a las del Steppenwolf en las que trato de registrar mis recuerdos de él. Lo que sé de él es bastante poco. De hecho, de su vida pasada y sus orígenes no sé nada en absoluto. Sin embargo, la impresión dejada por su personalidad ha permanecido, a pesar de todo, profunda y comprensiva.

Hace algunos años, el lobo estepario, que entonces se acercaba a los cincuenta, visitó a mi tía para preguntar por una habitación amueblada. Tomó la habitación del ático en el piso superior y el dormitorio contiguo, regresó uno o dos días después con dos baúles y una gran caja de libros y se quedó nueve o diez meses con nosotros. Vivía solo muy tranquilamente, y si no fuera por el hecho de que nuestras habitaciones estaban una al lado de la otra, lo que ocasionó muchos encuentros casuales en las escaleras y en el pasillo, habríamos permanecido prácticamente desconocidos. Porque no era un hombre sociable. De hecho, era insociable en un grado que nunca antes había experimentado en nadie. Era, de hecho, como se llamaba a sí mismo, un verdadero lobo de las estepas, un ser extraño, salvaje, tímido, muy tímido, de otro mundo que no era el mío. Cuán profunda era la soledad en la que había caído su vida a causa de su disposición y destino y cuán conscientemente aceptaba esta soledad como su destino, ciertamente no lo supe hasta que leí los registros que dejó detrás de él. Sin embargo, antes de eso, a partir de nuestras conversaciones y encuentros ocasionales, me familiaricé gradualmente con él, y descubrí que el retrato en sus registros estaba sustancialmente de acuerdo con el más pálido y menos completo que me había dado nuestro conocimiento personal.

Por casualidad estuve allí en el mismo momento en que el lobo estepario entró en nuestra casa por primera vez y se convirtió en el huésped de mi tía. Llegó al mediodía. La mesa no había sido despejada y todavía tenía media hora antes de volver a la oficina. Nunca he olvidado las impresiones extrañas y muy contradictorias que me causó en este primer encuentro. Entró por la puerta acristalada, acababa de tocar el timbre y mi tía le preguntó en la tenue luz del pasillo qué quería. El lobo estepario, sin embargo, primero levantó su cabeza afilada y muy corta y olfateó nerviosamente antes de responder o anunciar su nombre.

"Oh, huele bien aquí", dijo, y al oír eso sonrió y mi tía también sonrió. Por mi parte, encontré ridícula esta forma de presentarse y no me impresionó favorablemente.

"Sin embargo", dijo, "he venido a la habitación que tienes que alquilar".

No pude verlo bien hasta que los tres estábamos subiendo al último piso. Aunque no era muy grande, tenía el porte de un hombre grande. Llevaba un abrigo de invierno cómodo y a la moda y estaba bien, aunque descuidadamente, vestido, bien afeitado, y su cabeza recortada mostraba aquí y allá una raya gris. Se comportó de una manera que al principio no me gustó en absoluto. Había algo cansado e indeciso en ello que no iba con su perfil agudo y llamativo ni con el tono de su voz. Más tarde, descubrí que su salud era mala y que caminar lo cansaba. Con una sonrisa peculiar, en ese momento igualmente desagradable para mí, contempló las escaleras, las paredes y las ventanas, y los altos armarios viejos de la escalera. Todo esto parecía complacerlo y al mismo tiempo divertirlo. En conjunto, daba la impresión de haber salido de un mundo extraño, de otro continente quizás. Lo encontró todo muy encantador y un poco extraño. No puedo negar que fue educado, incluso amigable. Aceptó de inmediato y sin objeciones a los términos de alojamiento y desayuno y demás, y sin embargo, en todo el hombre había una atmósfera extraña y, como yo preferí pensar, desagradable u hostil. Tomó la habitación y también el dormitorio, escuchó atenta y amablemente todo lo que le dijeron sobre la calefacción, el agua, el servicio y las reglas de la casa, estuvo de acuerdo con todo, se ofreció de inmediato a pagar una suma por adelantado y, sin embargo, al mismo tiempo parecía estar fuera de todo, encontrar cómico hacer lo que hacía y no tomarlo en serio. Era como si fuera una experiencia muy extraña y nueva para él, ocupado como estaba con otras preocupaciones, alquilar una habitación y hablar con la gente en alemán. Tal fue más o menos mi impresión y ciertamente no habría sido buena si no hubiera sido revisada y corregida por muchos pequeños casos. Sobre todo, su rostro me agradó desde el principio, a pesar del aire extranjero que tenía. Era un rostro bastante original y quizás triste, pero alerta, reflexivo, fuertemente marcado y altamente intelectual. Y luego, para reconciliarme aún más, estaba su manera cortés y amistosa, que aunque parecía costarle algunos esfuerzos, era de todos modos sin pretensiones; por el contrario, había algo casi conmovedor, implorante en él. La explicación la encontré más tarde, pero me dispuso de inmediato a su favor.

Antes de que hubiéramos terminado de inspeccionar las habitaciones y entrar en los arreglos, mi hora del almuerzo había terminado y tenía que volver al trabajo. Me despedí y se lo dejé a mi tía. Cuando regresé por la noche, me dijo que había tomado las habitaciones y que vendría en uno o dos días. La única petición que había hecho era que no se notificara su llegada a la policía, ya que en su mal estado de salud encontraba estas formalidades y el estar de pie en las salas de espera oficiales más de lo que podía tolerar. Recuerdo muy bien cómo esto me sorprendió y cómo le advertí a mi tía que no cediera a su estipulación. Este miedo a la policía me pareció que concordaba demasiado bien con el aire misterioso y extraño que tenía el hombre y me pareció sospechoso. Le expliqué a mi tía que no debía de ninguna manera ponerse en esta posición equívoca y, en cualquier caso, bastante peculiar para un completo extraño; bien podría tener consecuencias muy desagradables para ella. Pero luego se supo que mi tía ya había accedido a su petición y, de hecho, se había dejado cautivar y encantar por el extraño caballero. Porque nunca tomó un huésped con quien no se las arreglara para estar en alguna relación humana, amistosa y, por así decirlo, tía o, más bien, maternal; y muchos han hecho pleno uso de esta debilidad suya. Y así continuaron las cosas durante las primeras semanas; Tuve muchos defectos que encontrar en el nuevo huésped, mientras que mi tía siempre se puso de su parte calurosamente.

Como no me gustaba en absoluto este asunto de no avisar a la policía, quería al menos saber qué había aprendido mi tía sobre él; de qué tipo de familia provenía y cuáles eran sus intenciones. Y, por supuesto, ella había aprendido una cosa y otra, aunque él solo se había quedado poco después de que me fuera al mediodía. Le había dicho que pensaba pasar algunos meses en nuestra ciudad para aprovechar las bibliotecas y ver sus antigüedades. Puedo decir que a mi tía no le agradó que sólo ocupara las habitaciones por tan poco tiempo, pero claramente se había ganado su corazón a pesar de su forma bastante peculiar de presentarse. En resumen, las habitaciones estaban alquiladas y mis objeciones llegaron demasiado tarde.

"¿Por qué diablos dijo que olía tan bien aquí?" Pregunté.

—Lo sé bastante bien —respondió ella, con su perspicacia habitual—. "Aquí hay un olor a limpieza y buen orden, a comodidad y respetabilidad. Era eso lo que le complacía. Parece como si no estuviera acostumbrado a eso últimamente y lo extrañara".

Así es, pensé para mis adentros.

"Pero", dije en voz alta, "si no está acostumbrado a una vida ordenada y respetable, ¿qué va a pasar? ¿Qué dirás si tiene hábitos sucios y ensucia por todas partes, o vuelve a casa borracho a todas horas de la noche?

-Ya veremos, ya veremos -dijo ella, y se echó a reír-; y lo dejé así.

Y en el resultado mis temores resultaron infundados. El huésped, aunque ciertamente no vivía una vida muy ordenada o racional, no era una preocupación ni un problema para nosotros. Sin embargo, mi tía y yo nos preocupamos mucho por él, y confieso que no he terminado con él ni mucho menos. A menudo sueño con él por la noche, y la mera existencia de un hombre así, por mucho que me guste, ha tenido un efecto completamente perturbador e inquietante en mí.

Dos días después de esto, el equipaje del extraño —su nombre era Harry Haller— fue traído por un portero. Tenía un baúl de cuero muy fino, que me causó una buena impresión, y un gran baúl de cabina plano que mostraba signos de haber viajado lejos, al menos estaba cubierto con etiquetas de hoteles y agencias de viajes de varios países, algunos de ultramar.

Entonces apareció él mismo, y comenzó el tiempo durante el cual gradualmente conocí a este extraño hombre. Al principio no hice nada de mi parte para alentarlo. Aunque Haller me interesó desde el momento en que lo vi, no tomé medidas durante las primeras dos o tres semanas para encontrarme con él o entablar conversación con él. Por otro lado, confieso que, de todos modos y desde el principio, lo mantuve un poco bajo observación y también entré en su habitación de vez en cuando cuando estaba fuera y mi curiosidad me llevó a hacer un poco de trabajo de espionaje.

Ya he dado alguna explicación de la apariencia externa del lobo estepario. Dio a primera vista la impresión de un hombre significativo, poco común e inusualmente dotado. Su rostro era intelectual, y el juego anormalmente delicado y móvil de sus rasgos reflejaba un alma de sensibilidad extremadamente emocional e inusualmente delicada. Cuando uno le hablaba y él, como no siempre era el caso, dejaba caer los convencionalismos y decía cosas personales e individuales que salían de su propio mundo extraño, entonces un hombre como yo caía bajo su hechizo en el acto. Había pensado más que otros hombres, y en asuntos del intelecto tenía esa tranquila objetividad, esa certeza de pensamiento y conocimiento, como solo tienen los hombres realmente intelectuales, que no tienen un hacha que afilar, que nunca desean brillar, o menospreciar a los demás, o parecer siempre en lo correcto.

Recuerdo un ejemplo de esto en los últimos días que estuvo aquí, si puedo llamar a una mera mirada fugaz, me dio un ejemplo de lo que quiero decir. Fue cuando un célebre historiador y crítico de arte, un hombre de fama europea, había anunciado una conferencia en el Aula. Había logrado persuadir al lobo estepario para que asistiera, aunque al principio tenía pocos deseos de hacerlo. Fuimos juntos y nos sentamos uno al lado del otro. Cuando el conferenciante subió a la plataforma y comenzó su discurso, muchos de sus oyentes, que habían esperado una especie de profeta, se sintieron decepcionados por su aire más bien abeto y engreído. Y cuando procedió, a modo de introducción, a decir algunas cosas halagadoras a la audiencia, agradeciéndoles su asistencia en tal número, el lobo estepario me lanzó una mirada rápida, una mirada que criticaba tanto las palabras como al orador de ellas, ¡una mirada inolvidable y espantosa que decía mucho! Era una mirada que no se limitaba a criticar a ese conferenciante, aniquilando al célebre hombre con su aplastante pero delicada ironía. Eso era lo de menos. Fue más triste que irónico; De hecho, fue total e irremediablemente triste; transmitía una tranquila desesperación, nacida en parte de la convicción, en parte de un modo de pensar que se había vuelto habitual en él. Esta desesperación suya no sólo desenmascaró al engreído conferenciante y desestimó con su ironía el asunto en cuestión, la actitud expectante del público, el título algo presuntuoso bajo el cual se anunció la conferencia, no, la mirada del Lobo Estepario atravesó toda nuestra época, toda su actividad sobreexcitada, toda la oleada y la lucha, toda la vanidad, todo el juego superficial de una intelectualidad obstinada. Y ¡ay! La mirada fue aún más profunda, fue mucho más allá de las fallas, defectos y desesperanza de nuestro tiempo, nuestro intelecto, nuestra cultura solamente. Fue directo al corazón de toda la humanidad, habló elocuentemente en un solo segundo de toda la desesperación de un pensador, de alguien que conocía el valor y el significado completos de la vida del hombre. Decía: "¡Mira qué monos somos! ¡Mira, así es el hombre!" y de inmediato todo renombre, toda inteligencia, todos los logros del espíritu, todo progreso hacia lo sublime, lo grande y lo duradero en el hombre se desvanecieron y se convirtieron en un truco de mono.

Con esto he avanzado mucho y, contrariamente a mi plan e intención reales, ya transmití lo que Haller esencialmente significaba para mí; mientras que mi objetivo original era descubrir su retrato poco a poco mientras contaba el curso de mi gradual conocimiento de él.

Ahora que he avanzado tanto, ahorraré tiempo para decir un poco más sobre la desconcertante "extrañeza" de Haller y para contar en detalle cómo gradualmente adiviné y me di cuenta de las causas y el significado de esta extrañeza, esta extraordinaria y espantosa soledad. Será mejor así, porque deseo dejar mi propia personalidad en la medida de lo posible en un segundo plano. No quiero dejar mis propias confesiones, contar una historia o escribir un ensayo sobre psicología, sino simplemente como testigo ocular para contribuir con algo a la imagen del individuo peculiar que dejó este manuscrito de Steppenwolf detrás de él.

Al verlo por primera vez, cuando entró en la casa de mi tía, estirando la cabeza como un pájaro y alabando el olor de la casa, me sorprendió de inmediato algo curioso en él; y mi primera reacción natural fue la repugnancia. Sospeché (y mi tía, que a diferencia de mí es todo lo contrario de una persona intelectual, sospechaba más o menos lo mismo), sospeché que el hombre estaba enfermo, enfermo en el espíritu de alguna manera, o en su temperamento o carácter, y me alejé de él con el instinto de los sanos. Este encogimiento fue reemplazado con el tiempo por una simpatía inspirada por la piedad por alguien que había sufrido tanto tiempo y profundamente, y cuya soledad y muerte interior presencié. Con el transcurso del tiempo fui cada vez más consciente, también, de que esta aflicción no se debía a ningún defecto de la naturaleza, sino más bien a una profusión de dones y poderes que no habían alcanzado la armonía. Vi que Haller era un genio del sufrimiento y que, en el sentido de muchos dichos de Nietzsche, había creado dentro de sí mismo con genio positivo una capacidad ilimitada y espantosa para el dolor. Vi al mismo tiempo que la raíz de su pesimismo no era el desprecio del mundo sino el desprecio de sí mismo; porque por muy despiadadamente que aniquilara instituciones y personas en su conversación, nunca se ahorró. Siempre fue a sí mismo, ante todo, a quien apuntó el dardo, a sí mismo ante todo a quien odiaba y despreciaba.

Y aquí no puedo abstenerme de una observación psicológica. Aunque sé muy poco de la vida del lobo estepario, tengo la misma buena razón para suponer que fue criado por padres y maestros devotos pero severos y muy piadosos de acuerdo con esa doctrina, que hace que la ruptura de la voluntad sea la piedra angular de la educación y la crianza. Pero en este caso el intento de destruir la personalidad y romper la voluntad no tuvo éxito. Era demasiado fuerte y resistente, demasiado orgulloso y enérgico. En lugar de destruir su personalidad, solo lograron enseñarle a odiarse a sí mismo. Fue contra sí mismo que, inocente y noble como era, dirigió durante toda su vida toda la riqueza de su imaginación, todo su pensamiento; y en la medida en que soltó sobre sí mismo todas las críticas punzantes, todas las cóleras y odios que pudo provocar, fue, a pesar de todo, un verdadero cristiano y un verdadero mártir. En cuanto a los demás y al mundo que lo rodeaba, nunca cesó en su esfuerzo heroico y sincero por amarlos, por ser justo con ellos, por no hacerles daño, porque el amor a su prójimo estaba tan profundamente en él como el odio a sí mismo, y así toda su vida fue un ejemplo de que el amor al prójimo no es posible sin el amor a uno mismo. y que el odio a uno mismo es realmente lo mismo que el puro egoísmo, y a la larga engendra el mismo cruel aislamiento y desesperación.

Sin embargo, ahora es el momento de dejar de lado mis propios pensamientos y llegar a los hechos. Lo que descubrí por primera vez sobre Haller, en parte a través de mi espionaje, en parte por los comentarios de mi tía, se refería a su forma de vida. Pronto fue obvio que pasaba sus días con sus pensamientos y sus libros, y que no perseguía ninguna vocación práctica. Siempre se acostaba hasta muy tarde en la cama. A menudo no se levantaba mucho antes del mediodía y cruzaba de su dormitorio a su sala de estar en bata. Esta sala de estar, una habitación grande y cómoda en el ático con dos ventanas, después de unos días no era en absoluto la misma que cuando estaba ocupada por otros inquilinos. Se llenó; y a medida que pasaba el tiempo siempre estaba más lleno. Se colgaban cuadros en las paredes, se clavaban dibujos, a veces ilustraciones recortadas de revistas y a menudo cambiadas. Un paisaje del sur, fotografías de un pequeño pueblo rural alemán, aparentemente la casa de Haller, colgaban allí, y entre ellas había algunas acuarelas pintadas de colores brillantes, que, como descubrimos más tarde, él mismo había pintado. Luego había fotografías de una hermosa joven, o, más bien, de una niña. Durante mucho tiempo un Buda siamés colgó de la pared, para ser reemplazado primero por La noche de Miguel Ángel, luego por un retrato del Mahatma Gandhi. Los libros llenaban la gran estantería y también estaban en todas partes, sobre la mesa, sobre el bonito y viejo escritorio, sobre el sofá, sobre las sillas y por todas partes en el suelo, libros con notas que cambiaban continuamente. Los libros aumentaban constantemente, porque además de traer consigo brazadas enteras de las bibliotecas, siempre recibía paquetes de ellos por correo. El ocupante de esta habitación bien podría ser un hombre erudito; y de esto podía dar testimonio el olor a humo de cigarro que lo impregnaba todo, así como los tocones y la ceniza de los cigarros por toda la habitación. Una gran parte de los libros, sin embargo, no eran libros de aprendizaje. La mayoría eran obras de poetas de todos los tiempos y pueblos. Durante mucho tiempo yacía en el sofá donde a menudo pasaba días enteros los seis volúmenes de una obra con el título Viaje de Sofía de Memel a Sajonia, una obra de la última parte del siglo XVIII. Una edición completa de Goethe y otra de Jean Paul mostraban signos de desgaste, también Novalis, mientras que Lessing, Jacobi y Lichtenberg estaban en las mismas condiciones. Unos pocos volúmenes de Dostoievski estaban llenos de hojas a lápiz. En la gran mesa, entre los libros y los papeles, a menudo había un jarrón de flores. Allí, también, una caja de pintura, generalmente llena de polvo, descansaba entre copos de ceniza de cigarro y (para no dejar nada fuera) varias botellas de vino. Había una botella cubierta de paja que generalmente contenía vino tinto italiano, que conseguía en una pequeña tienda de la vecindad; a menudo, también, una botella de Borgoña y Málaga; y una botella de brandy de cereza estaba, como vi, casi vacía en un espacio muy breve, después de lo cual desapareció en un rincón de la habitación, para recoger allí el polvo sin que su contenido disminuyera más. No pretenderé justificar este espionaje que realicé, y diré abiertamente que todos estos signos de una vida llena de curiosidad intelectual, pero completamente descuidada y desordenada al mismo tiempo, me inspiraron al principio aversión y desconfianza. No solo soy un hombre de clase media, que vive una vida normal, aficionado al trabajo y a la puntualidad; También soy abstemio y no fumador, y estas botellas en la habitación de Haller me complacieron aún menos que el resto de su trastorno artístico.

Era tan irregular e irresponsable con sus horarios de comida como con sus horas de sueño y trabajo. Había días en los que no salía en absoluto y no tomaba nada más que su café por la mañana. A veces, mi tía no encontraba nada más que una cáscara de plátano para mostrar que había cenado. Otros días, sin embargo, comía en restaurantes, a veces en los mejores y más elegantes, a veces en pequeñas tabernas periféricas. Su salud no parecía buena. Además de su andar cojeante que a menudo hacía que las escaleras le resultaran fatigosas, parecía estar plagado de otros problemas y una vez me dijo que hacía años que no había tenido una buena digestión o un sueño profundo. Lo atribuí primero y último a su bebida. Cuando, más tarde, lo acompañé a veces a sus guaridas, a menudo vi con mis propios ojos cómo bebía cuando le apetecía, aunque ni yo ni nadie más lo vio realmente borracho.

Nunca he olvidado nuestro primer encuentro. Nos conocíamos entonces solo como compañeros de alojamiento cuyas habitaciones eran contiguas. Entonces, una noche llegué a casa del trabajo y, para mi asombro, encontré a Haller sentado en el rellano entre el primer y el segundo piso. Estaba sentado en el escalón superior y se movió hacia un lado para dejarme pasar. Le pregunté si estaba bien y me ofrecí a llevarlo a la cima.

Haller me miró y pude ver que lo había despertado de una especie de trance. Lentamente comenzó a sonreír, su deliciosa y triste sonrisa que tantas veces ha llenado mi corazón de lástima. Luego me invitó a sentarme a su lado. Le di las gracias, pero le dije que no era mi costumbre sentarme en las escaleras a las puertas de otras personas.

—Ah, sí —dijo, y sonrió más—. —Tienes toda la razón. Pero espera un momento, porque realmente debo decirte lo que me hizo sentarme aquí un rato.

Señaló mientras hablaba la entrada del apartamento del primer piso, donde vivía una viuda. En el pequeño espacio con suelo de parquet entre las escaleras, la ventana y la puerta principal acristalada había un alto armario de caoba, con algo de peltre viejo, y frente al armario en el suelo había dos plantas, una azalea y una araucaria, en grandes macetas que se alzaban sobre soportes bajos. Las plantas se veían muy bonitas y siempre se mantenían impecablemente ordenadas y limpias, como a menudo había notado con placer.

"Mira este pequeño vestíbulo", continuó Haller, "con la araucaria y su maravilloso olor. Muchas veces no puedo pasar sin detenerme un momento. En casa de tu tía también reina un maravilloso olor a orden y extrema limpieza, pero este pequeño lugar de la araucaria, bueno, está tan brillantemente limpio, tan polvoriento, pulido y fregado, tan inviolablemente limpio que brilla positivamente. Siempre tengo que respirar hondo a medida que paso; ¿No lo hueles tú también? Qué fragancia hay aquí: el aroma del pulido de pisos con un eco más tenue de trementina que se mezcla con la caoba y las hojas lavadas de las plantas, de la limpieza burguesa superlativa, del cuidado y la precisión, del deber cumplido y la devoción a las pequeñas cosas. No sé quién vive aquí, pero detrás de esa puerta acristalada debe haber un paraíso de limpieza y mediocridad inmaculada, de formas ordenadas, una devoción conmovedora y ansiosa por los pequeños hábitos y tareas de la vida".

—Por favor, no piense ni por un momento —continuó cuando no dije nada en respuesta— que hablo con ironía. Mi querido señor, no me reiría por nada del mundo de la vida burguesa. Es cierto que yo mismo vivo en otro mundo, y tal vez no podría soportar vivir un solo día en una casa con araucarias. Pero aunque soy un viejo lobo estepario en mal estado, sigo siendo hijo de una madre y mi madre también era la esposa de un hombre de clase media y cultivaba plantas y se ocupaba de tener su casa y su hogar tan limpios, ordenados y ordenados como siempre podía hacerlo. Todo eso me lo trae de vuelta este aliento de trementina y la araucaria, y así aquí me senté allí mismo; y miro a este pequeño y tranquilo jardín de orden y me regocijo de que tales cosas sigan existiendo".

Quería levantarse, pero le resultaba difícil; y no me rechazó cuando le ofrecí un poco de ayuda. Me quedé callado, pero me sometí, tal como lo había hecho mi tía antes que yo, a cierto encanto que el hombre extraño a veces podía ejercer. Subimos juntos lentamente las escaleras, y en su puerta, con la llave en la mano, me miró una vez más a los ojos de manera amistosa y dijo: "¿Has venido de negocios? Bueno, por supuesto, sé poco de todo eso. Vivo un poco a un lado, al borde de las cosas, ya ves. Pero usted también, creo, se interesa por los libros y asuntos similares. Tu tía me dijo un día que habías pasado por el Gymnasium y eras un buen erudito griego. Ahora, esta mañana llegué a un pasaje en Novalis. ¿Puedo mostrártelo? Te encantaría, lo sé.

Me llevó a su habitación, que olía fuertemente a tabaco, y sacó un libro de uno de los montones, pasó las hojas y buscó el pasaje.

"Esto también es bueno, muy bueno", dijo, "escucha esto: 'Un hombre debe estar orgulloso del sufrimiento. Todo sufrimiento es un recordatorio de nuestro alto estado". ¡Multa! Ochenta años antes de Nietzsche. Pero esa no es la frase a la que me refería. Espera un momento, aquí lo tengo. Esto: 'La mayoría de los hombres no nadarán antes de poder hacerlo'. ¿No es eso ingenioso? ¡Naturalmente, no nadarán! Nacen para la tierra sólida, no para el agua. Y, naturalmente, no pensarán. Están hechos para la vida, no para el pensamiento. Sí, y el que piensa, es más, el que hace del pensamiento su negocio, puede llegar lejos en él, pero ha cambiado la tierra sólida por el agua de todos modos, y un día se ahogará.

Ahora me había agarrado. Estaba interesado; y me quedé un rato con él; y después de eso hablábamos a menudo cuando nos encontrábamos en las escaleras o en la calle. En tales ocasiones siempre tuve al principio la sensación de que estaba siendo irónico conmigo. Pero no fue así. Me tenía un verdadero respeto, al igual que tenía a la araucaria. Estaba tan convencido y consciente de su aislamiento, de su baño en el agua, de su desarraigo, que un vistazo de vez en cuando a la ordenada ronda diaria -la puntualidad, por ejemplo, que me mantenía en mis horas de oficina, o una expresión dejada caer por un sirviente o un conductor de tranvía- actuaba sobre él literalmente como un estímulo sin despertar en lo más mínimo su desprecio. Al principio todo esto me pareció una exageración ridícula, la afectación de un caballero de ocio, un sentimentalismo juguetón. Pero llegué a ver cada vez más que, desde los espacios vacíos de su solitario lobo en realidad, admiraba y amaba realmente a nuestro pequeño mundo burgués como algo sólido y seguro, como el hogar y la paz que siempre deben permanecer lejos e inalcanzables, sin ningún camino que conduzca de él a ellos. Se quitaba el sombrero ante nuestra asistenta, una persona digna, cada vez que la encontraba, con genuino respeto; y cuando mi tía tenía alguna pequeña ocasión de hablar con él, de llamar su atención, tal vez, sobre algún remiendo de su ropa de cama o para advertirle de un botón suelto en su abrigo, la escuchaba con un aire de gran atención y consecuencia, como si solo con un esfuerzo extremo y desesperado pudiera abrirse paso a través de cualquier grieta en nuestro pequeño mundo pacífico y pacífico. Estar en casa allí aunque solo sea por una hora.

Durante esa primera conversación, sobre la araucaria, se llamó a sí mismo el lobo estepario, y esto también me alejó y me perturbó un poco. ¡Qué expresión! Sin embargo, la costumbre no solo me reconcilió con ella, sino que pronto nunca pensé en él por ningún otro nombre; ni hoy podría encontrar una mejor descripción de él. Un lobo de las estepas que se había perdido y se había extraviado en las ciudades y en la vida de la manada, no se podía encontrar una imagen más llamativa para su tímida soledad, su salvajismo, su inquietud, su nostalgia, su falta de hogar.

Una vez pude observarlo durante toda una noche. Fue en un concierto de la Sinfónica, donde, para mi sorpresa, lo encontré sentado cerca de mí. No me vio. Primero se tocó algo de Händel, música noble y encantadora. Pero el lobo estepario estaba sentado absorto en sus propios pensamientos, separado por igual de la música y de su entorno. Desatento y solo, se sentó con los ojos bajos y una expresión fría pero triste. Después de Händel vino una pequeña Sinfonía de Friedman Bach y después de unas pocas notas me sorprendió verlo comenzar a sonreír y entregarse a la música. Estaba abstraído, pero felizmente, y perdido en sueños tan agradables, que durante al menos diez minutos le presté más atención que a la música. Cuando terminó la pieza, se despertó e hizo un movimiento para irse; pero después de todo, se mantuvo en su asiento y escuchó también la última pieza. Se trataba de Variations de Reger, una composición que muchos encontraron bastante larga y tediosa. También el lobo estepario, que al principio se decidió a escuchar, volvió a vagar, se metió las manos en los bolsillos y se hundió una vez más en sus propios pensamientos, no feliz y soñadoramente como antes, sino triste y finalmente irritado. Su rostro estaba una vez más vacío y gris. La luz se apagó y parecía viejo, enfermo y descontento.

Lo volví a ver después del concierto en la calle y caminé detrás de él. Envuelto en su capa, siguió su camino sin alegría y cansado en dirección a nuestro barrio, pero se detuvo frente a una pequeña posada anticuada y, después de mirar indecisamente la hora, entró. Obedecí un impulso momentáneo y lo seguí; y allí se sentó en una mesa en la trastienda del bar, recibido por la anfitriona y la camarera como un invitado conocido. Saludándolo también, tomé asiento a su lado. Nos sentamos allí durante una hora, y mientras bebía dos vasos de agua mineral, él dio cuenta de una pinta de vino tinto y luego pidió otra mitad. Le comenté que había estado en el concierto, pero no siguió con este tema. Leyó la etiqueta de mi botella y me preguntó si no bebería un poco de vino. Cuando rechacé su oferta y dije que nunca lo había bebido, la vieja expresión de impotencia apareció en su rostro.

—Tienes toda la razón —dijo—. "Yo mismo he practicado la abstinencia durante años, y también tuve mi tiempo de ayuno, pero ahora me encuentro una vez más bajo el signo de Acuario, una constelación oscura y húmeda".

Y luego, cuando tomé en broma su alusión y comenté lo improbable que me parecía que realmente creyera en la astrología, rápidamente retomó el tono demasiado cortés que a menudo me hería y dijo: "Tienes razón. Desafortunadamente, tampoco puedo creer en esa ciencia".

Me despedí y me fui. Era muy tarde antes de que entrara, pero su paso era el de siempre, y como siempre, en lugar de irse directamente a la cama, se quedó despierto una hora más en su sala de estar, como pude oír bastante claramente desde mi habitación vecina.

Hubo otra noche que no he olvidado. Mi tía estaba fuera y yo estaba solo en la casa, cuando sonó el timbre. Abrí la puerta y allí estaba una mujer joven y muy bonita, a quien, tan pronto como preguntó por el señor Haller, reconocí por la fotografía de su habitación. Le mostré su puerta y me retiré. Se quedó un rato arriba, pero pronto los oí a ambos bajar y salir, hablando y riendo juntos muy felices. Me sorprendió mucho que el ermitaño tuviera su amor, y uno tan joven, hermoso y elegante; y todas mis conjeturas sobre él y su vida se trastornaron una vez más. Pero antes de que pasara una hora, regresó solo y se arrastró cansadamente escaleras arriba con su paso triste y pesado. Durante horas se paseó suavemente de un lado a otro en su sala de estar, exactamente como un lobo en su jaula. Toda la noche hasta el cierre de la mañana hubo luz en su habitación. No sé nada en absoluto sobre esta ocasión, y solo tengo esto que agregar. En otra ocasión lo vi en compañía de esta dama. Fue en una de las calles del pueblo. Estaban cogidos del brazo y él parecía muy feliz; y de nuevo me maravillé de ver cuánto encanto, qué expresión incluso infantil, tenía a veces su rostro lleno de preocupaciones. Me explicó a la joven, también la predilección que mi tía tenía por él. Ese día, sin embargo, también regresó por la noche, triste y miserable como de costumbre. Lo encontré en la puerta y debajo de su capa, como muchas veces antes, tenía la botella de vino italiano, y se sentó con ella la mitad de la noche en su infierno de arriba. Me entristeció. ¡Qué vida tan incómoda, qué vida desamparada e inquieta llevó!

Y ahora he cotilleado lo suficiente. No se necesita más para demostrar que el lobo estepario vivió una existencia suicida. Pero, de todos modos, no creo que se quitara la vida cuando, después de pagar todo lo que debía, pero sin una palabra de advertencia o despedida, abandonó nuestra ciudad un día y desapareció. No hemos sabido nada de él desde entonces y todavía conservamos algunas cartas que llegaron para él después de que se fue. No dejó nada más que su manuscrito. Fue escrito durante el tiempo que estuvo aquí, y lo dejó con unas pocas líneas para decir que podría hacer lo que quisiera con él.

No estaba en mi poder verificar la verdad de las experiencias relatadas en el manuscrito de Haller. No tengo ninguna duda de que son en su mayor parte ficticios, no, sin embargo, en el sentido de invención arbitraria. Son más bien los acontecimientos espirituales profundamente vividos que ha intentado expresar dándoles la forma de experiencias tangibles. Los sucesos parcialmente fantásticos en la ficción de Haller provienen presumiblemente del período posterior de su estadía aquí, y no tengo ninguna duda de que incluso ellos tienen alguna base en la realidad real. En ese momento, nuestro huésped de hecho cambió mucho en comportamiento y apariencia. Estuvo mucho tiempo fuera, a veces durante noches enteras; y sus libros permanecieron intactos. En las raras ocasiones en que lo vi en ese momento, me impresionó mucho su aire de vivacidad y juventud. A veces, de hecho, parecía positivamente feliz. Esto no significa que no se produjera inmediatamente una nueva y fuerte depresión. Todo el día yacía en la cama. No tenía ganas de comer. En ese momento la joven apareció una vez más en escena, y se produjo una pelea extremadamente violenta, incluso puedo decir brutal, que trastornó toda la casa y por la que Haller pidió perdón a mi tía durante días.

No, estoy seguro de que no se ha quitado la vida. Todavía está vivo, y en algún lugar sube y baja cansadamente las escaleras de casas extrañas, mira en algún lugar los pisos de parquet limpios y las araucarias cuidadosamente cuidadas, se sienta durante días en bibliotecas y noches en tabernas, o acostado en un sofá alquilado, escucha el mundo debajo de su ventana y el zumbido de la vida humana de la que sabe que está excluido. Pero no se ha suicidado, porque un rayo de fe todavía le dice que debe beber este espantoso sufrimiento en su corazón hasta las heces, y que es de este sufrimiento que debe morir. Pienso en él a menudo. No me ha hecho la vida más ligera. No tenía el don de fomentar la fuerza y el gozo en mí. ¡Oh, al contrario! Pero yo no soy él, y vivo mi propia vida, una vida estrecha, de clase media, pero sólida, llena de deberes. Y así podemos pensar en él en paz y cariño, mi tía y yo. Ella tendría más que decir de él que yo, pero eso está enterrado en su buen corazón.

Y ahora que llegamos a estos registros de Haller, estas fantasías en parte enfermizas, en parte hermosas y reflexivas, debo confesar que si hubieran caído en mis manos por casualidad y si no hubiera conocido a su autor, seguramente las habría tirado con disgusto. Pero gracias a mi relación con Haller he podido, hasta cierto punto, comprenderlos, e incluso apreciarlos. Dudaría en compartirlos con otros si no viera en ellos más que las fantasías patológicas de un caso único y aislado de un temperamento enfermo. Pero veo algo más en ellos. Los veo como un documento de los tiempos, porque la enfermedad del alma de Haller, como ahora sé, no es la excentricidad de un solo individuo, sino la enfermedad de los tiempos mismos, la neurosis de esa generación a la que pertenece Haller, una enfermedad, al parecer, que de ninguna manera ataca solo a los débiles e inútiles, sino que, más bien, precisamente aquellos que son más fuertes en espíritu y más ricos en dones.

Estos registros, por mucho o poco que haya de la vida real detrás de ellos, no son un intento de disfrazar o paliar esta enfermedad generalizada de nuestros tiempos. Son un intento de presentar la enfermedad misma en su manifestación real. Significan, literalmente, un viaje a través del infierno, un viaje a veces aterrador, a veces valiente a través del caos de un mundo cuyas almas habitan en la oscuridad, un viaje emprendido con la determinación de atravesar el infierno de un extremo a otro, de dar batalla al caos y de sufrir la tortura al máximo.

Fue una conversación recordada con Haller lo que me dio la clave de esta interpretación. Una vez, cuando hablábamos de los llamados horrores de la Edad Media, me dijo: "Estos horrores eran realmente inexistentes. Un hombre de la Edad Media detestaría todo el modo de nuestra vida actual como algo mucho más que horrible, mucho más que bárbaro. Cada época, cada cultura, cada costumbre y tradición tiene su propio carácter, su propia debilidad y su propia fuerza, sus bellezas y fealdad; acepta ciertos sufrimientos como algo natural, soporta pacientemente ciertos males. La vida humana se reduce al sufrimiento real, al infierno, solo cuando dos edades, dos culturas y religiones se superponen. Un hombre de la Edad Clásica que tuvo que vivir en la época medieval se asfixiaría miserablemente como lo hace un salvaje en medio de nuestra civilización. Ahora bien, hay momentos en que toda una generación está atrapada de esta manera entre dos edades, dos modos de vida, con la consecuencia de que pierde todo poder para comprenderse a sí misma y no tiene estándar, ni seguridad, ni simple aquiescencia. Naturalmente, no todos sienten esto con la misma fuerza. Una naturaleza como la de Nietzsche tuvo que sufrir nuestros males actuales con más de una generación de anticipación. Lo que tuvo que pasar solo e incomprendido, miles lo sufren hoy".

A menudo tenía que pensar en estas palabras mientras leía los registros. Haller pertenece a aquellos que han sido atrapados entre dos edades, que están fuera de toda seguridad y simple aquiescencia. Pertenece a aquellos cuyo destino es vivir todo el enigma del destino humano elevado al extremo de una tortura personal, un infierno personal.

Ahí, según me parece, radica el significado que estos discos pueden tener para nosotros, y por eso decidí publicarlos. Por lo demás, no los apruebo ni los condeno. Que cada lector haga lo que su conciencia le ordene.

## Récords de Harry Haller

"Solo para locos"

El día había pasado igual que los días. Lo había matado de acuerdo con mi forma de vida primitiva y retraída. Había trabajado durante una o dos horas y había examinado las páginas de libros viejos. Había tenido dolores durante dos horas, como las personas mayores. Había tomado un polvo y me alegré mucho cuando los dolores consintieron en desaparecer. Me había acostado en un baño caliente y absorbido su amable calor. Tres veces el correo había llegado con cartas y circulares no deseadas para revisar. Había hecho mis ejercicios de respiración, pero hoy me pareció conveniente omitir los ejercicios de pensamiento. Había estado caminando durante una hora y había visto los patrones de nubes plumosas más hermosos dibujados contra el cielo. Eso fue muy delicioso. También lo fue la lectura de los libros antiguos. También lo fue la tumba en el baño tibio. Pero, en general, no había sido exactamente un día de éxtasis. No, ni siquiera había sido un día iluminado por la felicidad y la alegría. Más bien, había sido solo uno de esos días que durante mucho tiempo me habían tocado en suerte; los días moderadamente agradables, totalmente soportables y tolerables, tibios de un hombre descontento de mediana edad; días sin dolores especiales, sin cuidados especiales, sin preocupaciones particulares, sin desesperación; días que plantean tranquilamente la cuestión por sí mismos de si no ha llegado el momento de seguir el ejemplo de Adalbert Stifter y tener un accidente fatal mientras se afeita.

Aquel que ha conocido los otros días, los enojados de los ataques de gota, o aquellos con ese perverso dolor de cabeza arraigado detrás de los globos oculares que hechiza cada nervio de los ojos y los oídos con un deleite diabólico en la tortura, o los días malvados destructores del alma de vacío interior y desesperación, cuando, en esta tierra distraída, succionados por los vampiros de las finanzas, el mundo de los hombres y de la llamada cultura nos sonríe con el glamour mentiroso, vulgar y descarado de una Feria y nos persigue con la persistencia de un emético, y cuando todo está concentrado y enfocado hasta el último tono de lo intolerable sobre tu propio yo enfermo, el que ha conocido estos días de infierno puede contentarse con días normales de mitad y mitad como hoy. Afortunadamente te sientas junto a la estufa caliente, afortunadamente te aseguras a ti mismo mientras lees tu periódico matutino que ha llegado otro día y no ha estallado ninguna guerra, no se ha establecido una nueva dictadura, no se ha revelado ningún escándalo peculiarmente repugnante en el mundo de la política o las finanzas. Afortunadamente, afinas las cuerdas de tu lira mohosa a un salmo de acción de gracias moderado, pasablemente alegre, no, incluso deleitado, y con él llevas a tu dios de la satisfacción mitad y mitad tranquilo, flácido y ligeramente amordazado; y en el aire espeso y cálido de un aburrimiento satisfecho y una indolora muy bienvenida, el mandarín que asiente con la cabeza de un dios mitad y mitad y el caballero de mediana edad que asiente con la cabeza que canta su salmo amortiguado se parecen tanto como dos guisantes.

Hay mucho que decir sobre la satisfacción y la indolora, para estos días soportables y sumisos, en los que ni el dolor ni el placer son audibles, sino que pasan susurrando y de puntillas. Pero lo peor de todo es que es precisamente este contento lo que no puedo soportar. Después de un corto tiempo me llena de odio y náuseas incontenibles. En la desesperación tengo que escapar y lanzarme al camino del placer, o, si eso no puede ser, al camino del dolor. Cuando no tengo ni placer ni dolor y he estado respirando durante un tiempo el aire tibio e insípido de estos llamados días buenos y tolerables, me siento tan mal en mi alma infantil que rompo mi lira mohosa de acción de gracias en la cara del dios dormido de la satisfacción y prefiero sentir que el mismísimo diablo arde en mí que este calor de una habitación bien calentada. Un anhelo salvaje de emociones y sensaciones fuertes hierve en mí, una rabia contra esta vida sin tono, plana, normal y estéril. Tengo un impulso loco de destrozar algo, un almacén, tal vez, o una catedral, o yo mismo, de cometer ultrajes, de arrancar las pelucas de unos pocos ídolos venerados, de proporcionar a unos pocos escolares rebeldes el ansiado billete a Hamburgo, o de poner de cabeza a uno o dos representantes del orden establecido. Porque lo que siempre odié, detesté y maldije por encima de todas las cosas fue esta satisfacción, esta salud y comodidad, este optimismo cuidadosamente conservado de las clases medias, esta prole gorda y próspera de mediocridad.

Estaba de tal humor entonces que terminé este día no intolerable y muy ordinario al anochecer. No terminé de una manera que me convirtiera en un hombre bastante enfermo y me fuera a la cama tentado por una bolsa de agua caliente. En cambio, me puse los zapatos de mal humor, descontento y disgustado con el poco trabajo que había hecho, y salí a las calles oscuras y brumosas para beber lo que los hombres, según una antigua convención, llaman "una copa de vino", a la señal del Casco de Acero.

En esta situación, entonces, bajé las empinadas escaleras desde mi celda del ático entre extraños, esas escaleras engreídas y bien cepilladas de una casa de tres pisos, alquiladas como tres pisos a familias muy respetables. No sé cómo sucede, pero yo, el lobo estepario sin hogar, el solitario, el que odia las mezquinas convenciones de la vida, siempre me alojo en casas como esta. Es una vieja debilidad mía. No vivo ni en casas palaciegas ni en las de los humildes pobres, sino en estas casas respetables, tediosas e inmaculadas de la clase media, que huelen a trementina y jabón y donde hay pánico si golpeas la puerta o entras con zapatos sucios. El amor por esta atmósfera proviene, sin duda, de los días de mi infancia, y un anhelo secreto que tengo de algo hogareño me impulsa, aunque con pocas esperanzas, a seguir el mismo viejo y estúpido camino. Por otra parte, me gusta el contraste entre mi existencia solitaria, sin amor, perseguida y completamente desordenada y esta vida familiar de clase media. Me gusta respirar en las escaleras este olor a tranquilidad y orden, a limpieza y domesticidad respetable. Hay algo en él que me conmueve a pesar de mi odio por todo lo que representa. Me gusta cruzar el umbral de mi habitación y dejarlo atrás de repente; ver, en cambio, cenizas de cigarros y botellas de vino entre los libros amontonados y no hay nada más que desorden y abandono; y donde todo —libros, manuscritos, pensamientos— está marcado y saturado con la difícil situación de los hombres solitarios, con el problema de la existencia y con el anhelo de una nueva orientación para una época que ha perdido su rumbo.

Y ahora llegué a la araucaria. Debo decirle que en el primer piso de esta casa las escaleras pasan por un pequeño vestíbulo a la entrada de un apartamento que, estoy convencido, está aún más impecablemente barrido y adornado que los demás; porque este pequeño vestíbulo brilla con un ama de casa sobrehumana. Es un pequeño templo del orden. En el suelo de parquet, donde parece profanación pisar, hay dos elegantes soportes y en cada uno una gran maceta. En uno crece una azalea. En el otro una majestuosa araucaria, un próspero árbol bebé de crecimiento recto, un espécimen perfecto, que hasta la última aguja de la ramita más alta refleja el orgullo de las frecuentes abluciones. A veces, cuando sé que no soy observado, uso este lugar como un templo. Tomo asiento en un escalón de la escalera sobre la araucaria y, descansando un rato con las manos juntas, contemplo este pequeño jardín de orden y dejo que el aire conmovedor que tiene y su soledad un tanto ridícula me conmuevan hasta lo más profundo de mi alma. Me imagino detrás de este vestíbulo, en la sombra sagrada, se puede decir, de la araucaria, un hogar lleno de caoba brillante y una vida llena de sólida respetabilidad: levantarse temprano, atención al deber, reuniones familiares sobrias pero alegres, ir a la iglesia los domingos, acostarse temprano.

Con una alegría conmovedora, pisé las aceras húmedas de las calles estrechas. Como si estuvieran llorando y veladas, las lámparas brillaban a través de la fría penumbra y succionaban lentamente sus reflejos del suelo húmedo. Los años olvidados de mi juventud volvieron a mí. ¡Cómo me encantaban las noches oscuras y tristes de finales de otoño e invierno, con qué entusiasmo absorbía sus estados de ánimo de soledad y melancolía cuando envuelto en mi capa caminaba durante media noche a través de la lluvia y la tormenta, a través del paisaje invernal sin hojas, bastante solo entonces, pero lleno de profunda alegría y lleno de poesía que luego escribí a la luz de las velas sentado en el borde de mi cama! Todo eso ya había pasado. La copa se vació y nunca más se llenaría. ¿Era eso motivo de arrepentimiento? No, no me arrepentí del pasado. Mi arrepentimiento fue por el día presente, por todas las innumerables horas y días que perdí en la mera pasividad y que no me trajeron nada, ni siquiera los choques del despertar. Pero, gracias a Dios, hubo excepciones. De vez en cuando, aunque raramente, había horas que traían la grata conmoción, derribaban los muros y me traían de vuelta de mis vagabundeos al corazón vivo del mundo. Triste y sin embargo profundamente conmovido, me dispuse a recordar la última de estas experiencias. Fue en un concierto de hermosa música antigua. Después de dos o tres notas del piano, la puerta se abrió de repente al otro mundo. Corrí por el cielo y vi a Dios obrando. Sufrí dolores santos. Bajé todas mis defensas y no tenía miedo de nada en el mundo. Acepté todas las cosas y a todas las cosas entregué mi corazón. No duró mucho, un cuarto de hora quizás; pero volvía a mí en un sueño por la noche, y desde entonces, a través de todos los días estériles, lo vislumbré de vez en cuando. A veces, durante uno o dos minutos, lo veía claramente, enhebrando mi vida como una pista divina y dorada. Pero casi siempre estaba borroso en la suciedad y el polvo. Luego, de nuevo, brilló en chispas doradas como si nunca más se perdiera y, sin embargo, pronto se perdió por completo una vez más. Una vez sucedió, mientras estaba despierto por la noche, que de repente hablé en versos, en versos tan hermosos y extraños que no me atreví a pensar en escribirlos, y luego por la mañana se desvanecieron; y, sin embargo, yacían ocultos dentro de mí como el grano duro dentro de una vieja cáscara quebradiza. Una vez se me ocurrió mientras leía a un poeta, mientras reflexionaba sobre un pensamiento de Descartes, de Pascal; nuevamente brilló y condujo su rastro dorado hacia el cielo mientras yo estaba en presencia de mi amada. ¡Ah, pero es difícil encontrar este camino de lo divino en medio de esta vida que llevamos, en esta era monótona de ceguera espiritual, con su arquitectura, sus negocios, su política, sus hombres! ¿Cómo podría dejar de ser un lobo solitario y un ermitaño grosero, ya que no compartía uno de sus objetivos ni comprendía uno de sus placeres? No puedo permanecer mucho tiempo ni en el teatro ni en el cine. Apenas puedo leer un periódico, rara vez un libro moderno. No puedo entender qué placeres y alegrías son los que llevan a la gente a los ferrocarriles y hoteles abarrotados, a los cafés llenos con música sofocante y opresiva, a los bares y entretenimientos de variedades, a las Exposiciones Mundiales, a los Corsos. No puedo comprender ni compartir estas alegrías, aunque están a mi alcance, por las que miles de personas se esfuerzan. Por otro lado, lo que me sucede en mis raras horas de alegría, lo que para mí es la felicidad y la vida y el éxtasis y la exaltación, el mundo en general busca a lo sumo en la imaginación; en la vida lo encuentra absurdo. Y de hecho, si el mundo tiene razón, si esta música de los cafés, estos placeres masivos y estos hombres americanizados que se complacen con tan poco tienen razón, entonces estoy equivocado, estoy loco. En verdad, soy el lobo estepario que a menudo me llamo; esa bestia descarriada que no encuentra ni hogar ni alegría ni alimento en un mundo que le resulta extraño e incomprensible.

Con estos pensamientos familiares recorrí la calle húmeda a través de uno de los barrios más tranquilos y antiguos de la ciudad. En el lado opuesto se alzaba en la oscuridad un viejo muro de piedra que siempre notaba con placer. Vieja y serena, se encontraba entre una pequeña iglesia y un antiguo hospital y, a menudo, durante el día, dejaba que mis ojos se posaran en su superficie áspera. Había pocos espacios tan tranquilos y pacíficos en el centro de la ciudad donde desde cada metro cuadrado algún abogado, charlatán, médico, barbero o podólogo te gritara su nombre. Esta vez, también, la pared estaba pacífica y serena y, sin embargo, algo se alteró en ella. Me sorprendió ver una pequeña y bonita puerta con un arco gótico en el centro de la pared, porque no podía decidir si esta puerta siempre había estado allí o si acababa de hacerse. Parecía viejo sin duda, muy viejo; Aparentemente, este portal cerrado con su puerta de madera ennegrecida se había abierto hace cientos de años a un patio de convento soñoliento, y todavía lo hacía, a pesar de que el convento ya no estaba allí. Probablemente lo había visto cien veces y simplemente no lo había notado. Tal vez había sido pintado de nuevo y me llamó la atención por esa razón. Me detuve para examinarlo desde donde estaba parado sin cruzar, ya que la calle estaba muy profunda en barro y agua. Desde la acera donde me paré y miré al otro lado, me pareció en la tenue luz que una guirnalda, o algo de colores alegres, estaba adornada alrededor de la puerta, y ahora que miraba más de cerca vi sobre el portal un escudo brillante, en el que, me pareció, había algo escrito. Forcé la vista y al fin, a pesar del barro y los charcos, crucé, y allí, sobre la puerta, vi una mancha que aparecía débilmente en el verde grisáceo de la pared, y sobre la mancha letras brillantes que bailaban y luego desaparecían, regresando y desapareciendo una vez más. Así que eso es todo, pensé. Han desfigurado esta vieja pared con un letrero eléctrico. Mientras tanto, descifré una o dos de las letras a medida que volvían a aparecer por un instante; pero eran difíciles de leer incluso con conjeturas, porque venían con espacios muy irregulares entre ellos y muy débilmente, y luego desaparecieron abruptamente. Quien esperaba algún resultado de una exhibición como esa no era muy inteligente. Era un lobo estepario, pobre tipo. ¿Por qué sus cartas reproducían en esta vieja pared en el callejón más oscuro de la Ciudad Vieja en una noche húmeda sin que pasara un alma, y por qué eran tan fugaces, tan irregulares e ilegibles? Pero espera, al final logré captar varias palabras al final. Ellos fueron:

# Teatro Mágico

Entrada no para todos

Traté de abrir la puerta, pero el pesado pestillo viejo no se movía. La exhibición también había terminado. Había cesado repentinamente, tristemente convencido de su inutilidad. Retrocedí unos pasos, aterricé profundamente en el barro, pero no llegaron más cartas. La exhibición había terminado. Durante mucho tiempo estuve esperando en el barro, pero en vano.

Luego, cuando me di por vencido y volví al callejón, se dejaron caer algunas letras de colores aquí y allá, reflejadas en el asfalto frente a mí. Leo:

¡Solo para locos!

Mis pies estaban mojados y estaba helado hasta los huesos. Sin embargo, me quedé esperando. Nada más. Pero mientras esperaba, pensando en lo bellamente que las letras habían bailado en su forma fantasmal sobre la pared húmeda y el brillo negro del asfalto, un fragmento de mis pensamientos anteriores vino de repente a mi mente; la similitud con el rastro de oro brillante que de repente se desvanece y no se puede encontrar.

Me estaba congelando y seguí caminando siguiendo esa pista en mis sueños, anhelando también esa puerta a un teatro encantado, que era solo para locos. Mientras tanto, había llegado a la Plaza del Mercado, donde nunca faltan los entretenimientos nocturnos. A cada paso había pancartas y carteles con sus diversas atracciones, Orquesta de Damas, Variété, Cine, Baile. Pero ninguno de estos fue para mí. Eran para "todos", para esas personas normales que vi abarrotadas en cada entrada. A pesar de eso, mi tristeza se alivió un poco. Había recibido un saludo de otro mundo, y unas pocas letras danzantes y coloreadas habían jugado en mi alma y habían hecho sonar sus cuerdas secretas. Un destello de la pista dorada había sido visible una vez más.

Busqué la pequeña taberna antigua donde nada había cambiado desde mi primera visita a esta ciudad unos veinticinco años antes. Incluso la casera era la misma que entonces y muchos de los clientes que se sentaban allí en aquellos días todavía se sentaban allí en los mismos lugares ante los mismos vasos. Allí me refugié. Es cierto que era solo un refugio, algo así como el de las escaleras frente a la araucaria. Aquí, también, no encontré ni hogar ni compañía, nada más que un asiento desde el cual ver un escenario donde personas extrañas interpretaban papeles extraños. Sin embargo, la tranquilidad del lugar valía algo; sin multitudes, sin música; solo unos pocos habitantes pacíficos en mesas de madera desnuda (sin mármol, sin esmalte, sin felpa, sin latón) y antes de cada una su copa de buen vino añejo. Tal vez esta compañía de habitués, a todos los cuales conocía de vista, eran todos filisteos regulares y tenían en sus moradas filisteas sus altares de la casa dedicados a ídolos tímidos de contento; Quizás, también, eran tipos solitarios que se habían desviado, callados y reflexivos sobre ideales en bancarrota, lobos solitarios y pobres diablos como yo. No podría decirlo. La nostalgia o la decepción, o la necesidad de cambio los llevaron allí, el casado para recuperar la atmósfera de sus días de soltero, el viejo funcionario para recordar sus años de estudiante. Todos estaban en silencio, y todos eran bebedores que, como yo, preferían sentarse ante una pinta de Elsasser que escuchar una orquesta de damas. Aquí echo el ancla, durante una hora, o podrían ser dos. Con el primer sorbo de Elsasser me di cuenta de que no había comido nada ese día desde mi panecillo matutino.

Es notable, todo lo que los hombres pueden tragar. Durante unos buenos diez minutos leí un periódico. Permití que el espíritu de un hombre irresponsable que mastica y mastica las palabras de otro en su boca, y las vuelve a dar sin digerir, entre en mí a través de mis ojos. Absorbí una columna entera. Y luego devoré un gran trozo cortado del hígado de un ternero sacrificado. ¡Extraño de hecho! El mejor fue el Elsasser. No me gustan, al menos para todos los días, los vinos picantes y embriagadores que difunden un encanto potente y tienen su propio sabor particular. Lo que más me gusta es una cosecha campestre limpia, ligera y modesta sin un nombre especial. Uno puede llevar mucho y tiene el buen sabor y el sabor hogareño de la tierra, y de la tierra, el cielo y los bosques. Una pinta de Elsasser y un buen trozo de pan es la mejor de todas las comidas. Para entonces, sin embargo, ya había comido mi porción de hígado (una indulgencia inusual para mí, ya que rara vez como carne) y la segunda pinta había sido puesta delante de mí. Y esto también era extraño: que en algún lugar de un valle verde las vides fueran cuidadas por tipos buenos y fuertes y el vino prensado para que aquí y allá en el mundo, muy lejos, unos pocos habitantes del pueblo decepcionados y bebedores tranquilos y lobos esteparios irresponsables pudieran sorber un poco de corazón y coraje de sus vasos.

Para mí, al menos, el encanto funcionó. Al pensar de nuevo en ese artículo de periódico y su revoltijo de palabras, una risa refrescante se elevó en mí, y de repente la melodía olvidada de esas notas del piano volvió a mí. Se elevó como una pompa de jabón, reflejando el mundo entero en miniatura en su superficie de arco iris, y luego estalló suavemente. ¿Podría estar completamente perdido cuando esa pequeña melodía celestial se había arraigado secretamente dentro de mí y ahora mostraba su hermosa flor con todos sus tiernos matices? Podía ser una bestia descarriada, sin sentido de su entorno, pero había algún significado en mi tonta vida, algo en mí daba una respuesta y era el receptor de esas llamadas distantes de mundos muy distantes. En mi cerebro se almacenaban mil imágenes:

El rebaño de ángeles de Giotto desde la bóveda azul de una pequeña iglesia en Padua, y cerca de ellos caminaban Hamlet y la guirnalda de Ofelia, hermosas semejanzas de todas las tristezas y malentendidos del mundo, y allí estaba Gianozzo, el aeronauta, en su globo ardiente y sopló una ráfaga en su cuerno, Atila llevando su nuevo tocado en la mano, y el Borobudur levantó su altísima escultura en el aire. Y aunque todas estas figuras vivían también en otros mil corazones, había allí diez mil imágenes y melodías desconocidas que no tenían más morada que en mí, sin ojos para ver, sin oídos para oírlos sino los míos. La vieja pared del hospital con su intemperie gris verdosa, sus grietas y manchas en las que se podían imaginar mil frescos, ¿quién respondía a ella, quién miraba dentro de su alma, quién la amaba, quién encontraba el encanto de sus colores desapareciendo cada vez con delicadeza? Los viejos libros de los monjes, suavemente iluminados con sus miniaturas, y los libros de los poetas alemanes de hace doscientos cien años que su propia gente ha olvidado, todos los volúmenes hojeados y manchados de humedad, y las obras impresas y manuscritos de los antiguos compositores, las partituras robustas y amarillentas que sueñan su música a través de un sueño invernal, que escuchaban su espíritu, sus tonos pícaros y anhelantes, que llevaban a través de un mundo alejado de ellos un corazón lleno de su espíritu y su encanto? ¿Quién recordaba todavía aquel esbelto ciprés de una colina sobre Gubbio, que, aunque partido y desgarrado por un desprendimiento de piedra, se aferraba a la vida y levantaba con sus últimos recursos un nuevo y escaso mechón en la cima? ¿Quién leyó por la noche sobre el Rin la escritura de nubes de las nieblas a la deriva? Era el lobo estepario. ¿Y quién sobre las ruinas de su vida persiguió su significado fugaz y agitado, mientras sufría su aparente falta de sentido y vivía su aparente locura, y quién esperaba en secreto en el último recodo del laberinto del Caos la revelación y la presencia de Dios?

Sostuve mi mano sobre mi vaso cuando la casera quiso llenarlo una vez más, y me levanté. No necesitaba más vino. El sendero dorado se abrió y me acordé de lo eterno, de Mozart y de las estrellas. Durante una hora pude respirar una vez más y vivir y enfrentar la existencia, sin la necesidad de sufrir tormentos, miedo o vergüenza.

Un viento frío tamizaba la fina lluvia cuando salí a la calle desierta. Impulsaba las gotas con un golpeteo contra las farolas, donde brillaban con un brillo vidrioso. Y ahora, ¿adónde? Si hubiera tenido una varita mágica en este momento, habría evocado una pequeña y encantadora sala de música Louis Seize donde algunos músicos me habrían tocado dos o tres piezas de Handel y Mozart. Estaba de humor para ello, y habría bebido la música fresca y noble como los dioses beben néctar. ¡Oh, si hubiera tenido un amigo en este momento, un amigo en una habitación del ático, soñando a la luz de las velas y con un violín listo en su mano! ¡Cómo me habría deslizado hacia él en su hora tranquila, subiendo silenciosamente la escalera de caracol para tomarlo por sorpresa, y luego con charla y música habríamos celebrado un festival celestial durante toda la noche! Una vez, en años pasados, había conocido a menudo esa felicidad, pero también me había quitado el tiempo. Años marchitos transcurrieron entre esos días y ahora.

Me quedé holgazaneando mientras me dirigía a casa; me subí el cuello y golpeé mi bastón contra el pavimento mojado. Por mucho tiempo que me quedara afuera, me encontraría demasiado pronto en mi habitación del último piso, mi hogar improvisado, del que no podía amar ni prescindir; porque había pasado el tiempo en que podía pasar una noche húmeda de invierno al aire libre. Y ahora mi oración era que no se estropeara el buen humor que me había dado la noche, ni por la lluvia, ni por la gota, ni por la araucaria; y aunque no había música de cámara ni un amigo solitario con su violín, esa hermosa melodía estaba en mi cabeza y podía tocarla para mí mismo de alguna manera, tarareando el ritmo de la misma mientras respiraba. Reflexionando así, seguí caminando y seguí caminando. Sí, incluso sin la música de cámara y el amigo. ¡Qué tonto agotarse en vano anhelar calor! La soledad es independencia. Había sido mi deseo y con los años lo había alcanzado. Hacía frío. ¡Oh, bastante frío! Pero también estaba quieto, maravillosamente quieto y vasto como la fría quietud del espacio en el que giran las estrellas.

De un salón de baile me encontré al pasar por los acordes de la animada música de jazz, caliente y cruda como el vapor de la carne cruda. Me detuve un momento. Este tipo de música, por mucho que la detestara, siempre había tenido un encanto secreto para mí. Me repugnaba y, sin embargo, diez veces preferible a toda la música académica de la época. También para mí, su alegría cruda y salvaje alcanzó un submundo de instinto y respiró una simple y honesta sensualidad.

Me quedé un momento en el olor, oliendo esta música estridente y cruda como la sangre, olfateando la atmósfera del salón con enojo y anhelándola un poco también. La mitad de esta música, la melodía, era toda pomada, azúcar y sentimentalismo.

La otra mitad era salvaje, temperamental y vigorosa. Sin embargo, los dos fueron ingeniosamente bien juntos e hicieron un todo. Era la música del declive. Debe haber habido tal música en Roma bajo los emperadores posteriores. Comparado con Bach y Mozart y la música real, fue, naturalmente, un asunto miserable; pero también lo era todo nuestro arte, todo nuestro pensamiento, toda nuestra cultura improvisada en comparación con la cultura real. Y esta música tenía el mérito de una gran sinceridad. Amable y sin ruborizarse negroide, tenía el estado de ánimo de la felicidad infantil. Había algo de negro en él, algo de americano, que con todas sus fuerzas nos parece tan juvenilmente fresco e infantil a nosotros, los europeos. ¿Iba a ser Europa la misma? ¿Ya estaba en camino? ¿Éramos nosotros, los viejos conocedores, los veneradores de la Europa que solía ser, de la música y la poesía genuinas como alguna vez fueron, nada más que una minoría testaruda que sufría de una neurosis compleja, a la que mañana olvidaría o ridiculizaría? ¿Era todo lo que llamábamos cultura, espíritu, alma, todo lo que llamábamos bello y sagrado, nada más que un fantasma muerto hace mucho tiempo, que solo unos pocos tontos como nosotros tomaban por verdadero y vivo? ¿Quizás nunca había sido cierto y vivo? ¿Todo lo que nos preocupaba a nosotros, los pobres tontos, nunca había sido más que un fantasma?

Ahora estaba en el casco antiguo de la ciudad. La pequeña iglesia se erguía oscura, gris e irreal. De inmediato volví a mí la experiencia de la noche, la misteriosa puerta gótica, la misteriosa lápida sobre ella y las letras iluminadas bailando en burla. ¿Cómo fue la escritura? "Entrada no para todos". Y: "Solo para locos". Escudriñé la vieja pared de enfrente con la secreta esperanza de que la noche mágica pudiera comenzar de nuevo; la escritura me invita, el loco; la pequeña puerta me da entrada. Tal vez allí radicaba mi deseo, y tal vez allí se tocaría mi música.

El muro de piedra oscura me miró con compostura, apagado en un profundo crepúsculo, hundido en un sueño propio. Y no había puerta en ninguna parte ni arco apuntado; solo la mampostería oscura e ininterrumpida. Con una sonrisa continué, asintiendo amistosamente. "Duerme bien. No te despertaré. Llegará el momento en que serás derribado o cubierto con anuncios codiciosos. Pero por el momento, ahí estás, hermosa y tranquila como siempre, y te amo por eso".

De la boca negra de un callejón apareció un hombre con sorprendente rapidez a mi lado, un hombre solitario que se dirigía a su casa con paso cansado. Llevaba una gorra y una blusa azul, y por encima de los hombros llevaba un letrero fijado en un poste, y delante de él una bandeja abierta suspendida por correas como las que llevan los vendedores ambulantes en las ferias. Caminó cansado frente a mí sin mirar a su alrededor. De lo contrario, le habría dado una buena noche y le habría dado un cigarro. Traté de leer el dispositivo en su estandarte, un letrero rojo en un poste, a la luz de la siguiente lámpara; pero se balanceaba de un lado a otro y no pude descifrar nada. Luego llamé y le pedí que me dejara leer su pancarta. Se detuvo y sostuvo su bastón un poco más firme. Entonces pude leer las letras que bailaban:

Entretenimiento nocturno anarquista

Teatro Mágico

Entrada no para todos

"Te he estado buscando", grité con deleite. "¿Qué es este entretenimiento nocturno? ¿Dónde está? ¿Cuándo?"

Ya estaba caminando.

—No para todo el mundo —dijo con voz somnolienta—. Había tenido suficiente. Estaba para casa, y se fue.

"Detente", grité, y corrí tras él. "¿Qué tienes ahí en tu caja? Quiero comprarte algo".

Sin detenerse, el hombre palpó mecánicamente en su caja, sacó un pequeño libro y me lo tendió. Lo tomé rápidamente y lo guardé en mi bolsillo. Mientras buscaba los botones de mi abrigo para sacar algo de dinero, entró en una puerta, cerró la puerta detrás de él y desapareció. Sus pesados pasos resonaron en un patio señalizado, luego en escaleras de madera; y luego no escuché más. Y de repente yo también me sentí muy cansado. Me di cuenta de que debía ser muy tarde y ya era hora de volver a casa. Caminé más rápido y, siguiendo el camino hacia el suburbio, pronto estuve en mi propio vecindario entre los jardines bien cuidados, donde en pequeños edificios de apartamentos limpios detrás del césped y la hiedra se encuentran las viviendas de funcionarios y personas de medios modestos. Pasando la hiedra, la hierba y el pequeño abeto, llegué a la puerta de la casa, encontré el ojo de la cerradura y el interruptor, pasé por delante de las puertas acristaladas, y los armarios pulidos y las plantas en macetas y abrí la puerta de mi habitación, mi pequeña pretensión de hogar, donde el sillón y la estufa, el tintero y la caja de pinturas, Novalis y Dostoievski, me esperaban al igual que la madre, o la esposa, los hijos, las doncellas, los perros y los gatos en el caso de las personas más sensatas.

Cuando me quité el abrigo mojado, me encontré con el librito y lo saqué. Era uno de esos libritos miserablemente impresos en papel miserable que se venden en las ferias: «¿Naciste en enero?» o «Cómo ser veinte años más joven en una semana».

Sin embargo, cuando me acomodé en mi sillón y me puse las gafas, fue con gran asombro y una repentina sensación de destino inminente que leí el título en la portada de este volumen que acompaña a los folletos de adivinación. "Tratado sobre el lobo estepario. No para todos".

Leí el contenido de una sesión con un interés absorbente que se profundizó página por página.

Tratado sobre el lobo estepario

Había una vez un hombre, Harry, llamado el Lobo Estepa. Iba sobre dos piernas, vestía ropa y era un ser humano, pero sin embargo era en realidad un lobo de las estepas. Había aprendido mucho de todo lo que pueden hacer las personas de buena inteligencia, y era un tipo bastante inteligente. Lo que no había aprendido, sin embargo, era esto: encontrar satisfacción en sí mismo y en su propia vida. La causa de esto aparentemente era que en el fondo de su corazón sabía todo el tiempo (o creía saber) que en realidad no era un hombre, sino un lobo de las estepas. Los hombres inteligentes podrían discutir el punto de si realmente era un lobo, es decir, si había sido cambiado, tal vez antes de nacer, de un lobo a un ser humano, o si se le había dado el alma de un lobo, aunque nació como un ser humano; o si, por otro lado, esta creencia de que era un lobo no era más que una fantasía o una enfermedad suya. Podría, por ejemplo, ser posible que en su infancia fuera un poco salvaje, desobediente y desordenado, y que quienes lo criaron hubieran declarado una guerra de extinción contra la bestia que llevaba dentro; y precisamente esto le había dado la idea y la creencia de que en realidad era una bestia con solo una delgada capa de humano. Sobre este punto se podría hablar extensa y entretenidamente, y de hecho escribir un libro al respecto. El lobo estepario, sin embargo, no sería mejor por ello, ya que para él todo era uno si el lobo había sido hechizado o golpeado contra él, o si era simplemente una idea suya. Lo que otros eligieron pensar al respecto o lo que él eligió pensar él mismo no fue bueno para él en absoluto. Dejó al lobo dentro de él de todos modos.

Y así, el lobo estepario tenía dos naturalezas, una humana y otra lobuna. Este fue su destino, y bien puede ser que no fuera muy excepcional. Debe haber habido muchos hombres que han tenido mucho del perro o del zorro, del pez o de la serpiente sin experimentar ninguna dificultad extraordinaria por ese motivo. En tales casos, el hombre y el pez vivían juntos y ninguno de los dos hacía ningún daño. El uno incluso ayudó al otro. De hecho, muchos hombres han llevado esta condición a extremos tan envidiables que han debido su felicidad más al zorro o al mono que hay en ellos que al hombre. Hasta aquí el conocimiento común. En el caso de Harry, sin embargo, fue todo lo contrario. En él, el hombre y el lobo no iban juntos por el mismo camino, sino que estaban en continua y mortal enemistad. El uno existía simple y exclusivamente para dañar al otro, y cuando hay dos en una sangre y en una alma que están en enemistad mortal, entonces la vida va mal. Bueno, para cada uno su suerte, y ninguna es ligera.

Ahora bien, con nuestro lobo estepario fue así que en su vida consciente vivió ahora como un lobo, ahora como un hombre, como de hecho es el caso de todos los seres mezclados. Pero, cuando era un lobo, el hombre que había en él estaba al acecho, siempre al acecho para interferir y condenar, mientras que en los momentos en que era hombre el lobo hacía exactamente lo mismo. Por ejemplo, si Harry, como hombre, tenía un pensamiento hermoso, sentía una emoción fina y noble, o realizaba un supuesto buen acto, entonces el lobo le enseñaba los dientes y se reía y le mostraba con amargo desprecio lo ridícula que era toda esta pantomima a los ojos de una bestia, de un lobo que sabía bastante bien en su corazón lo que le convenía. a saber, trotar solo sobre las estepas y de vez en cuando atiborrarse de sangre o perseguir a una loba. Luego, vistas como un lobo, todas las actividades humanas se volvieron horriblemente absurdas y fuera de lugar, estúpidas y vanas. Pero era exactamente lo mismo cuando Harry se sentía y se comportaba como un lobo y mostraba a los demás sus dientes y sentía odio y enemistad contra todos los seres humanos y sus modales y costumbres mentirosos y degenerados. Porque entonces la parte humana de él estaba emboscada y observaba al lobo, lo llamaba bruto y bestia, y le echaba a perder y amargaba todo placer en su ser de lobo simple, sano y salvaje.

Así fue entonces con el lobo estepario, y uno puede imaginar que Harry no tuvo una vida exactamente agradable y feliz. Esto no significa, sin embargo, que fuera infeliz en ningún grado extraordinario (aunque pueda haberlo parecido a sí mismo de todos modos, ya que cada hombre toma los sufrimientos que le corresponden como los más grandes). Eso no se puede decir de ningún hombre. Incluso el que no tiene lobo en él, puede que no sea más feliz por eso. E incluso la vida más infeliz tiene sus momentos soleados y sus florecillas de felicidad entre arena y piedra. Así fue, entonces, con el lobo estepario también. No se puede negar que en general era muy infeliz; y también podía hacer infelices a los demás, es decir, cuando los amaba a ellos o ellos a él. Porque todos los que llegaron a amarlo, siempre vieron solo un lado en él. Muchos lo amaban como un hombre refinado, inteligente e interesante, y se horrorizaron y decepcionaron cuando encontraron al lobo que había en él. Y tenían que hacerlo porque Harry deseaba, como todo ser sintiente, ser amado como un todo y, por lo tanto, era justo con aquellos cuyo amor más valoraba que menos podía ocultar y desmentir al lobo. Sin embargo, había quienes amaban precisamente al lobo que había en él, el libre, el salvaje, el indomable, el peligroso y el fuerte, y a ellos les resultaba particularmente decepcionante y deplorable cuando de repente el lobo salvaje y malvado también era un hombre, y anhelaba la bondad y el refinamiento, y quería escuchar a Mozart, leer poesía y apreciar los ideales humanos. Por lo general, estos eran los más decepcionados y enojados de todos; y así fue como el lobo estepario trajo su propia naturaleza dual y dividida a los destinos de otros además de él mismo cada vez que entraba en contacto con ellos.

Ahora bien, quien piense que conoce al lobo estepario y que puede imaginarse a sí mismo su vida lamentablemente dividida está, sin embargo, en un error. No lo sabe todo ni mucho menos. No sabe que, como no hay regla sin excepción y como un pecador puede, en ciertas circunstancias, ser más querido por Dios que noventa y nueve personas justas, con Harry también había de vez en cuando excepciones y golpes de buena suerte, y que podía respirar, pensar y sentir a veces como el lobo. a veces como el hombre, claramente y sin confusión de los dos; e incluso en muy raras ocasiones, hacían las paces y vivían el uno para el otro de tal manera que no solo uno vigilaba mientras el otro dormía, sino que cada uno fortalecía y confirmaba al otro. También en la vida de este hombre, así como en todas las demás cosas del mundo, el uso diario y el conocimiento aceptado y común parecían a veces no tener otro objetivo que ser detenidos de vez en cuando por un instante, y rotos, para ceder el lugar de honor a lo excepcional y milagroso. Ahora bien, si estas breves y ocasionales horas de felicidad equilibraron y aliviaron la suerte del lobo estepario de tal manera que la felicidad y el sufrimiento mantuvieron la balanza igualada, o si tal vez la breve pero intensa felicidad de esas pocas horas superó todo sufrimiento y dejó un equilibrio, es nuevamente una cuestión sobre la que las personas ociosas pueden meditar a su antojo. Incluso el lobo meditaba a menudo sobre ello, y esos eran sus días ociosos e infructuosos.

A este respecto, hay que decir una cosa más. Hay muchas personas del mismo tipo que Harry. Muchos artistas son de su tipo. Todas estas personas tienen dos almas, dos seres dentro de ellas. Hay Dios y el diablo en ellos; la sangre de la madre y la del padre; la capacidad de felicidad y la capacidad de sufrimiento; y en un estado de enemistad y enredo entre sí como lo estaban el lobo y el hombre en Harry. Y estos hombres, para quienes la vida no tiene reposo, viven a veces en sus raros momentos de felicidad con tal fuerza y belleza indescriptible, que el rocío de su momento de felicidad se arroja tan alto y deslumbrante sobre el ancho mar del sufrimiento, que la luz de él, extendiendo su resplandor, toca también a otros con su encanto. Así, como una espuma preciosa y fugaz sobre el mar del sufrimiento, surgen todas esas obras de arte, en las que un solo individuo se eleva durante una hora tan alto por encima de su destino personal que su felicidad brilla como una estrella y aparece a todos los que la ven como algo eterno y como una felicidad propia. Todos estos hombres, cualesquiera que sean sus hechos y obras, realmente no tienen vida; es decir, sus vidas no son suyas y no tienen forma. No son héroes, artistas o pensadores de la misma manera que otros hombres son jueces, médicos, zapateros o maestros de escuela. Su vida consiste en una marea perpetua, infeliz y desgarrada por el dolor, terrible y sin sentido, a menos que uno esté listo para ver su significado en esas raras experiencias, actos, pensamientos y obras que brillan por encima del caos de una vida así. A tales hombres les ha llegado el pensamiento desesperado y horrible de que tal vez toda la vida humana no sea más que una broma de mal gusto, un aborto violento y desafortunado de la madre primitiva, una catástrofe salvaje y lúgubre de la naturaleza. A ellos, también, sin embargo, les ha llegado el otro pensamiento de que el hombre quizás no es simplemente un animal medio racional, sino un hijo de los dioses y está destinado a la inmortalidad.

Los hombres de todo tipo tienen sus características, sus rasgos, sus virtudes y vicios y sus pecados capitales. Era parte del manual de signos del lobo estepario que era un merodeador nocturno. La mañana era un mal momento del día para él. Le temía y nunca le trajo nada bueno. En ninguna mañana de su vida ha estado de buen humor, ni ha hecho ningún bien antes del mediodía, ni ha tenido una idea feliz, ni ha ideado ningún placer para sí mismo o para los demás. Poco a poco, durante la tarde, se calentó y cobró vida, y solo hacia la noche, en sus días buenos, fue productivo, activo y, a veces, resplandeciente de alegría. Con esto estaba ligada su necesidad de soledad e independencia. Nunca hubo un hombre con un anhelo más profundo y apasionado de independencia que él. En su juventud, cuando era pobre y tenía dificultades para ganarse el pan, prefería pasar hambre y con ropas rotas antes que poner en peligro su estrecho límite de independencia. Nunca se vendió por dinero o una vida fácil o a mujeres o a los que estaban en el poder; y había tirado cien veces lo que a los ojos del mundo era su ventaja y felicidad para salvaguardar su libertad. Ninguna perspectiva era más odiosa y desagradable para él que tener que ir a una oficina y ajustarse a la rutina diaria y anual y obedecer a los demás. Odiaba todo tipo de cargos, gubernamentales o comerciales, como odiaba la muerte, y su peor pesadilla era el confinamiento en los cuarteles. Se las arregló, a menudo con gran sacrificio, para evitar todos esos apuros. Fue aquí donde descansaron su fuerza y su virtud. En este punto no podía ser doblegado ni sobornado. Aquí su carácter era firme e indefendible. Solo que, a través de esta virtud, estaba más cerca de su destino de sufrimiento. Le sucedió a él como a todos; Lo que se esforzó por lograr con el instinto más profundo y obstinado de su ser le tocó en suerte, pero más de lo que es bueno para los hombres. Al principio su sueño y su felicidad, al final fue su amargo destino. El hombre de poder es arruinado por el poder, el hombre de dinero por el dinero, el hombre sumiso por la sumisión, el buscador de placer por el placer. Logró su objetivo. Era cada vez más independiente. No recibía órdenes de nadie y ordenaba que sus caminos no se adaptaran a nadie. De forma independiente y solo, decidió qué hacer y qué dejar sin hacer. Porque todo hombre fuerte alcanza lo que un impulso genuino le pide que busque. Pero en medio de la libertad que había alcanzado, Harry de repente se dio cuenta de que su libertad era una muerte y que estaba solo. El mundo de una manera extraña lo dejó en paz. Otros hombres ya no le preocupaban. Ni siquiera estaba preocupado por sí mismo. Comenzó a asfixiarse lentamente en la atmósfera cada vez más enrarecida de lejanía y soledad. Porque ahora ya no era su deseo, ni su objetivo, estar solo e independiente, sino más bien su suerte y su sentencia. El deseo mágico se había cumplido y no podía ser cancelado, y no era bueno ahora abrir los brazos con anhelo y buena voluntad para acoger los lazos de la sociedad. La gente lo dejaba solo ahora. Sin embargo, no era que fuera objeto de odio y repugnancia. Por el contrario, tenía muchos amigos. A mucha gente le gustaba. Pero no era más que simpatía y amabilidad. Recibió invitaciones, regalos, cartas agradables; pero no más. Nadie se acercó a él. No quedaba ningún vínculo, y nadie podría haber tenido parte en su vida, incluso si alguien lo hubiera deseado. Porque el aire de hombres solitarios lo rodeaba ahora, una atmósfera tranquila en la que el mundo que lo rodeaba se desvanecía, dejándolo incapaz de relacionarse, una atmósfera que de nuevo ni la voluntad ni el anhelo sirvieron. Esta fue una de las marcas significativas de su vida.

Otra fue que se contó entre los suicidas. Y aquí hay que decir que llamar a los suicidas sólo a los que realmente se destruyen a sí mismos es falso. Entre estos, de hecho, hay muchos que en cierto sentido son suicidas solo por accidente y en cuyo ser el suicidio no tiene lugar necesario. Entre la corriente común de hombres hay muchos de poca personalidad y estampados sin una profunda impresión del destino, que encuentran su final en el suicidio sin pertenecer por eso al tipo del suicida por inclinación; mientras que, por otro lado, de los que deben ser contados como suicidas por la naturaleza misma de sus seres hay muchos, tal vez la mayoría, que nunca se han puesto las manos encima. El "suicidio", y Harry era uno, no necesariamente tenía por qué vivir en una relación peculiarmente cercana con la muerte. Uno puede hacer esto sin ser un suicida. Lo peculiar del suicida es que su ego, con razón o sin ella, se siente como un germen de la naturaleza extremadamente peligroso, dudoso y condenado; que siempre está expuesto a sus propios ojos a un riesgo extraordinario, como si estuviera con el más mínimo punto de apoyo en la cima de un peñasco desde donde un ligero empujón desde afuera o un instante de debilidad desde adentro basta para precipitarlo al vacío. La línea del destino en el caso de estos hombres está marcada por la creencia que tienen de que el suicidio es su forma más probable de muerte. Se podría suponer que tales temperamentos, que generalmente se manifiestan en la primera juventud y persisten a lo largo de la vida, muestran un defecto singular de fuerza vital. Por el contrario, entre los "suicidas" se encuentran naturalezas inusualmente tenaces y ansiosas y también resistentes. Pero así como hay quienes a la menor indisposición desarrollan fiebre, así también aquellos a quienes llamamos suicidas, y que siempre son muy emocionales y sensibles, desarrollan al menor choque la noción de suicidio. Si tuviéramos una ciencia con el coraje y la autoridad para ocuparse de la humanidad, en lugar de ocuparse meramente del mecanismo de los fenómenos vitales, tuviéramos algo de la naturaleza de una antropología o una psicología, estos asuntos de hecho serían familiares para todos.

Lo que se dijo anteriormente sobre el tema de los suicidios obviamente no toca nada más que la superficie. Es psicología y, por lo tanto, en parte física. Metafísicamente considerado, el asunto tiene un aspecto diferente y mucho más claro. En este aspecto, los suicidas se presentan como aquellos que son superados por el sentimiento de culpa inherente a los individuos, aquellas almas que encuentran el objetivo de la vida no en el perfeccionamiento y moldeado del yo, sino en liberarse volviendo a la madre, de vuelta a Dios, de vuelta al todo. Muchas de estas naturalezas son totalmente incapaces de recurrir al suicidio real, porque tienen una profunda conciencia del pecado de hacerlo. Para nosotros son suicidios de todos modos; porque ven a la muerte y no a la vida como el liberador. Están listos para desecharse a sí mismos en la rendición, para extinguirse y volver al principio.

Así como toda fuerza puede convertirse en una debilidad (y en algunas circunstancias debe hacerlo), así, por el contrario, el suicida típico puede encontrar una fuerza y un apoyo en su aparente debilidad. De hecho, lo hace la mayoría de las veces. El caso de Harry, el lobo estepario, es uno de estos. Como hacen miles de sus semejantes, encontró consuelo y apoyo, y no simplemente el juego melancólico de la fantasía juvenil, en la idea de que el camino a la muerte estaba abierto para él en cualquier momento. Es cierto que con él, como con todos los hombres de su clase, cada conmoción, cada dolor, cada situación adversa provocaron de inmediato el deseo de encontrar un escape en la muerte. Gradualmente, sin embargo, se formó a sí mismo a partir de esta tendencia una filosofía que era realmente útil para la vida. Ganó fuerza al familiarizarse con la idea de que la salida de emergencia estaba siempre abierta, y también sintió curiosidad por saborear su sufrimiento hasta las heces. Si le iba demasiado mal, a veces podía sentir con un placer sombrío y malicioso: "Tengo curiosidad por ver de todos modos cuánto puede soportar un hombre. Si se alcanza el límite de lo soportable, solo tengo que abrir la puerta para escapar". Hay muchos suicidas a quienes este pensamiento les imparte una fuerza poco común.

Por otro lado, todos los suicidas tienen la responsabilidad de luchar contra la tentación del suicidio. Cada uno de ellos sabe muy bien en algún rincón de su alma que el suicidio, aunque es una salida, es más bien una salida mezquina y miserable, y que es más noble y más fino ser conquistado por la vida que caer por la propia mano. Sabiendo esto, con una conciencia mórbida cuya fuente es muy parecida a la de la conciencia militante de las personas llamadas satisfechas de sí mismas, la mayoría de los suicidas son dejados a una lucha prolongada contra su tentación. Luchan como cleptómanos contra su propio vicio. El lobo estepario no era ajeno a esta lucha. Se había involucrado en él con muchos cambios de armas. Finalmente, a la edad de cuarenta y siete años más o menos, se le ocurrió una idea feliz y no poco humorística de la que a menudo se divertía. Fijó su quincuagésimo cumpleaños como el día en que podría permitirse quitarse la vida. En este día, de acuerdo con su estado de ánimo, así que estuvo de acuerdo consigo mismo, debería estar abierto para él emplear la salida de emergencia o no. Que le sucediera lo que fuera, enfermedad, pobreza, sufrimiento y amargura, había un límite de tiempo. No podía extenderse más allá de estos pocos años, meses, días cuyo número disminuía diariamente. Y, de hecho, soportó mucha adversidad, que antes le habría costado torturas más severas y prolongadas y lo habría sacudido quizás hasta las raíces de su ser, mucho más fácilmente. Cuando por alguna razón le iba particularmente mal, cuando se añadían dolores y penas peculiares a la desolación, la soledad y el salvajismo de su vida, podía decir a sus torturadores: "Sólo espera, dos años y soy tu amo". Y con esto acarició el pensamiento de la mañana de su quincuagésimo cumpleaños. Llegaban cartas de felicitación, mientras él, confiando en su navaja, se despedía de todos sus dolores y cerraba la puerta tras de sí. Entonces la gota en las articulaciones, la depresión del espíritu y todos los dolores de cabeza y cuerpo podrían buscar otra víctima.

Todavía queda por dilucidar el lobo estepario como un fenómeno aislado, en su relación, por ejemplo, con el mundo burgués, para que sus síntomas puedan rastrearse hasta su origen. Tomemos como punto de partida, ya que se ofrece, su relación con la burguesía.

Para tener su propio punto de vista sobre el asunto, el lobo estepario estaba completamente fuera del mundo de las convenciones, ya que no tenía vida familiar ni ambiciones sociales. Se sentía soltero y solo, ya fuera como un tipo raro y un ermitaño con mala salud, o como una persona alejada del común de los hombres por la prerrogativa de talentos que tenían algo de genio en ellos. Deliberadamente, despreciaba al hombre común y estaba orgulloso de no serlo. Sin embargo, su vida en muchos aspectos fue completamente ordinaria. Tenía dinero en el banco y mantenía a los parientes pobres. Vestía de manera respetable y discreta, aunque sin especial cuidado. Estaba contento de vivir en buenos términos con la policía y los recaudadores de impuestos y otros poderes similares. Además de esto, se sentía secreta y persistentemente atraído por el pequeño mundo burgués, por esas casas tranquilas y respetables con jardines ordenados, escaleras irreprochables y todo su modesto aire de orden y comodidad. Le gustaba establecerse fuera de ella, con sus pequeños vicios y extravagancias, como un tipo raro o un genio, pero nunca tuvo su domicilio en aquellas provincias de la vida donde la burguesía había dejado de existir. No se sentía cómodo con personas violentas y excepcionales ni con criminales y forajidos, y siempre se instaló entre las clases medias, con cuyos hábitos, normas y atmósfera estaba en una relación constante, aunque pudiera ser de contraste y rebelión. Además, había sido criado en un hogar provincial y convencional y muchas de las nociones y muchos de los ejemplos de aquellos días nunca lo habían abandonado. En teoría, no tenía nada en contra de la clase sirviente; sin embargo, en la práctica habría estado más allá de él tomar muy en serio a un sirviente como su igual. Era capaz de amar al criminal político, al seductor revolucionario o intelectual, al proscrito del Estado y de la sociedad, como a su hermano, pero en cuanto al robo y el robo, el asesinato y la violación, no habría sabido deplorarlos de otra manera que no fuera de una manera completamente burguesa.

De esta manera siempre estaba reconociendo y afirmando con la mitad de sí mismo, en pensamiento y acción, lo que con la otra mitad luchaba y negaba. Criado, como era, en un hogar cultivado de la manera aprobada, nunca soltó parte de su alma de sus convencionalismos, incluso después de haberse individualizado hacía mucho tiempo a un grado más allá de su alcance y se había liberado de la sustancia de sus ideales y creencias.

Ahora bien, lo que llamamos "burgués", cuando se considera como un elemento que siempre se encuentra en la vida humana, no es otra cosa que la búsqueda de un equilibrio. Es el esfuerzo por encontrar un medio entre los innumerables extremos y opuestos que surgen en la conducta humana. Si tomamos cualquiera de estos opuestos acoplados, como la piedad y el libertinaje, la analogía es inmediatamente comprensible. Está abierto al hombre entregarse por completo a las visiones espirituales, a buscar a Dios, al ideal de la santidad. Por otro lado, puede igualmente entregarse por completo a la vida del instinto, a las concupiscencias de la carne, y así dirigir todos sus esfuerzos al logro de placeres momentáneos. El único camino conduce al santo, al martirio del espíritu y a la entrega a Dios. El otro camino conduce al despilfarro, al martirio de la carne, a la rendición a la corrupción. Ahora es entre los dos, en medio del camino, que el burgués busca caminar. Nunca se entregará ni a la lujuria ni al ascetismo. Nunca será un mártir ni aceptará su propia destrucción. Por el contrario, su ideal no es rendirse sino mantener su propia identidad. No se esfuerza ni por lo santo ni por lo contrario. Lo absoluto es su aborrecimiento. Puede estar listo para servir a Dios, pero no renunciando a las ollas de carne. Está listo para ser virtuoso, pero también le gusta ser fácil y cómodo en este mundo. En resumen, su objetivo es hacerse un hogar entre dos extremos en una zona templada sin tormentas y tempestades violentas; y en esto tiene éxito, aunque sea a costa de esa intensidad de vida y sentimiento que proporciona una vida extrema. Un hombre no puede vivir intensamente excepto a costa de sí mismo. Ahora bien, el burgués no atesora nada más que el yo (por rudimentario que sea). Y así, a costa de la intensidad, logra su propia preservación y seguridad. Su cosecha es una mente tranquila que prefiere a ser poseída por Dios, como lo hace con el consuelo al placer, la conveniencia con la libertad y una temperatura agradable con ese fuego consumidor interno mortal. El burgués es, por lo tanto, por naturaleza una criatura de impulsos débiles, ansioso, temeroso de entregarse y fácil de gobernar. Por lo tanto, ha sustituido el poder por la mayoría, la ley por la fuerza y la responsabilidad por la cabina de votación.

Está claro que este ser débil y ansioso, sea cual sea el número que exista, no puede mantenerse a sí mismo, y que cualidades como la suya no pueden desempeñar otro papel en el mundo que el de un rebaño de ovejas entre lobos vagabundos. Sin embargo, vemos que, aunque en tiempos en que las naturalezas dominantes están por encima de todo, el burgués va inmediatamente a la pared, nunca se hunde; de hecho, a veces incluso parece gobernar el mundo. ¿Cómo es esto posible? Ni el gran número de la manada, ni la virtud, ni el sentido común, ni la organización pudieron servirle para salvarla de la destrucción. Ninguna medicina en el mundo puede mantener latiendo un pulso que desde el principio fue tan débil. Sin embargo, la burguesía prospera. ¿Por qué?

La respuesta es: Por los lobos esteparios. De hecho, la fuerza vital de la burguesía no reside de ninguna manera en las cualidades de sus miembros normales, sino en las de sus extremadamente numerosos "forasteros" que, en virtud de la amplitud y elasticidad de sus ideales, puede abrazar. Siempre hay un gran número de naturalezas fuertes y salvajes que comparten la vida del redil. Nuestro lobo estepario, Harry, es un ejemplo característico. Aquel que está desarrollado mucho más allá del nivel posible para el burgués, aquel que conoce la dicha de la meditación no menos que las sombrías alegrías del odio y el odio a sí mismo, aquel que desprecia la ley, la virtud y el sentido común, es, sin embargo, cautivo de la burguesía y no puede escapar de ella. Y así, a través de toda la masa de la burguesía real se interponen numerosas capas de la humanidad, muchos miles de vidas y mentes, cada una de las cuales, es cierto, la habría superado y habría obedecido el llamado a la vida incondicionada, si no estuvieran atadas a ella por los sentimientos de su infancia e infectadas en su mayor parte con su vida menos intensa; y así se les mantiene demorados, obedientes y atados por obligación y servicio. Porque con la burguesía es cierto lo contrario de la fórmula para los grandes: el que no está contra mí está conmigo.

Si ahora nos detenemos a probar el alma del lobo estepario, lo encontramos distinto del burgués en el desarrollo superior de su individualidad, ya que todas las extensiones de la individualidad giran sobre el yo y tienden a destruirlo. Vemos que tenía en él un fuerte impulso tanto hacia el santo como hacia el libertino; y, sin embargo, no podía, debido a alguna debilidad o inercia, sumergirse en los reinos sin trabas del espacio. La constelación madre de la burguesía lo ata con su hechizo. Este es su lugar en el universo y esta es su esclavitud. La mayoría de los intelectuales y la mayoría de los artistas pertenecen al mismo tipo. Sólo los más fuertes de ellos se abren paso a través de la atmósfera de la Tierra Burguesa y alcanzan lo cósmico. Todos los demás se resignan o hacen concesiones. Despreciando a la burguesía, y sin embargo perteneciendo a ella, aumentan su fuerza y gloria; porque en última instancia tienen que compartir sus creencias para poder vivir. Las vidas de estas personas infinitamente numerosas no reclaman lo trágico; pero viven bajo una mala estrella en una aflicción bastante considerable; y en este infierno sus talentos maduran y dan fruto. Los pocos que se liberan buscan su recompensa en lo incondicionado y descienden en esplendor. Llevan la corona de espinas y su número es pequeño. Sin embargo, los otros, que permanecen en el redil y de cuyos talentos la burguesía cosecha muchas ganancias, tienen abierto un tercer reino, un mundo imaginario y, sin embargo, soberano, el humor. Los lobos solitarios que no conocen la paz, estas víctimas de un dolor incesante a quienes se les ha negado el impulso de la tragedia y que nunca pueden atravesar el espacio estrellado, que se sienten convocados allí y sin embargo no pueden sobrevivir en su atmósfera, para ellos están reservados, siempre que el sufrimiento haya hecho que sus espíritus sean lo suficientemente duros y elásticos, una forma de reconciliación y un escape hacia el humor. El humor siempre tiene algo de burgués, aunque el verdadero burgués sea incapaz de comprenderlo. En su reino imaginario, el intrincado y multifacético ideal de todos los lobos esteparios encuentra su realización. Aquí es posible no sólo ensalzar al santo y al libertino en un solo aliento y hacer que los polos se encuentren, sino incluir también a los burgueses en la misma afirmación. Ahora bien, es posible ser poseído por Dios y afirmar al pecador, y viceversa, pero no es posible que ni el santo ni el pecador (ni ningún otro de los incondicionados) afirmen también ese medio tibio, el burgués. Sólo el humor, ese magnífico descubrimiento de los que se ven truncados en su vocación al más alto esfuerzo, los que no llegan a la tragedia son tan ricos en dones como en aflicción, sólo el humor (quizás el logro más innato y brillante del espíritu) alcanza lo imposible y pone todos los aspectos de la existencia humana dentro de los rayos de su prisma. Vivir en el mundo como si no fuera el mundo, respetar la ley y, sin embargo, estar por encima de ella, tener posesiones como si "no se poseyera nada", renunciar como si no fuera una renuncia, todas estas proposiciones favoritas y a menudo formuladas de una exaltada sabiduría mundana, sólo está en el poder del humor hacer eficaces.

Y suponiendo que el lobo estepario tuviera éxito, y tuviera dones y recursos en abundancia, al decodificar este brebaje mágico en los laberintos sensuales de su infierno, su rescate estaría asegurado. Sin embargo, falta mucho. La posibilidad, la esperanza solo están ahí. Quien lo ama y toma su parte puede desearle este rescate. Es cierto que lo mantendría atado para siempre al mundo burgués, pero su sufrimiento sería soportable y productivo. Su relación con el mundo burgués perdería su sentimentalismo tanto en su amor como en su odio, y su esclavitud a él dejaría de causarle la tortura continua de la vergüenza.

Para lograr esto, o, tal vez sea, para poder atreverse por fin a dar el salto a lo desconocido, un lobo estepario debe una vez mirarse bien a sí mismo. Debe mirar profundamente en el caos de su propia alma y sondear sus profundidades. El enigma de su existencia se le revelaría entonces de inmediato en toda su inmutabilidad, y le sería imposible escapar para siempre primero del infierno de la carne a las comodidades de una filosofía sentimental y luego de vuelta a la orgía ciega de su lobezno. El hombre y el lobo se verían obligados a reconocerse mutuamente sin las máscaras de los falsos sentimientos y a mirarse directamente a los ojos. Entonces explotarían y se separarían para siempre, y no habría más Steppenwolf, o bien llegarían a un acuerdo a la luz del humor.

Es posible que Harry algún día se vea llevado a esta última alternativa. Es posible que algún día aprenda a conocerse a sí mismo. Puede que se apodere de uno de nuestros pequeños espejos. Puede encontrarse con los Inmortales. Puede encontrar en uno de nuestros teatros mágicos lo que se necesita para liberar su alma abandonada. Mil posibilidades de este tipo le esperan. Su destino los trae, sin dejarle otra opción; porque los que están fuera de la burguesía viven en la atmósfera de estas posibilidades mágicas. Una simple nada es suficiente, y el rayo cae.

Y todo esto es muy conocido por el lobo estepario, aunque su ojo nunca se detenga en este fragmento de su biografía interior. Tiene una sospecha de su lugar asignado en el mundo, una sospecha de los Inmortales, una sospecha de que puede encontrarse cara a cara; y es consciente de la existencia de ese espejo en el que tiene una necesidad tan amarga de mirarse y del que se encoge con un miedo tan mortal.

Para el cierre de nuestro estudio queda una última ficción, una ilusión fundamental que aclarar. Toda interpretación, toda psicología, todos los intentos de hacer las cosas comprensibles, requieren el medio de teorías, mitologías y mentiras; y un autor que se respete a sí mismo no debe omitir, al final de una exposición, disipar estas mentiras en la medida en que esté en su poder. Si digo "arriba" o "abajo", eso ya es una afirmación que requiere explicación, ya que un arriba y un abajo existen solo en el pensamiento, solo como abstracciones. El mundo mismo no sabe nada de arriba o abajo.

Así también, para ir al grano, el lobo estepario es una ficción. Cuando Harry se siente a sí mismo como un hombre lobo, y elige consistir en dos seres hostiles y opuestos, simplemente se está valiendo de una simplificación mitológica. No es un hombre lobo en absoluto, y si parecíamos aceptar sin escrutinio esta mentira que inventó para sí mismo y en la que cree, y tratamos de considerarlo literalmente como un ser doble y un lobo estepario, y así lo designamos, fue simplemente con la esperanza de ser entendido más fácilmente con la ayuda de un engaño. que ahora debemos esforzarnos por poner en su verdadera luz.

La división en lobo y hombre, carne y espíritu, por medio de la cual Harry trata de hacer que su destino sea más comprensible para sí mismo, es una simplificación muy grande. Es forzar la verdad para adaptarse a una explicación plausible, pero errónea, de esa contradicción que este hombre descubre en sí mismo y que le parece a sí mismo ser la fuente de sus sufrimientos de ninguna manera despreciables. Harry encuentra en sí mismo un "ser humano", es decir, un mundo de pensamientos y sentimientos, de cultura y naturaleza domesticada o sublimada, y además de esto encuentra dentro de sí mismo también un "lobo", es decir, un mundo oscuro de instinto, de salvajismo y crueldad, de naturaleza no sublimada o cruda. A pesar de esta división aparentemente clara de su ser entre dos esferas, hostiles entre sí, ha conocido momentos felices de vez en cuando cuando el hombre y el lobo se reconciliaron por un corto tiempo. Supongamos que Harry tratara de averiguar en un solo momento de su vida, en un solo acto, qué parte tuvo el hombre en él y qué parte tuvo el lobo, se encontraría de inmediato en un dilema, y toda su hermosa teoría del lobo se haría pedazos. Porque no hay un solo ser humano, ni siquiera el negro primitivo, ni siquiera el idiota, que sea tan convenientemente simple que su ser pueda explicarse como la suma de dos o tres elementos principales; y explicar a un hombre tan complejo como Harry por la ingenua división en lobo y hombre es un intento irremediablemente infantil. Harry consta de cien o mil yoes, no de dos. Su vida oscila, como la de todos, no sólo entre dos polos, como el cuerpo y el espíritu, el santo y el pecador, sino entre miles y miles.

No debemos sorprendernos de que incluso un hombre tan inteligente y educado como Harry se tome a sí mismo por un lobo estepario y reduzca el rico y complejo organismo de su vida a una fórmula tan simple, tan rudimentaria y primitiva. El hombre no es capaz de pensar en un alto grado, e incluso el más espiritual y altamente cultivado de los hombres ve habitualmente el mundo y a sí mismo a través de los lentes de fórmulas engañosas y simplificaciones ingenuas, y sobre todo a sí mismo. Porque parece ser una necesidad innata e imperativa de todos los hombres considerar el yo como una unidad. Por muy a menudo y por muy grave que sea esta ilusión destrozada, siempre se repara de nuevo. El juez que se sienta sobre el asesino y lo mira a la cara, y en un momento reconoce todas las emociones, potencialidades y posibilidades del asesino en su propia alma y escucha la voz del asesino como la suya propia es al momento siguiente uno e indivisible como el juez, y se escabulle de nuevo en el caparazón de su yo cultivado y cumple con su deber y condena al asesino a muerte. Y si alguna vez la sospecha de su múltiple ser se apodera de hombres de poderes inusuales y de percepciones inusualmente delicadas, de modo que, como debe hacer todo genio, rompen la ilusión de la unidad de la personalidad y perciben que el yo está formado por un conjunto de yoes, solo tienen que decirlo y de inmediato la mayoría los pone bajo llave. llama a la ciencia en ayuda, establece la esquizomanía y protege a la humanidad de la necesidad de escuchar el grito de la verdad de los labios de estas personas desafortunadas. ¿Por qué, entonces, desperdiciar palabras, por qué pronunciar una cosa que todo hombre pensante acepta como evidente por sí misma, cuando la mera expresión de ella es una violación del gusto? Por lo tanto, un hombre que llega tan lejos como para hacer la supuesta unidad del yo es ya casi un genio, en todo caso una persona muy excepcional e interesante. En realidad, sin embargo, todo ego, lejos de ser una unidad, es en el más alto grado un mundo múltiple, un cielo constelado, un caos de formas, de estados y etapas, de herencias y potencialidades. Parece ser una necesidad tan imperativa como comer y respirar que todos se vean obligados a considerar este caos como una unidad y a hablar de su ego como si fuera un fenómeno único y claramente desapegado y fijo. Incluso los mejores de nosotros compartimos el engaño.

El engaño se basa simplemente en una falsa analogía. Como cuerpo todos son solteros, como alma nunca. También en la literatura, incluso en su logro final, encontramos esta preocupación habitual por personalidades aparentemente completas y únicas. De toda la literatura hasta nuestros días, el drama ha sido el más apreciado por escritores y críticos, y con razón, ya que ofrece (o podría ofrecer) las mayores posibilidades de representar al ego como una entidad múltiple, si no fuera por la ilusión óptica que nos hace creer que los personajes de la obra son entidades individuales al alojar cada uno en un cuerpo innegable, individualmente, por separado y de una vez por todas. Una crítica estética sin arte, entonces, mantiene su mayor elogio para este llamado drama de personajes en el que cada personaje hace su aparición inequívocamente como una entidad separada y única. Sólo desde lejos y poco a poco surge aquí y allá la sospecha de que todo esto es quizás una filosofía estética barata y superficial; y que cometemos un error al atribuir a nuestros grandes dramaturgos esas magníficas concepciones de la belleza que nos llegan desde la antigüedad. Estas concepciones no son nativas de nosotros, sino que simplemente son recogidas de segunda mano, y es en ellas, con su fuente común en el cuerpo visible, donde realmente se encuentra el origen de la ficción de un ego, un individuo. No hay rastro de tal noción en los poemas de la antigua India. Los héroes de las epopeyas de la India no son individuos, sino carretes enteros de individualidades en una serie de encarnaciones. Y en los tiempos modernos hay poemas en los que, detrás del velo de una preocupación por la individualidad y el carácter que apenas está, de hecho, en la mente del autor, el motivo es presentar una múltiple actividad del alma. Quien desee reconocer esto debe resolver de una vez por todas no considerar a los personajes de tal poema como seres separados, sino como las diversas facetas y aspectos de una unidad superior, en mi opinión, del alma del poeta. Si Fausto es tratado de esta manera, Fausto, Mefistófeles, Wagner y los demás forman una unidad y una individualidad suprema; y es solo en esta unidad superior, no en los diversos caracteres, donde se revela algo de la verdadera naturaleza del alma. Cuando Fausto, en una línea inmortalizada entre los maestros de escuela y saludada con un estremecimiento de asombro por el filisteo, dice: "¡Dos almas, ay, habitan en mi pecho!", se ha olvidado de Mefisto y de toda una multitud de otras almas que también tiene en su pecho. El lobo estepario también cree que tiene dos almas (lobo y hombre) en su pecho y, aun así, encuentra su pecho desagradablemente acalambrado a causa de ellas. El pecho y el cuerpo son en verdad uno, pero las almas que habitan en él no son dos, ni cinco, sino innumerables en número. El hombre es una cebolla formada por cien tegumentos, una textura formada por muchos hilos. Los antiguos asiáticos lo sabían bastante bien, y en el yoga budista se ideó una técnica exacta para desenmascarar la ilusión de la personalidad. El tiovivo humano ve muchos cambios: la ilusión que le costó a la India los esfuerzos de miles de años para desenmascarar es la misma ilusión que Occidente ha trabajado con la misma fuerza para mantener y fortalecer.

Si consideramos al lobo estepario desde este punto de vista, nos quedará claro por qué sufrió tanto bajo su ridícula doble personalidad. Cree, como Fausto, que dos almas son demasiadas para un solo pecho y deben desgarrar el pecho. Por el contrario, son demasiado pocos, y Harry hace una violencia espantosa a su pobre alma cuando se esfuerza por aprehenderla por medio de una imagen tan primitiva. Aunque es una persona muy culta, procede como un salvaje que no puede contar más de dos. Se llama a sí mismo parte lobo, parte hombre, y con eso cree que ha llegado a su fin y ha agotado el asunto. Con el "hombre" empaqueta todo lo espiritual y sublimado o incluso cultivado para ser encontrado en sí mismo, y con el lobo todo lo que es instintivo, salvaje y caótico. Pero las cosas no son tan simples en la vida como en nuestros pensamientos, ni tan ásperas y listas como en nuestro pobre lenguaje idiota; y Harry miente sobre sí mismo dos veces cuando emplea esta mezquina teoría del lobo. Asigna, tememos, provincias enteras de su alma al "hombre" que están muy lejos de ser humano, y partes de su ser al lobo que hace mucho tiempo han dejado atrás al lobo.

Como todos los hombres, Harry cree que sabe muy bien lo que es el hombre y, sin embargo, no sabe nada, aunque en los sueños y otros estados no sujetos a control a menudo tiene sus sospechas. Ojalá no los olvidara, sino que los guardara, al menos en la medida de lo posible, para los suyos. El hombre no tiene de ninguna manera una forma fija y duradera (esto, a pesar de las sospechas en sentido contrario por parte de sus sabios, era el ideal de los antiguos). Es mucho más un experimento y una transición. No es otra cosa que el puente estrecho y peligroso entre la naturaleza y el espíritu. Su destino más íntimo lo impulsa hacia el espíritu y hacia Dios. Su anhelo más íntimo lo lleva de regreso a la naturaleza, la madre. Entre las dos fuerzas su vida pende trémula e indecisa. Lo que comúnmente se entiende, mientras tanto, por la palabra "hombre" nunca es nada más que un acuerdo transitorio, un compromiso burgués. Algunos de los instintos más desnudos son excluidos y penalizados por este concordato; un grado de conciencia y cultura humanas se obtienen de la bestia; y un pequeño mínimo de espíritu no solo se permite sino que incluso se fomenta. El "hombre" de este concordato, como cualquier otro ideal burgués, es un compromiso, un experimento tímido e ingeniosamente astuto, con el objetivo de engañar tanto a la furiosa madre Naturaleza primigenia como al problemático Padre primitivo Espíritu de sus apremiantes reivindicaciones, y de vivir en una zona templada entre los dos. Por esta razón, el burgués hoy quema como herejes y cuelga como criminales a aquellos a quienes erige monumentos mañana.

Que el hombre aún no es una creación acabada, sino más bien un desafío del espíritu; una posibilidad lejana temida tanto como se desea; que el camino hacia él sólo ha sido cubierto por una distancia muy corta y con terribles agonías y éxtasis incluso por aquellos pocos para quienes es el patíbulo hoy y el monumento mañana, todo esto también sospechaba el lobo estepario. Sin embargo, lo que él llama el "hombre" en sí mismo, en oposición al lobo, no es en gran medida otra cosa que este mismo hombre medio de la convención burguesa.

En cuanto al camino a la verdadera hombría, el camino a los inmortales, tiene, es cierto, un indicio de ello y comienza de vez en cuando a dar unos pocos pasos vacilantes y los paga con mucho sufrimiento y muchos dolores de soledad. Pero en cuanto a esforzarse con seguridad, en respuesta a esa demanda suprema, hacia la hombría genuina del espíritu, y recorrer el único camino estrecho hacia la inmortalidad, le teme profundamente. Sabe muy bien que conduce a sufrimientos aún mayores, a la proscripción, a la última renuncia, tal vez al cadalso, y aunque la tentación de la inmortalidad se encuentra al final del viaje, todavía no está dispuesto a sufrir todos estos sufrimientos y a morir todas estas muertes. Aunque el fin de la virilidad es más conocido por él que por el burgués, aún cierra los ojos. Está resuelto a olvidar que el aferramiento desesperado al yo y el aferramiento desesperado a la vida son el camino más seguro hacia la muerte eterna, mientras que el poder de morir, de desnudarse y la entrega eterna del yo traen consigo la inmortalidad. Cuando adora a su favorito entre los inmortales, Mozart, puede ser, lo considera siempre a la larga con ojos burgueses. Su tendencia es explicar el ser perfeccionado de Mozart, tal como lo haría un maestro de escuela, como un don supremo y especial más que como el resultado de sus inmensos poderes de entrega y sufrimiento, de su indiferencia hacia los ideales de la burguesía y de su paciencia bajo ese último extremo de soledad que enrarece la atmósfera del mundo burgués hasta convertirla en un éter helado.  alrededor de los que sufren para convertirse en hombres, esa soledad del jardín de Getsemaní.

Este lobo estepario nuestro siempre ha sido consciente de al menos la doble naturaleza fáustica dentro de él. Ha descubierto que el pliegue único del cuerpo no está habitado por un pliegue del alma, y que, en el mejor de los casos, está solo al comienzo de una larga peregrinación hacia esta armonía ideal. Le gustaría vencer al lobo y convertirse en un hombre completo o renunciar a la humanidad y finalmente vivir una vida de lobo. Se puede suponer que nunca ha observado cuidadosamente a un lobo real. Si lo hubiera hecho, habría visto, quizás, que incluso los animales no son indivisos en espíritu. Con ellos, también, la belleza bien tejida del cuerpo esconde un ser de múltiples estados y esfuerzos. El lobo también tiene sus abismos. El lobo también sufre. No, volver a la naturaleza es una pista falsa que no conduce a ninguna parte más que al sufrimiento y la desesperación. Harry nunca podrá volver atrás y convertirse en un lobo completo, y si lo hiciera, descubriría que incluso el lobo no es de una simplicidad primitiva, sino que ya es una criatura de múltiple complejidad. Incluso el lobo tiene dos, y más de dos, almas en su pecho de lobo, y el que desea ser lobo cae en el mismo olvido que el hombre que canta: "¡Si pudiera ser un niño una vez más!" Quien canta sentimentalmente a la infancia bendita está pensando en el retorno a la naturaleza y la inocencia y el origen de las cosas, y ha olvidado por completo que estos niños benditos están acosados por conflictos y complejidades y son capaces de todo sufrimiento.

De hecho, no hay vuelta atrás ni al lobo ni al niño. Desde el principio no hay inocencia ni soltería. Cada cosa creada, incluso la más simple, ya es culpable, ya es múltiple. Ha sido arrojado a la corriente fangosa del ser y es posible que nunca más vuelva a nadar de regreso a su fuente. El camino hacia la inocencia, hacia lo increado y hacia Dios conduce, no de vuelta, no al lobo o al niño, sino cada vez más al pecado, cada vez más profundamente en la vida humana. El suicidio, incluso el infeliz Steppenwolf, no servirá seriamente para tu turno. Te encontrarás embarcado en el camino más largo, más cansado y más difícil hacia la vida humana. Tendrás que multiplicar muchas veces tu doble ser y complicar aún más tus complejidades. En lugar de estrechar tu mundo y simplificar tu alma, al final tomarás el mundo entero dentro de tu alma, cueste lo que cueste, antes de que termines y llegues a descansar. Este es el camino que Buda y todo gran hombre ha recorrido, ya sea conscientemente o no, en la medida en que la fortuna favoreció su búsqueda. Todos los nacimientos presagian la separación del Todo, el confinamiento dentro de la limitación, la separación de Dios, los dolores de nacer siempre de nuevo. El retorno al Todo presagia la elevación de la personalidad a través del sufrimiento hasta que llegue a Dios, la expansión del alma hasta que sea capaz una vez más de abrazar el Todo.

No se trata aquí del hombre tal como se le conoce en la economía y la estadística, ya que se le ve abarrotando las calles por millones, y de quien no se puede dar más cuenta que la arena del mar o el rocío de sus olas. No nos preocupan los pocos millones menos o más. Son una acción en el comercio, nada más. No, estamos hablando del hombre en el sentido más elevado, del final del largo camino hacia la verdadera hombría, de los hombres reales, de los inmortales. El genio no es tan raro como a veces pensamos; ni, ciertamente, tan frecuente como puede parecer en los libros de historia o, de hecho, en los periódicos. Harry tiene, deberíamos decir, el genio suficiente para intentar la búsqueda de la verdadera hombría en lugar de hablar lastimosamente sobre su estúpido Steppenwolf en cada dificultad encontrada.

Es tanto motivo de sorpresa y tristeza que hombres de tales posibilidades recurran a los lobos esteparios y a «¡Dos almas, ay!», como que revelen tan a menudo ese lamentable amor por la burguesía. Un hombre que puede entender a Buda y tiene una intuición del cielo y el infierno de la humanidad no debería vivir en un mundo gobernado por el "sentido común" y la democracia y los estándares burgueses. Es solo por cobardía que vive en él; y si sus dimensiones son demasiado estrechas para él y el salón burgués demasiado confinado, lo pone a la puerta del lobo y se niega a ver que el lobo es la mejor parte de él. Todo lo que es salvaje en sí mismo lo llama lobo y lo considera malvado y peligroso y el espantajo de toda vida decente. No puede ver, aunque se crea un artista y poseedor de percepciones delicadas, que existe mucho más en él además y detrás del lobo. No puede ver que no todo lo que muerde es lobo y que el zorro, el dragón, el tigre, el mono y el ave del paraíso también están allí. Sin embargo, permite que todo este mundo, un jardín del Edén en el que hay manifestaciones de belleza y terror, de grandeza y mezquindad, de fuerza y ternura, se amontone y se encierre por la leyenda del lobo, al igual que el hombre real en él por las farsas y pretensiones de una existencia burguesa.

El hombre diseña para sí mismo un jardín con cien clases de árboles, mil clases de flores, cien clases de frutas y verduras. Supongamos, entonces, que el jardinero de este jardín no supiera otra distinción que entre comestible y no comestible, las nueve décimas partes de este jardín serían inútiles para él. Arrancaba las flores más encantadoras y cortaba los árboles más nobles e incluso los miraba con repugnancia y envidia. Esto es lo que hace el lobo estepario con las mil flores de su alma. Lo que no se clasifica como hombre o lobo, no lo ve en absoluto. ¡Y considere todo lo que él imputa al "hombre"! Todo lo que es cobarde y simiesco, estúpido y mezquino, mientras que al lobo, sólo porque no ha logrado hacerse su amo, se le asigna todo lo que es fuerte y noble.

Ahora nos despedimos de Harry y lo dejamos solo. Si ya estuviera entre los inmortales, si ya estuviera allí en la meta a la que parece llevarlo su difícil camino, con qué asombro miraría hacia atrás a todo este ir y venir, toda esta indecisión y este salvaje camino en zigzag. Con qué mezcla de aliento y culpa, lástima y alegría, sonreía a este lobo estepario.

Cuando hube leído hasta el final, me vino a la mente que algunas semanas antes había escrito una noche un poema bastante peculiar, también sobre el lobo estepario. Busqué entre el montón de papeles de mi escritorio, lo encontré y leí:

El lobo trota de un lado a otro,

El mundo yace en lo profundo de la nieve,

El cuervo del abedul vuela,

Pero en ninguna parte una liebre, en ninguna parte una corza.

El corzo, es tan querido, tan dulce,

Si tal cosa podría sorprender

En mi abrazo, mis dientes se encontrarían,

¿Qué más hay bajo los cielos?

La hermosa criatura que tanto atesoraría,

Y me deleito profundamente con su tierno muslo,

Bebería de su sangre roja en toda su medida,

Luego aúllan hasta que pasó la noche.

Ni siquiera despreciaría a una liebre;

Lo suficientemente dulce es su carne cálida en la noche.

¿Se puede negar todo?

¿Eso podría hacer que la vida sea un poco brillante?

El pelo de mi cepillo se está volviendo gris.

La vista está fallando de mis ojos.

Hace años murió mi querido amigo.

Y ahora troto y sueño con un corzo.

Troto y sueño con una liebre.

Escucho el viento de la medianoche aullar.

Enfrío con la nieve mi papada ardiente,

Y al diablo llevo mi miserable alma.

Así que ahora tenía dos retratos de mí mismo ante mí, uno de ellos un autorretrato en verso de perro, tan triste y triste como yo; el otro pintado con el aire de una elevada imparcialidad por alguien que estaba afuera y que sabía más y menos de mí que yo mismo. Y estas dos imágenes de mí mismo, mi poema desanimado y vacilante y el inteligente estudio de una mano desconocida, me afligieron por igual. Ambos tenían razón. Ambos dieron la verdad sin adornos sobre mi existencia inmóvil. Ambos mostraron claramente cuán insoportable e insostenible era mi situación. La muerte fue decretada para este lobo estepario. Debía poner fin con su propia mano a su detestada existencia, a menos que, fundido en el fuego de un renovado conocimiento de sí mismo, sufriera un cambio y pasara a un yo, nuevo y sin disfraz. ¡Ay! Esta transición no era desconocida para mí. A menudo ya lo había experimentado, y siempre en momentos de la mayor desesperación. En cada ocasión de esta terrible experiencia de desarraigo, yo mismo, como era entonces, me rompía en pedazos. Cada vez que poderes profundamente arraigados lo habían sacudido y destruido; Cada vez había seguido la pérdida de una parte querida y particularmente querida de mi vida que ya no era fiel a mí. Una vez, había perdido mi profesión y mi sustento. Había tenido que perder la estima de aquellos que antes me habían tocado sus gorras. Luego, mi vida familiar se arruinó de la noche a la mañana, cuando mi esposa, cuya mente estaba desordenada, me expulsó de casa y de casa. El amor y la confianza habían cambiado de repente a odio y enemistad mortal y los vecinos me vieron partir con desprecio compasivo. Fue entonces cuando mi soledad tuvo su comienzo. Pasaron años de dificultades y amargura. Había construido el ideal de una nueva vida, inspirado por el ascetismo del intelecto. Había alcanzado una vez más una cierta serenidad y elevación de la vida, sometiéndome a la práctica del pensamiento abstracto y a una regla de meditación austera. Pero este molde también se rompió y perdió de un solo golpe toda su exaltada y noble intención. Un torbellino de viajes me impulsó de nuevo sobre la tierra; se amontonaron nuevos sufrimientos y nuevas culpas. Y cada ocasión en que se arrancaba una máscara, se rompía un ideal, era precedida por este odioso vacío y quietud, esta constricción mortal y soledad y falta de relación, este infierno desperdiciado y vacío de desamor y desesperación, como el que ahora tenía que atravesar una vez más.

Es cierto que cada vez que mi vida se hacía añicos de esta manera, al final había ganado algo, algún aumento en la libertad y en el crecimiento espiritual y la profundidad, pero con ello se fue una mayor soledad, un creciente escalofrío de separación y distanciamiento. Visto con ojos burgueses, mi vida había sido un descenso continuo de una ruptura a la siguiente que me dejaba más alejado a cada paso de todo lo que era normal, permisible y saludable. El paso de los años me había despojado de mi llamado, mi familia, mi hogar. Me quedé fuera de todos los círculos sociales, solo, amado por nadie, desconfiado por muchos, en un conflicto incesante y amargo con la opinión pública y la moralidad; y aunque vivía en un entorno burgués, era de todos modos un completo extraño para este mundo en todo lo que pensaba y sentía. La religión, el país, la familia, el estado, todos perdieron su valor y ya no significaban nada para mí. La pomposidad de las ciencias, las sociedades y las artes me disgustaba. Mis puntos de vista y gustos y todo lo que pensaba, una vez que eran los adornos brillantes de una persona talentosa y buscada, se habían sembrado en el abandono y eran mirados con recelo. Admitiendo que en el curso de todas mis dolorosas transmutaciones había obtenido alguna ganancia invisible e inexplicable, había tenido que pagarla muy cara; y a cada paso mi vida era más dura, más difícil, solitaria y peligrosa. En verdad, tenía pocas razones para desear continuar de esa manera que conducía a un aire cada vez más delgado, como el humo en la canción de la cosecha de Nietzsche.

Oh, sí, había experimentado todos estos cambios y transmutaciones que el destino reserva para sus hijos difíciles, sus clientes cosquilleantes. Los conocía demasiado bien. Los conocía tan bien como un deportista celoso pero fracasado conoce las gradas en un tiro; como un viejo jugador en la Bolsa conoce cada etapa de la especulación, la primicia, el debilitamiento del mercado, la ruptura y la bancarrota. ¿Realmente iba a vivir todo esto de nuevo? Toda esta tortura, toda esta necesidad apremiante, todos estos vislumbres de la mezquindad y la inutilidad de mi propio yo, el espantoso temor de sucumbir y el miedo a la muerte. ¿No era mejor y más sencillo evitar que se repitieran tantos sufrimientos y abandonar el escenario? Ciertamente, era más simple y mejor. Cualquiera que fuera la verdad de todo lo que se decía en el librito sobre el lobo estepario sobre los «suicidios», nadie podía prohibirme la satisfacción de invocar la ayuda de una estufa de gas o una navaja de afeitar o un revólver, y ahorrarme así la repetición de un proceso cuya amarga agonía había tenido que beber con bastante frecuencia, seguramente. y hasta las heces. No, en toda conciencia, no había poder en el mundo que pudiera prevalecer conmigo para pasar por el terror mortal de otro encuentro conmigo mismo, para enfrentar otra reorganización, una nueva encarnación, cuando al final del camino no había paz ni tranquilidad, sino destruir para siempre el yo, para renovar el yo. Que el suicidio sea tan estúpido, cobarde y miserable como quieras, llámalo un escape infame e ignominioso; sin embargo, cualquier escape, incluso el más ignominioso, de esta cinta de correr de sufrimiento era lo único que se podía desear. No quedó ningún escenario para el corazón noble y heroico. No quedaba nada más que la simple elección entre una punzada leve y rápida y un sufrimiento impensable, devorador e interminable. Había jugado a Don Quijote con bastante frecuencia en mi vida difícil y enloquecida, había puesto el honor antes que la comodidad y el heroísmo antes que la razón. ¡Hubo un final!

La luz del día amanecía a través de los cristales de las ventanas, la luz plomiza e infernal de un día lluvioso de invierno, cuando por fin llegué a la cama. Me llevé mi resolución a la cama conmigo. Al final, sin embargo, en el último borde de la conciencia en el momento de quedarme dormido, el notable pasaje del folleto Steppenwolf que trata de los inmortales pasó por mí como un relámpago. Con él vino el recuerdo encantador de que varias veces, la última muy recientemente, me había sentido lo suficientemente cerca de los inmortales como para compartir en un compás de música antigua su sabiduría fría, brillante, austera y, sin embargo, sonriente. El recuerdo se elevó, brilló y luego se desvaneció; y pesado como una montaña, el sueño descendió sobre mi cerebro.

Me desperté alrededor del mediodía, y al instante la situación, tal como la había desenredado, volvió a mí. Allí estaba el librito sobre mi mesita de noche y mi poema. Mi resolución también estaba allí. Después de la noche de sueño, había tomado forma y me miró desde la confusión de mi juventud con un saludo tranquilo y amistoso. La prisa no hace velocidad. Mi resolución de morir no fue el capricho de una hora. Era la fruta madura y sana que había crecido lentamente hasta alcanzar su tamaño completo, ligeramente mecida por los vientos del destino cuyo próximo aliento la llevaría al suelo.

Tenía en mi botiquín un excelente medio para calmar el dolor: una tintura de láudano inusualmente fuerte. Rara vez me permitía hacerlo y, a menudo, me abstenía de usarlo durante meses. Recurrí a la droga solo cuando el dolor físico me atormentaba más allá de lo soportable. Desafortunadamente, no sirvió de nada para ponerme fin a mí mismo. Lo había demostrado algunos años antes. Una vez, cuando la desesperación se apoderó de mí de nuevo, me tragué una gran dosis, suficiente para matar a seis hombres, y sin embargo no me había matado a mí. Me quedé dormido, es cierto, y me quedé estupefacto durante varias horas; pero luego, para mi espantosa decepción, me despertaron violentas convulsiones estomacales y me quedé dormido una vez más. Era la mitad del día siguiente cuando me desperté en serio en un estado de sobriedad lúgubre. Mi cerebro vacío ardía y casi había perdido la memoria. Aparte de un ataque de insomnio y fuertes dolores en el estómago, no quedó rastro del veneno.

Este expediente, entonces, no era bueno. Pero expresé mi resolución de esta manera: la próxima vez que sintiera que debía recurrir al opio, podría permitirme usar medios grandes en lugar de pequeños, es decir, una muerte de absoluta certeza con una bala o una navaja. Entonces podría estar seguro. En cuanto a esperar hasta mi quincuagésimo cumpleaños, como el librito prescribía ingeniosamente, esto me pareció un retraso demasiado largo. Todavía quedaban dos años hasta entonces. Ya fuera dentro de un año o un mes, si fuera al día siguiente, la puerta estaba abierta.

No puedo decir que la resolución alteró mi vida muy profundamente. Me hizo un poco más indiferente a mis aflicciones, un poco más libre en el uso del opio y el vino, un poco más inquisitivo para conocer los límites de la resistencia, pero eso era todo. Las otras experiencias de esa noche tuvieron un efecto secundario más fuerte. Volví a leer el tratado de Steppenwolf muchas veces, ora sometiéndome agradecido a un mago invisible debido a su sabia conducta de mi destino, ora con desprecio y desprecio por su futilidad, y la poca comprensión que mostraba de mi disposición y situación reales. Todo lo que se escribió allí sobre los lobos esteparios y los suicidios fue muy bueno, sin duda, y muy inteligente. Podría servir para la especie, el tipo; pero era una malla demasiado ancha para atrapar mi propia alma individual, mi destino único y sin precedentes.

Lo que, sin embargo, ocupaba mis pensamientos más que todo lo demás era la alucinación, o visión, de la pared de la iglesia. El anuncio hecho por las letras iluminadas que bailaban prometía mucho de lo que se insinuaba en el tratado, y las voces de ese extraño mundo habían despertado poderosamente mi curiosidad. Durante horas reflexioné profundamente sobre ellos. En estas ocasiones me impresionaba cada vez más la advertencia de esa inscripción: "¡No para todos!" y "¡Solo para locos!" Loco, entonces, ciertamente debía estar y lejos del molde de "todos" si esas voces me llegaban y ese mundo me hablaba. En nombre del cielo, ¿no había estado hace mucho tiempo alejado de la vida de todos y del pensamiento normal y la existencia normal? ¿No había dado hace mucho tiempo un amplio margen al aislamiento y la locura? De todos modos, entendí la convocatoria bastante bien en lo más íntimo de mi corazón. Sí, entendí la invitación a la locura y el abandono de la razón y el escape de los zuecos de la convención en la rendición a la oleada desenfrenada del espíritu y la fantasía.

Un día, después de haber buscado en vano al hombre del letrero por las calles y plazas y merodear varias veces por la pared de la puerta invisible con ojo vigilante, me encontré con una procesión fúnebre en San Martín. Mientras contemplaba los rostros de los dolientes que seguían el coche fúnebre con paso vacilante, pensé: "¿Dónde está en esta ciudad o en todo el mundo el hombre cuya muerte sería una pérdida para mí? ¿Y dónde está el hombre para quien mi muerte significaría algo?" Estaba Erica, es cierto, pero durante mucho tiempo habíamos vivido separados. Rara vez nos veíamos sin pelear y en ese momento ni siquiera sabía su dirección. Venía a verme de vez en cuando, o yo hacía el viaje hasta ella, y como ambos éramos personas solitarias, difíciles y se relacionaban de alguna manera entre sí en el alma y en la enfermedad del alma, había un vínculo entre nosotros que se mantenía a pesar de todo. Pero, ¿no respiraría más libremente si se enterara de mi muerte? No lo sabía. Tampoco sabía hasta qué punto se podía confiar en mis propios sentimientos por ella. Para saber algo de tales asuntos, uno necesita vivir en un mundo de posibilidades prácticas.

Mientras tanto, obedeciendo a mi fantasía, me había colocado en la parte trasera de la procesión fúnebre y había trotado detrás de los dolientes hasta el cementerio, un asunto actualizado todo de concreto y completo con crematorio. Sin embargo, el difunto en cuestión no iba a ser incinerado. Su ataúd fue colocado ante un simple agujero en el suelo, y vi al clérigo y a los otros buitres y funcionarios de un establecimiento funerario realizando sus actuaciones, a las que se esforzaron por dar toda la apariencia de gran ceremonia y dolor y con tal efecto que se superaron a sí mismos y de pura actuación quedaron atrapados en sus propias mentiras y terminaron siendo cómicos. Vi cómo sus negras túnicas profesionales caían en pliegues, y qué esfuerzos hacían para hacer que la compañía de los dolientes y los obligara a doblar la rodilla ante la majestad de la muerte. Fue un trabajo en vano. Nadie lloró. El fallecido no parecía haber sido indispensable. Tampoco se podía convencer a nadie de que adoptara un estado de ánimo piadoso; y cuando el clérigo se dirigió a la compañía repetidamente como "queridos compañeros cristianos", todos los rostros silenciosos de estos tenderos y maestros panaderos y sus esposas fueron rechazados por la vergüenza y no expresaron nada más que el deseo de que esta incómoda función terminara pronto. Cuando llegó el final, los dos primeros de los compañeros cristianos estrecharon la mano del clérigo, rasparon la arcilla húmeda en la que habían colocado los muertos de sus zapatos en el siguiente raspador y, sin dudarlo, sus rostros volvieron a mostrar su expresión natural; y entonces fue cuando uno de ellos le pareció de repente familiar. Era, según me pareció, el hombre que había llevado el letrero y me había puesto el librito en las manos.

En el momento en que creí reconocerlo, se detuvo y, agachándose, se subió cuidadosamente los pantalones negros y luego se alejó a paso lento con el paraguas bajo el brazo. Caminé tras él, pero cuando lo alcancé y le di un gesto de asentimiento, no pareció reconocerme.

"¿No hay espectáculo esta noche?" Pregunté con un intento de guiñar un ojo como el que se dan dos conspiradores. Pero hace mucho tiempo que esa pantomima me resultaba familiar. De hecho, viviendo como lo hacía, casi había perdido el hábito del habla, y sentí que solo hacía una mueca tonta.

"¿Espectáculo esta noche?", gruñó, y me miró como si nunca antes me hubiera visto. "Ve al Águila Negra, hombre, si eso es lo que quieres".

Y, de hecho, ya no estaba seguro de que fuera él. Estaba decepcionado y sintiendo la decepción que caminaba sin rumbo fijo. No tenía motivos, ni incentivos para esforzarme, ni deberes. La vida tenía un sabor horriblemente amargo. Sentí que el disgusto de larga data estaba llegando a una crisis y que la vida me empujó y me dejó a un lado. Caminé por las calles grises con rabia y todo olía a tierra húmeda y entierro. Juré que ninguno de estos buitres de la muerte se pararía junto a mi tumba, con sotanas y murmuraciones cristianas. Ah, mire donde pueda y piense lo que pueda, no había motivo para regocijarme y nada me llamaba. No había nada que me encantara o me tentara. Todo estaba viejo, marchito, gris, flácido y gastado, y apestaba a rancio y decadencia. Dios mío, ¿cómo fue posible? ¿Cómo había llegado yo, con las alas de la juventud y la poesía, a esto? El arte y los viajes y el resplandor de los ideales, ¡y ahora esto! ¿Cómo había sido que esta parálisis de odio contra mí mismo y contra todos los demás, esta obstrucción de todo sentimiento, este infierno de barro de un corazón vacío y desesperación se había deslizado sobre mí tan suave y tan lentamente?

Al pasar por la Biblioteca me encontré con un joven profesor del que en años anteriores solía ver mucho de vez en cuando. La última vez que me quedé en la ciudad, algunos años antes, incluso había estado varias veces en su casa para hablar de mitología oriental, un estudio en el que entonces estaba muy interesado. Vino en mi dirección, caminando rígido y con aire miope, y solo me reconoció en el último momento cuando pasaba. En mi lamentable estado, estaba medio agradecido por la cordialidad con la que se arrojó sobre mí. Su placer al verme se volvió bastante animado al recordar las conversaciones que habíamos tenido juntos y me aseguró que debía mucho al estímulo que le habían dado y que a menudo pensaba en mí. Rara vez había tenido discusiones tan estimulantes y productivas con ningún colega desde entonces. Me preguntó cuánto tiempo había estado en la ciudad (mentí y dije "unos días") y por qué no lo había buscado. El erudito me abrazó con su mirada amistosa y, aunque realmente lo encontré ridículo, no pude evitar disfrutar de estas migajas de calidez y amabilidad, y las lamía como un perro hambriento. Harry, el lobo estepario, se conmovió con una sonrisa. La saliva se acumuló en su garganta reseca y, contra su voluntad, se inclinó ante el sentimiento. Sí, amontonando celosamente mentira sobre mentira, dije que solo estaba aquí de pasada, con el propósito de investigar, y que, por supuesto, debería haberle hecho una visita, pero que no me había sentido muy en forma. Y cuando me invitó de todo corazón a pasar la noche con él, acepté con agradecimiento y envié mis saludos a su esposa, hasta que me dolieron las mejillas por los esfuerzos desacostumbrados de todas estas sonrisas y discursos forzados. Y mientras yo, Harry Haller, permanecía allí en la calle, halagado y sorprendido y estudiadamente cortés y sonriendo en el rostro amable y miope del buen tipo, el otro Harry también estaba a mi lado y sonreía igualmente. Se quedó allí y sonrió al pensar en lo divertido, loco y deshonesto que era yo al mostrar los dientes de rabia y maldecir al mundo entero en un momento y, al siguiente, caer sobre mí mismo en el afán de mi respuesta al primer saludo amable del primer buen hombre honesto que se cruzó en mi camino. revolcarse como un cochinillo en el lujo de un poco de sentimiento agradable y una estima amistosa. Así estaban los dos Harrys, ninguno de los dos haciendo un papel muy bonito, frente al digno profesor, burlándose el uno del otro, mirándose y escupiéndose el uno al otro, mientras que, como siempre en tales aprietos, se presentaba la eterna pregunta de si todo esto era simple estupidez y fragilidad humana, una depravación común, o si este egoísmo sentimental y perversidad, este descuido y doble cara de sentimientos era simplemente una idiosincrasia personal de los lobos esteparios. Y si esta maldad era común a los hombres en general, podía rebotar de ella con renovada energía hacia el odio a todo el mundo, pero si era una fragilidad personal, era una buena ocasión para una orgía de odio hacia mí mismo.

Mientras mis dos seres estaban así encerrados en conflicto, el profesor casi fue olvidado; y cuando la opresión de su presencia volvió repentinamente a mí, me apresuré a aliviarme de ella. Lo cuidé durante un largo rato mientras desaparecía en la distancia a lo largo de la avenida sin hojas con el paso bondadoso y ligeramente cómico de un idealista ingenuo. Dentro de mí, la batalla rugió furiosamente. Mecánicamente doblé y desdoblé mis dedos rígidos como para luchar contra los estragos de un veneno secreto, y al mismo tiempo tuve que darme cuenta de que había sido bien enmarcado. Alrededor de mi cuello estaba la invitación a las 8:30, con todas sus obligaciones de cortesía, de hablar de negocios y de contemplar la felicidad doméstica de otro. Y así en casa, en la ira. Una vez allí, me serví un poco de brandy y agua, tragué algunas de mis pastillas para la gota y, tumbado en el sofá, intenté leer. Tan pronto como logré perderme por un momento en el Viaje de Sofía de Memel a Sajonia, un delicioso libro antiguo del siglo XVIII, la invitación me vino de repente y me recordó que no estaba ni afeitado ni vestido. ¿Por qué, en nombre del cielo, me había traído todo esto a mí mismo? Bueno, levántate, eso me dije, enjabónate, raspa tu barbilla hasta que sangre, vístete y muestra una disposición amable hacia tus semejantes. Y mientras me enjabonaba la cara, pensé en ese sórdido agujero en la arcilla del cementerio en el que una persona desconocida había sido bajada ese día. Pensé en los rostros pellizcados de los aburridos compañeros cristianos y ni siquiera pude reír. Allí, en ese sórdido agujero en la arcilla, pensé, con el acompañamiento de ministraciones estúpidas e insinceras y el comportamiento no menos estúpido e insincero del grupo de dolientes, en la incómoda vista de todas las cruces de metal y losas de mármol y flores artificiales de alambre y vidrio, terminó no solo ese hombre desconocido, y, mañana o pasado mañana, yo también, enterrado en el suelo con una hipócrita muestra de dolor, no, allí y así terminó todo; todo nuestro esfuerzo, toda nuestra cultura, todas nuestras creencias, toda nuestra alegría y placer en la vida, ya enfermos y pronto serán enterrados allí también. Toda nuestra civilización era un cementerio donde Jesucristo y Sócrates, Mozart y Haydn, Dante y Goethe no eran más que los nombres indescifrables en piedras mohosas; y los dolientes que estaban alrededor fingiendo un pretexto de dolor darían mucho por creer en estas inscripciones que una vez fueron sagradas, o al menos por pronunciar una palabra sincera de dolor y desesperación sobre este mundo que ya no existe. Y no les quedó nada más que las muecas de vergüenza de una compañía alrededor de una tumba. Mientras me enfurecía así, me corté la barbilla en el lugar habitual y tuve que aplicar un cáustico a la herida; y aun así estaba mi cuello limpio, apenas puesto, para cambiarme de nuevo, y todo esto por una invitación que no me dio el menor placer. Y, sin embargo, una parte de mí comenzó a actuar de nuevo, llamando al profesor un tipo comprensivo, anhelando una pequeña charla y coito con mis semejantes, recordándome a la hermosa esposa del profesor, incitándome a creer que una velada pasada con mi agradable anfitrión y anfitriona sería en realidad una alegría positiva, ayudándome a ponerme un poco de yeso en la barbilla. para ponerme la ropa y atarme bien la corbata, y ponerme suavemente, de hecho, lejos de mi genuino deseo de quedarme en casa. Con lo cual se me ocurrió, así es con todos. Así como me visto y salgo a visitar al profesor e intercambio algunos cumplidos más o menos insinceros con él, sin querer realmente en absoluto, así es con la mayoría de los hombres día a día y hora a hora en su vida y asuntos diarios. Sin querer en absoluto, hacen llamadas y mantienen conversaciones, se sientan a trabajar en escritorios y sillas de oficina; y todo es obligatorio, mecánico y a contrapelo, y todo podría hacerse o dejarse de hacer igual de bien por las máquinas; Y, de hecho, es esta maquinaria incesante la que les impide ser, como yo, los críticos de sus propias vidas y reconocer la estupidez y la superficialidad, la tragedia desesperada y el desperdicio de las vidas que llevan, y la terrible ambigüedad que sonríe sobre todo esto. Y tienen razón, razón mil veces al vivir como lo hacen, jugando sus juegos y persiguiendo sus negocios, en lugar de resistirse a la máquina lúgubre y mirar al vacío como lo hago yo, que he abandonado la pista. Que nadie piense que culpo a otros hombres, aunque de vez en cuando en estas páginas los desprecio e incluso me burlo de ellos, o que los acuso de la responsabilidad de mi miseria personal. Pero ahora que he llegado tan lejos, y estando como estoy al borde extremo de la vida, donde el suelo se derrumba ante mí en una oscuridad sin fondo, haría mal y mentiría si fingiera ante mí mismo o ante los demás que esa máquina todavía giraba para mí y que todavía era obediente al eterno juego de niños de ese mundo encantador.

Sobre todo esto, la noche anterior a mí proporcionó un comentario notable. Me detuve un momento frente a la casa y miré hacia las ventanas. Allí vive, pensé, y continúa sus labores año tras año, lee y anota textos, busca analogías entre las mitologías asiática occidental e india, y eso lo satisface, porque cree en el valor de todo ello. Cree en los estudios de quién es sirviente; Cree en el valor del mero conocimiento y su adquisición, porque cree en el progreso y la evolución. No ha pasado por la guerra, ni está familiarizado con la destrucción de los fundamentos del pensamiento por parte de Einstein (que, según él, solo concierne a los matemáticos). No ve nada de los preparativos para la próxima guerra que se están llevando a cabo a su alrededor. Odia a los judíos y a los comunistas. Es un niño bueno, irreflexivo y feliz, que se toma en serio a sí mismo; y, de hecho, es muy envidiable. Y así, recuperándome, entré en la casa. Una doncella con gorra y delantal abrió la puerta. Advertido por alguna premonición, noté con cuidado dónde dejó mi sombrero y mi abrigo, y luego me llevaron a una habitación cálida y bien iluminada y me pidieron que esperara. En lugar de rezar o tomar una siesta, seguí un impulso caprichoso y recogí lo primero que vi. Resultó ser un pequeño cuadro en un marco que estaba sobre la mesa redonda recostado en su soporte de cartón. Era un grabado y representaba al poeta Goethe como un anciano lleno de carácter, con un rostro finamente cincelado y una melena de genio. No faltaba ni el famoso fuego de sus ojos ni la expresión solitaria y trágica bajo el encalado cortesano. El artista había prestado especial atención a esto, y había logrado combinar la fuerza elemental del anciano con una composición algo profesional de autodisciplina y rectitud, sin perjuicio de su profundidad; y había hecho de él, en general, un anciano realmente encantador, digno de adornar cualquier salón. Sin duda, este retrato no era peor que otros de su descripción. Era muy parecido a todas esas representaciones de cuidadosos artesanos de salvadores, apóstoles, héroes, pensadores y estadistas. Tal vez lo encontré exasperante solo por un cierto virtuosismo pretencioso. En cualquier caso, y cualquiera que fuera la causa, esta presentación vacía y satisfecha del anciano Goethe me gritó de inmediato como una discordia fatal, exasperado y oprimido como ya estaba. Me dijo que nunca debería haber venido. Aquí estaban en casa los buenos Viejos Maestros y los Grandes de la Nación, no los Lobos Esteparios.

Si tan solo el dueño de la casa hubiera entrado ahora, podría haber tenido la suerte de encontrar alguna oportunidad favorable para encontrar la salida. Tal como estaban las cosas, su esposa entró, y me rendí al destino aunque olía el peligro. Nos dimos la mano y a la primera discordia no le sucedió nada más que otras nuevas. La dama me felicitó por mi apariencia, aunque sabía muy bien lo triste que me habían envejecido los años desde nuestro último encuentro. El apretón de su mano sobre mis dedos gotosos ya me lo había recordado. Luego pasó a preguntar por mi querida esposa, y tuve que decir que mi esposa me había dejado y que estábamos divorciados. Nos alegramos bastante cuando entró el profesor. Él también me dio una calurosa bienvenida y la comedia incómoda llegó a un hermoso clímax. Sostenía un periódico al que estaba suscrito, un órgano del partido militarista y patriotero, y después de estrecharle la mano lo señaló y comentó un párrafo sobre un homónimo mío, un publicista llamado Haller, un mal tipo y un patriota podrido, que se había estado burlando del Kaiser y expresando la opinión de que su propio país no era menos responsable del estallido de la guerra que las naciones enemigas. ¡Había un hombre para ti! El editor le había dado sus merecimientos y lo había puesto en la picota. Sin embargo, cuando el profesor vio que yo no estaba interesado, pasamos a otros temas, y la posibilidad de que este horrible tipo pudiera estar sentado frente a ellos no se les ocurrió ni remotamente a ninguno de los dos. Sin embargo, así fue, yo mismo era ese tipo horrible. Bueno, ¿por qué armar un escándalo y molestar a la gente? Me reí para mis adentros, pero perdí toda esperanza de una velada agradable.

Tengo un recuerdo claro del momento en que el profesor habló de Haller como un traidor a su país. Fue entonces cuando el horrible sentimiento de depresión y desesperación que había ido aumentando en mí y haciéndose cada vez más fuerte desde la escena del entierro se condensó en un triste abatimiento. Se elevó al punto de una angustia corporal, despertando dentro de mí un temor y un presentimiento sofocante. Tenía la sensación de que algo me esperaba, que un peligro me acechaba por detrás. Afortunadamente, el anuncio de que la cena estaba en la mesa sobrevino. Entramos en el comedor, y mientras me devanaba los sesos una y otra vez en busca de algo inofensivo que decir, comí más de lo que estaba acostumbrado a hacer y me sentí cada vez más miserable a cada momento. Dios mío, pensé todo el tiempo, ¿por qué nos sometemos a tales esfuerzos? Sentí claramente que mis anfitriones tampoco estaban a gusto y que su vivacidad era forzada, ya fuera porque tenía un efecto paralizante sobre ellos o por alguna otra vergüenza doméstica. No hubo una pregunta que me hicieran que pudiera responder con franqueza, y pronto me enredé en mis mentiras y luché con mis náuseas a cada palabra. Por fin, para cambiar de tema, comencé a contarles el funeral que había presenciado más temprano ese día. Pero no pude dar en la nota correcta. Mis esfuerzos por el humor fracasaron por completo y estábamos más que nunca en desacuerdo. Dentro de mí, el lobo estepario mostró los dientes en una sonrisa. Cuando llegamos al postre, el silencio se había apoderado de los tres.

Regresamos a la habitación de la que habíamos venido para invocar la ayuda del café y el coñac. Allí, sin embargo, mis ojos se posaron una vez más en el magnate de la poesía, aunque lo habían puesto en una cómoda a un lado de la habitación. Incapaz de alejarme de él, lo tomé una vez más en mis manos, aunque se oyeron claramente voces de advertencia, y procedí a atacarlo. Estaba como obsesionado por la sensación de que la situación era intolerable y que había llegado el momento de calentar a mis anfitriones, de sacarlos de sus pies y ponerlos en sintonía conmigo, o bien de provocar una explosión final.

-Esperemos -dije- que Goethe no se viera realmente así. Este aire engreído de nobleza, el gran hombre mirando con los ojos a la distinguida compañía, y debajo del exterior varonil, ¡qué mundo de sentimentalismo encantador! Ciertamente, hay mucho que decir en su contra. Yo mismo tengo mucho en contra de su venerable pomposidad. Pero representarlo así, no, eso es ir demasiado lejos".

La señora de la casa terminó de servir el café con una expresión profundamente herida y luego salió apresuradamente de la habitación; y su marido me explicó con una mezcla de vergüenza y reproche que el cuadro de Goethe pertenecía a su esposa y era una de sus posesiones más queridas. "E incluso si, objetivamente hablando, tienes razón, aunque no estoy de acuerdo contigo, no necesitas haber sido tan franco".

"Tienes razón", admití. "Desafortunadamente, es un hábito, un vicio mío, decir siempre lo que pienso tanto como sea posible, como de hecho también lo hizo Goethe en sus mejores momentos. En este casto salón, Goethe nunca se habría permitido usar una expresión escandalosa, genuina e incondicional. Ruego sinceramente el perdón de su esposa y el suyo propio. Dile, por favor, que soy un esquizomaníaco. Y ahora, si me lo permites, me despido.

A esto hizo objeciones a pesar de su perplejidad. Incluso volvió al tema de nuestras discusiones anteriores y dijo una vez más lo interesantes y estimulantes que habían sido y la profunda impresión que mis teorías sobre Mitra y Krishna habían causado en él en ese momento. Esperaba que la presente ocasión hubiera sido una oportunidad para reanudar estas discusiones. Le agradecí por hablar como lo hizo. Desafortunadamente, mi interés en Krishna se había desvanecido y también mi placer en las discusiones eruditas. Además, le había dicho varias mentiras ese día. Por ejemplo, había estado muchos meses en la ciudad, y no pocos días, como había dicho. Sin embargo, vivía completamente solo y ya no era apto para una sociedad decente; porque, en primer lugar, casi siempre estaba de mal humor y afligido por la gota, y en segundo lugar, generalmente borracho. Por último, para hacer borrón y cuenta nueva, y no irme, al menos, como un mentiroso, era mi deber informarle que me había insultado gravemente esa noche. Había respaldado la actitud adoptada por un periódico reaccionario hacia las opiniones de Haller; un estúpido papel de cuello de toro, digno de un oficial con medio sueldo, no de un hombre de erudición. Sin embargo, este mal tipo y patriota podrido, Haller, y yo éramos la misma persona, y sería mejor para nuestro país y para el mundo en general, si al menos las pocas personas que fueran capaces de pensar defendieran la razón y el amor a la paz en lugar de dirigirse salvajemente con una obsesión ciega por una nueva guerra. Y así me despediría de él.

Con eso me levanté y me despedí de Goethe y del profesor. Cogí mi sombrero y mi abrigo del perchero de afuera y salí de la casa. Fuerte en mi alma, el lobo aulló de alegría, y entre mis dos se abrió un inmenso campo de operaciones. Porque de inmediato me quedó claro que esta desagradable noche tenía mucho más significado para mí que para el indignado profesor. Para él, fue una desilusión y un ultraje mezquino. Para mí, fue un fracaso final y un vuelo. Fue mi despedida del mundo respetable, moral y erudito, y un triunfo completo para el lobo estepario. Me enviaron volando y me sacaron del campo, en bancarrota a mis propios ojos, despedido sin una pizca de crédito o un rayo de humor para consolarme. Me había despedido del mundo en el que una vez había encontrado un hogar, el mundo de las convenciones y la cultura, a la manera del hombre con un estómago débil que ha renunciado a la carne de cerdo. Enfurecido seguí mi camino bajo las farolas, enfurecido y enfermo de muerte. Qué horrible día de vergüenza y miseria había sido de la mañana a la noche, desde el cementerio hasta la escena con el profesor. ¿Para qué? ¿Y por qué? ¿Tenía algún sentido asumir la carga de más días como este o de sentarse a cenar más? No lo había. Esta misma noche terminaría la comedia, me iría a casa y me cortaría la garganta. No más demoras.

Caminé por las calles en todas direcciones, impulsado por la miseria. Naturalmente, fue estúpido de mi parte salpicar los adornos de salón de la gente digna, estúpida y maleducada, pero no pude evitarlo; e incluso ahora no podía evitarlo. No podía soportar más esta vida mansa, mentirosa y educada. Y como parecía que tampoco podía soportar más mi soledad, ya que mi propia compañía se había vuelto tan indescriptiblemente odiosa y nauseabunda, ya que luchaba por respirar en el vacío y me asfixiaba en el infierno, ¿qué salida me quedaba? No había ninguno. Pensé en mi padre y en mi madre, en la llama sagrada de mi juventud extinta hace mucho tiempo, en las mil alegrías, trabajos y objetivos de mi vida. No me quedó nada de todo eso, ni siquiera el arrepentimiento, nada más que agonía y náuseas. Nunca el aferramiento a la mera vida había parecido tan doloroso como ahora.

Descansé un momento en una taberna en una parte periférica de la ciudad y bebí un poco de brandy y agua; luego a las calles una vez más, con el diablo pisándome los talones, subiendo y bajando por las empinadas y sinuosas calles de la Ciudad Vieja, a lo largo de las avenidas, al otro lado de la plaza de la estación. La idea de ir a algún lugar me llevó a la estación. Escaneé los horarios en las paredes; bebí un poco de vino y traté de volver en sí. Entonces el espectro que temía se acercó, hasta que lo vi claro. Era el temor de regresar a mi habitación y detenerme allí, enfrentado a mi desesperación. No había escapatoria de este momento, aunque caminé por las calles durante horas. Tarde o temprano estaría en mi puerta, en la mesa con mis libros, en el sofá con la fotografía de Erica encima. Tarde o temprano llegaría el momento de sacar mi navaja y cortarme la garganta. Cada vez más claramente la imagen se elevó ante mí. Cada vez más claramente, con un corazón que latía salvajemente, sentía el temor de todos los temores, el miedo a la muerte. Sí, tenía un miedo horrible a la muerte. Aunque no veía otra salida, aunque las náuseas, la agonía y la desesperación amenazaban con engullirme; aunque la vida no tenía ningún atractivo ni nada que me diera alegría o esperanza, me estremecí de todos modos con un horror indescriptible de una herida abierta en la carne de un condenado.

No vi otra forma de escapar de este terrible espectro. Supongamos que hoy la cobardía ganara una victoria sobre la desesperación, mañana y cada día sucesivo volvería a enfrentar la desesperación acentuada por el desprecio de mí mismo. Simplemente estaba tomando y tirando el cuchillo hasta que por fin estuvo listo. Mejor hoy entonces. Razoné conmigo mismo como si fuera un niño asustado. Pero el niño no escuchó. Se escapó. Quería vivir. Renové mis vagabundeos intermitentes por la ciudad, dando muchos rodeos para no volver a la casa que siempre tenía en mente y que siempre había aplazado. Aquí y allá me detuve y me quedé, bebiendo un vaso o dos, y luego, como si me persiguieran, corrí en círculo cuyo centro tenía como objetivo la navaja, y significaba la muerte. A veces, por completo cansancio, me sentaba en un banco, en el borde de una fuente o en un bordillo y me secaba el sudor de la frente y escuchaba los latidos de mi corazón. Luego de nuevo con temor mortal y un intenso anhelo de vida.

Así fue como me encontré a altas horas de la noche en una parte distante y desconocida de la ciudad; y allí entré en una taberna de la que salía el vivo sonido de la música de baile. Sobre la entrada, al entrar, leí "El Águila Negra" en el viejo letrero. Dentro descubrí que era una noche libre: multitudes, humo, olor a vino y el clamor de las voces, con bailes en una habitación al fondo, de donde salía el frenesí de la música. Me quedé en la habitación más cercana, donde no había más que gente sencilla, algunos de ellos mal vestidos, mientras que detrás en el salón de baile también se veía gente elegante. Llevado por la multitud, pronto me encontré cerca de la barra, encajado contra una mesa en la que estaba sentada una chica pálida y bonita contra la pared. Llevaba un fino vestido de baile cortado muy bajo y una flor marchita en el pelo. Me dirigió una mirada amistosa y observadora cuando me acerqué y con una sonrisa se movió hacia un lado para hacerme espacio.

"¿Puedo?" Pregunté y me senté a su lado.

"Por supuesto que puedes", dijo. "¿Pero quién eres?"

"Gracias", respondí. "No puedo volver a casa, no puedo, no puedo. Me quedaré aquí contigo si me lo permites. No, no puedo volver a casa".

Ella asintió con la cabeza como para complacerme, y mientras asentía con la cabeza, observé el rizo que caía desde su sien hasta su oreja, y vi que la flor marchita era una camelia. Desde adentro sonaba la música y en el buffet las camareras gritaban apresuradamente sus pedidos.

"Bueno, quédate aquí entonces", dijo con una voz que me consoló. "¿Por qué no puedes irte a casa?"

"No puedo. Hay algo esperándome allí. No, no puedo, es demasiado espantoso.

"Déjalo esperar entonces y quédate aquí. Primero limpia tus gafas. No puedes ver nada de eso. Dame tu pañuelo. ¿Qué beberemos? ¿Borgoña?"

Mientras me limpiaba las gafas, tuve la primera impresión clara de su rostro pálido y firme, con sus ojos grises claros y su frente tersa, y el rizo corto y apretado frente a su oreja. De buen humor y con un toque de burla, comenzó a tomarme de la mano. Pidió el vino y, mientras chocaba su copa con la mía, sus ojos se posaron en mis zapatos.

"Dios mío, ¿de dónde vienes? Parece que has venido de París a pie. Ese no es un estado para venir a bailar".

Respondí "sí" y "no", me reí de vez en cuando y la dejé hablar. La encontré encantadora, para mi sorpresa, porque siempre había evitado a las chicas de su clase y las miraba con sospecha. Y me trató exactamente de la manera que era mejor para mí en ese momento, y así lo ha hecho desde entonces sin excepción. Me tomó bajo su ala justo cuando lo necesitaba, y también se burló de mí, tal como yo lo necesitaba. Me pidió un sándwich y me dijo que me lo comiera. Llenó mi vaso y me pidió que lo bebiera y no bebiera demasiado rápido. Luego elogió mi docilidad.

"Está bien", dijo para animarme. "No eres difícil. No me importaría apostar que hace mucho tiempo que no tienes que obedecer a nadie".

"Ganarías la apuesta. ¿Cómo lo supiste?"

"Nada en eso. Obedecer es como comer y beber. No hay nada como esto si has estado sin él demasiado tiempo. ¿No es así, te alegras de hacer lo que te digo?

"Muy contento. Lo sabes todo".

"Lo haces fácil. Quizás, amigo mío, podría decirte también qué es lo que te espera en casa y lo que tanto temes. Pero lo sabes por ti mismo. No necesitamos hablar de eso, ¿eh? ¡Un asunto tonto! O un hombre va y se ahorca, y luego se ahorca con toda seguridad, y tendrá sus razones para ello, o bien sigue viviendo y entonces sólo tiene que preocuparse por vivir. Bastante simple".

—Oh —exclamé—, si tan solo fuera tan simple. Me he preocupado lo suficiente con la vida, Dios lo sabe, y me ha servido de poco. Ahorcarse es difícil, quizás. No sé. Pero vivir es mucho, mucho más difícil. ¡Dios, qué difícil es!"

"Verás que es un juego de niños. Ya hemos comenzado. Has pulido tus vasos, comido algo y tomado una copa. Ahora iremos y te daremos un cepillo a tus zapatos y pantalones y luego bailarás conmigo.

—¡Eso demuestra —exclamé nervioso— que tenía razón! Nada podría entristecerme más que no poder llevar a cabo ninguna orden tuya, pero no puedo bailar shimmy, ni vals, ni polca, ni ninguno de los demás. Nunca he bailado en mi vida. Ahora puedes ver que no todo es tan fácil como crees".

Sus labios rojos brillantes sonrieron y sacudió firmemente su cabeza ondulada y teja; y mientras la miraba, creí ver un parecido con Rosa Kreisler, de quien había estado enamorado cuando era niño. Pero tenía una tez oscura y cabello oscuro. No podía decir de quién era lo que me recordó. Solo sabía que era de alguien en mi primera juventud y niñez.

"Espera un poco", gritó. "¿Entonces no puedes bailar? ¿De nada? ¿Ni siquiera un paso? ¿Y sin embargo hablas de la molestia que te has tomado para vivir? Dijiste una mentira allí, muchacho, y no deberías hacer eso a tu edad. ¿Cómo puedes decir que te has tomado la molestia de vivir cuando ni siquiera bailas?"

—Pero si no puedo... ¡nunca he aprendido!

Ella se rió.

"Pero aprendiste a leer y escribir y aritmética, supongo, y francés y latín y muchas otras cosas. No me importa apostar que estuviste diez o doce años en la escuela y estudiaste cualquier otra cosa que pudieras también. Tal vez incluso tengas tu título de doctor y sepas chino o español. ¿Estoy en lo cierto? Muy bien entonces. ¡Pero no pudiste encontrar el tiempo y el dinero para algunas lecciones de baile! ¡No, de hecho!"

"Fueron mis padres", dije para justificarme. "Me dejaron aprender latín y griego y todo lo demás. Pero no me dejaron aprender a bailar. No era lo que nos pasaba. Mis padres nunca habían bailado".

Me miró con bastante frialdad, con verdadero desprecio, y de nuevo algo en su rostro me recordó mi juventud.

"Así que tus padres deben asumir la culpa entonces. ¿Les preguntó si podría pasar la noche en el Águila Negra? ¿Lo hiciste? ¿Están muertos hace mucho tiempo, dices? Demasiado para eso. Y ahora, suponiendo que fueras demasiado obediente para aprender a bailar cuando eras joven (aunque no creo que fueras una niña tan modelo), ¿qué has estado haciendo contigo misma todos estos años?

—Bueno —confesé—, apenas me conozco: estudié, toqué música, leí libros, escribí libros, viajé...

"Buenas vistas de la vida, tienes. Siempre has hecho las cosas difíciles y complicadas y las simples que ni siquiera has aprendido. No hay tiempo, por supuesto. Más cosas divertidas que hacer. Bueno, gracias a Dios, no soy tu madre. Pero hacer lo que haces y luego decir que has probado la vida hasta el fondo y no has encontrado nada en ella es ir demasiado lejos".

"No me regañes", imploré. "No es como si no supiera que estaba loco".

"Oh, no hagas una canción de tus sufrimientos. No está usted loco, profesor. No estás lo suficientemente loco como para complacerme. Me parece que eres demasiado inteligente de una manera tonta, como un profesor. Toma otro rollo. Puedes contarme un poco más más tarde".

Me consiguió otro panecillo, le puso un poco de sal y mostaza, cortó un trozo para ella y me dijo que me lo comiera. Hice todo lo que me dijo excepto bailar. Me hizo mucho bien hacer lo que me dijeron y tener a alguien sentado a mi lado que me preguntó cosas, me dio órdenes y me regañó. Si el profesor o su esposa lo hubieran hecho una o dos horas antes, me habría ahorrado mucho. Pero no, estaba bien como estaba. Debería haberme perdido mucho.

"¿Cómo te llamas?", preguntó de repente.

"Harry."

"¿Harry? Un nombre infantil. Y eres un bebé, Harry, a pesar de tus pocas canas. Eres un bebé y necesitas a alguien que te cuide. No diré más sobre el baile. ¡Pero mira tu cabello! ¿No tienes esposa, ni novia?"

"Ya no tengo esposa. Estamos divorciados. Un amor, sí, pero ella no vive aquí. No la veo muy a menudo. No nos llevamos muy bien".

Ella silbó suavemente.

"Debes ser difícil si nadie se pega a ti. Pero ahora dime qué pasó en particular esta noche. ¿Qué te hizo perder el juicio? ¿Te falta suerte? ¿Perdido en las cartas?"

Esto no fue fácil de explicar.

—Bueno —comencé—, ya ve, en realidad era un asunto menor. Tenía una invitación a cenar con un profesor —yo no lo soy, por cierto— y realmente no debería haber ido. He perdido el hábito de estar en compañía y conversar. He olvidado cómo se hace. Tan pronto como entré en la casa tuve la sensación de que algo iba a salir mal, y cuando colgué mi sombrero en la percha, pensé para mí mismo que tal vez lo necesitaría antes de lo que esperaba. Bueno, en casa del profesor había un cuadro que estaba sobre la mesa, un cuadro estúpido. Me molestó...

"¿Qué tipo de cuadro? Te molesta, ¿por qué? —interrumpió ella.

—Bueno, era un cuadro que representaba a Goethe, el poeta Goethe, ya sabes. Pero no era en absoluto como realmente parecía. Eso, por supuesto, nadie puede saberlo exactamente. Ha estado muerto cien años. Sin embargo, algún artista de hoy había pintado su retrato como él imaginaba que era y lo embelleció, y esta imagen me molestó. Me enfermó perfectamente. No sé si puedes entender eso".

"Lo entiendo bien. No te preocupes. Continúa".

"Antes de esto, en cualquier caso, no estaba de acuerdo con el profesor. Como casi todos los profesores, es un gran patriota, y durante la guerra hizo su parte para engañar al público, con las mejores intenciones, por supuesto. Yo, sin embargo, me opongo a la guerra. Pero eso es todo uno. Para continuar mi historia, no había la menor necesidad de que mirara el cuadro...

"Ciertamente no."

Pero en primer lugar me dio pena por Goethe, a quien amo mucho, y luego, además, pensé... bueno, será mejor que diga exactamente lo que pensaba o sentía. Allí estaba yo, sentado con la gente como uno solo de ellos y creyendo que pensaban en Goethe como yo y tenían la misma imagen de él en sus mentes que yo, y allí estaba ese asunto de mal gusto, falso y enfermizo y lo consideraron encantador y no tenían la menor idea de que el espíritu de esa imagen y el espíritu de Goethe eran exactamente opuestos. Pensaban que el cuadro era espléndido, y así podían hacerlo por todo lo que me importaba, pero para mí terminó, de una vez por todas, con cualquier confianza, cualquier amistad, cualquier sentimiento de afinidad que pudiera tener por esta gente. En cualquier caso, mi amistad con ellos no llegó a mucho. Y así me puse furioso, y triste también, cuando vi que estaba completamente solo sin nadie que me comprendiera. ¿Ves lo que quiero decir?”

“Es muy fácil de ver. ¿Y el siguiente? ¿Les arrojaste la foto?”

“No, pero fui bastante insultante y salí de la casa. Quería irme a casa, pero...

“Pero no habrías encontrado a ninguna mamá allí para consolar al bebé tonto o regañarlo. Debo decir, Harry, que casi me haces sentir lástima por ti. Nunca conocí a un bebé así”.

Así me pareció, debo reconocerlo. Me dio una copa de vino para beber. De hecho, ella era como una madre para mí. Sin embargo, de vez en cuando veía lo joven y hermosa que era.

—Y así —comenzó de nuevo—, Goethe ha muerto hace cien años, y le tienes mucho cariño, y tienes una imagen maravillosa en tu cabeza de cómo debe haber sido, y tienes derecho a hacerlo, supongo. Pero el artista que adora también a Goethe, y hace un cuadro de él, no tiene derecho a hacerlo, ni el profesor tampoco, ni nadie más, porque no te gusta. Lo encuentras intolerable. Tienes que ser insultante y salir de casa. Si tuvieras sentido común, te reirías del artista y del profesor, te reirías y terminarías con eso. Si estuvieras fuera de tus cabales, romperías la imagen en sus caras. Pero como eres solo un bebé, corres a casa y quieres ahorcarte. He entendido muy bien tu historia, Harry. Es una historia divertida. Me haces reír. Pero no bebas tan rápido. El borgoña debe beberse a sorbos. De lo contrario, te calentarás. Pero hay que que contarlo todo, como a un niño pequeño.

Me amonestó con la mirada de una severa institutriz de sesenta años.

“Oh, lo sé”, dije satisfecho. “Solo cuéntamelo todo”.

“¿Qué te diré?”

“Lo que quieras decirme”.

“Bien. Entonces te diré algo. Durante una hora te he estado diciendo “tú”, y tú me has estado diciendo “tú”. Siempre latín y griego, siempre lo más complicado posible. Cuando una chica se dirige a ti íntimamente y no te resulta desagradable, entonces debes dirigirte a ella de la misma manera. Así que ahora has aprendido algo. Y en segundo lugar, desde hace media hora sé que te llamas Harry. Lo sé porque te lo pedí. Pero no te importa saber mi nombre.

—Oh, pero en verdad... me gustaría saberlo mucho.

“¡Llegas demasiado tarde! Si nos volvemos a encontrar, puedes preguntarme de nuevo. Hoy no te lo diré. Y ahora voy a bailar”.

A la primera señal que hizo de levantarse, mi corazón se hundió como el plomo. Temía que se fuera y me dejara solo, porque entonces todo volvería a ser como antes. En un momento, el viejo temor y la miseria se apoderaron de mí como un dolor de muelas que ha pasado y luego regresa de repente y arde como el fuego. Oh, Dios, ¿había olvidado, entonces, lo que me esperaba? ¿Había cambiado algo?

“Detente”, le imploré, “no te vayas. Puedes bailar, por supuesto, tanto como quieras, pero no te alejes demasiado tiempo. Vuelve de nuevo, vuelve de nuevo”.

Ella se rió mientras se levantaba. Esperaba que hubiera sido más alta. Era delgada, pero no alta. De nuevo me acordé de alguien. ¿De quién? No pude entenderlo.

"¿Vas a volver?"

"Voy a volver, pero puede ser media hora o una hora, tal vez. Quiero decirte algo. Cierra los ojos y duerme un poco. Eso es lo que necesitas".

Le hice espacio para que pasara. Su falda rozó mis rodillas y se miró, mientras caminaba, en un pequeño espejo de bolsillo, levantó las cejas y se empolvó la barbilla; luego desapareció en el salón de baile. Miré a mi alrededor; caras extrañas, hombres fumadores, cerveza derramada sobre encimeras de mármol, ruido y clamor por todas partes, la música de baile en mi oído. Iba a dormir, había dicho. Ah, mi buena niña, sabes mucho sobre mi sueño que es más tímido que una comadreja. ¡Duerme en este bullicioso, sentado a una mesa, en medio del ruido de las jarras de cerveza! Bebí un sorbo de vino y, sacando un cigarro, miré a mi alrededor en busca de fósforos, pero como después de todo no tenía ganas de fumar, dejé el cigarro sobre la mesa frente a mí. "Cierra los ojos", había dicho. Dios sabe de dónde sacó la voz la niña; era tan profundo, bueno y maternal. Era bueno obedecer a esa voz, ya lo había descubierto. Obedientemente cerré los ojos, apoyé la cabeza contra la pared y escuché el rugido de un centenar de ruidos mezclados a mi alrededor y sonreí ante la idea de dormir en un lugar así. Decidí ir a la puerta del salón de baile y desde allí echar un vistazo a mi hermosa niña mientras bailaba. Hice un movimiento para irme, luego sentí por fin lo indeciblemente cansado que estaba por mis horas de vagabundeo y permanecí sentado; y, en consecuencia, me quedé dormido como me habían dicho. Dormí con avidez, afortunadamente, y soñé más ligera y placenteramente de lo que lo había hecho durante mucho tiempo.

Soñé que estaba esperando en una antesala anticuada. Al principio no sabía más que que mi audiencia estaba con una excelencia u otra. Entonces me di cuenta de que era Goethe quien iba a recibirme. Desafortunadamente, no estuve allí en una llamada personal. Yo era reportero, y esto me preocupaba mucho y no podía entender cómo diablos me había metido en tal aprieto. Además de esto, estaba molesto por un escorpión que había visto un momento antes tratando de trepar por mi pierna. Me había liberado de la bestia negra que se arrastraba, pero no sabía a dónde había llegado a continuación y no me atrevía a agarrarla.

Además, no estaba muy seguro de si había sido anunciado por error a Matthisson en lugar de a Goethe, y de nuevo lo confundí en mi sueño con Bürger, porque lo tomé como el autor del poema a Molly. Además, me hubiera gustado mucho conocer a Molly. Me la imaginé maravillosa, tierna, musical. Si tan solo no estuviera aquí a las órdenes de esa maldita oficina del periódico. Mi mal humor por esto aumentó hasta que gradualmente se extendió incluso a Goethe, a quien de repente obsequié con todo tipo de reflexiones y reproches. Iba a ser una entrevista animada. El escorpión, sin embargo, por peligroso que fuera y escondido sin duda en algún lugar a una pulgada de mí, no era tan malo quizás. Posiblemente incluso podría presagiar algo amistoso. Me pareció muy probable que tuviera algo que ver con Molly. Podría ser una especie de mensajero de ella, o una bestia heráldica, peligrosa y bellamente emblemática de la mujer y el pecado. ¿No podría llamarse Vulpius? Pero en ese momento un lacayo abrió la puerta. Me levanté y entré.

Allí estaba el viejo Goethe, bajo y muy erguido, y en su pecho clásico, efectivamente, estaba la estrella corpulenta de alguna Orden. Ni por un momento relajó su actitud autoritaria, su aire de dar audiencia y de controlar el mundo desde ese museo suyo en

Weimar. De hecho, apenas me había mirado antes, con un movimiento de cabeza y un tirón como un viejo cuervo, comenzó pomposamente: "Ahora, ustedes, jóvenes, tienen, creo, muy poco aprecio por nosotros y nuestros esfuerzos".

-Tiene usted toda la razón -dije, helado por su mirada ministerial-. "Nosotros, los jóvenes, tenemos, de hecho, muy poco aprecio por ti. Es usted demasiado pomposo para nosotros, Excelencia, demasiado vanidoso y pomposo, y no lo suficientemente directo. Eso es, sin duda, el fondo, no lo suficientemente claro.

El viejecito inclinó su cabeza erguida hacia adelante, y cuando su boca dura con sus pliegues oficiales se relajó en una pequeña sonrisa y se volvió encantadoramente viva, mi corazón dio un salto repentino; porque de repente me vino a la mente el poema: "El crepúsculo con alas plegables", y recordé que fue de los labios de este hombre de donde salió el poema. De hecho, en este momento estaba completamente desarmado y abrumado y habría elegido arrodillarme ante él. Pero me mantuve erguido y lo escuché decir con una sonrisa: "Oh, ¿entonces me acusas de no ser franco? ¡Qué cosa que decir! ¿Te explicarás un poco más a fondo?"

Me alegré mucho de hacerlo.

"Como todos los grandes espíritus, Herr von Goethe, usted ha reconocido y sentido claramente el enigma y la desesperanza de la vida humana, con sus momentos de trascendencia que se hunden de nuevo en la miseria, y la imposibilidad de elevarse a una buena cima de sentimientos, excepto a costa de muchos días de esclavitud a la ronda diaria; y, luego, el ardiente anhelo por el reino del espíritu en guerra eterna y mortal con el amor igualmente ardiente y santo de la inocencia perdida de la naturaleza, todo el espantoso suspenso en el vacío y la incertidumbre, esta condena a lo transitorio que nunca puede ser válido, que es siempre experimental y diletante; en resumen, la total falta de propósito a la que está condenado el estado humano, a su desesperación devoradora. Has sabido todo esto, sí, y lo has dicho una y otra vez; Sin embargo, renunciaste toda tu vida a predicar su opuesto, dando expresión a la fe y al optimismo y difundiendo ante ti y ante los demás la ilusión de que nuestros esfuerzos espirituales significan algo y perduran. Has hecho oídos sordos a aquellos que sondearon las profundidades y reprimieron las voces que decían la verdad de la desesperación, y no solo en ti, sino también en Kleist y Beethoven. Año tras año viviste en Weimar acumulando conocimientos y coleccionando objetos, escribiendo cartas y reuniéndolas, como si en tu vejez hubieras encontrado la verdadera manera de descubrir lo eterno en lo momentáneo, aunque solo pudieras momificarlo, y de espiritualizar la naturaleza aunque solo pudieras ocultarla con una bonita máscara. Por eso te reprochamos la falta de sinceridad".

El viejo pez gordo mantuvo sus ojos pensativos en los míos, sonriendo como antes.

Luego, para mi sorpresa, preguntó: "¿Debes tener una fuerte objeción, entonces, a la Flauta Mágica de Mozart?"

Y antes de que pudiera protestar, continuó:

"La flauta mágica nos presenta la vida como una canción maravillosa. Honra nuestros sentimientos, transitorios, como son, como algo eterno y divino. No está de acuerdo ni con Herr von Kleist ni con Herr Beethoven. Predica optimismo y fe".

"Lo sé, lo sé", grité con rabia. "Dios sabe por qué golpeaste con la Flauta Mágica que es más querida para mí que cualquier otra cosa en el mundo. Pero Mozart no vivió hasta los ochenta y dos años. No pretendía en su propia vida ser duradero, ordenado y exaltado como lo hicisteis vosotros. ¡No se creía tan importante! Cantó sus melodías divinas y murió. Murió joven, pobre e incomprendido...

Perdí el aliento. Mil cosas deberían haberse dicho en diez palabras. Mi frente comenzó a sudar.

Goethe, sin embargo, dijo muy amablemente: "Puede ser imperdonable que haya vivido hasta los ochenta y dos años. Mi satisfacción por ese motivo fue, sin embargo, menor de lo que usted puede pensar. Tienes razón en que un gran anhelo de supervivencia me poseyó continuamente. Tenía un miedo continuo a la muerte y luchaba continuamente con ella. Creo que la lucha contra la muerte, la determinación incondicional y obstinada de vivir, es la fuerza motriz detrás de las vidas y actividades de todos los hombres sobresalientes. Mis ochenta y dos años demostraron de manera tan concluyente que todos debemos morir al final como si hubiera muerto como un colegial. Si me ayuda a justificarme, me gustaría decir esto también: había mucho de niño en mi naturaleza: curiosidad y amor por perder el tiempo jugando. Bueno, y así siguió y siguió, hasta que vi que tarde o temprano debía haber suficiente juego.

Mientras decía esto, su sonrisa era bastante astuta, una mirada francamente pícara. Había crecido y su porte erguido y la dignidad forzada de su rostro habían desaparecido. El aire también a nuestro alrededor resonaba ahora con melodías, todas ellas canciones de Goethe. Escuché "Violets" de Mozart y "Again Thou Fillest Brake and Vale" de Schubert con bastante claridad. Y el rostro de Goethe estaba sonrosado y juvenil, y se rió; y ahora se parecía a Mozart como a un hermano, ahora Schubert, y la estrella en su pecho estaba compuesta completamente de flores silvestres. Una prímula amarilla florecía exuberantemente en medio de ella.

No me convenía del todo que el anciano caballero evitara mis preguntas y acusaciones de esta manera tan divertida, y lo miré con reproche. Al oír esto, se inclinó hacia delante y acercó su boca, que ahora se había vuelto como la de un niño, a mi oído y susurró suavemente en ella: -Te tomas demasiado en serio al viejo Goethe, mi joven amigo. No debes tomar en serio a los ancianos que ya están muertos. Les hace una injusticia. A los inmortales no nos gusta que las cosas se tomen en serio. Nos gusta bromear. La seriedad, joven, es un accidente del tiempo. Consiste, no me importa decírselo en confianza, en dar un valor demasiado alto al tiempo. Yo también una vez le di un valor demasiado alto al tiempo. Por esa razón deseaba tener cien años. En la eternidad, sin embargo, no hay tiempo, ya ves. La eternidad es un mero momento, lo suficiente para una broma".

Y, de hecho, no se le dijo otra palabra seria al hombre. Saltó alegre y ágilmente arriba y abajo e hizo que la prímula saliera disparada de su estrella como un cohete y luego la hizo encogerse y desaparecer. Mientras parpadeaba de un lado a otro con sus pasos de baile y sus figuras, me di cuenta de que al menos no había descuidado aprender a bailar. Podía hacerlo maravillosamente. Entonces recordé al escorpión, o más bien a Molly, y llamé a Goethe: "Dime, ¿está Molly allí?"

Goethe se rió en voz alta. Fue a su mesa y abrió un cajón; sacó una hermosa caja de cuero o terciopelo y la mantuvo abierta bajo mis ojos. Allí, pequeña, impecable y reluciente, yacía una diminuta efigie de la pierna de una mujer sobre el terciopelo oscuro, una pierna encantadora, con la rodilla un poco doblada y el pie apuntando hacia abajo para terminar en el más delicado de los dedos.

Extendí la mano, porque me había enamorado de la pierna y quería tenerla, pero justo cuando iba a agarrarla con el dedo y el pulgar, el pequeño juguete pareció moverse con un pequeño sobresalto y de repente se me ocurrió que podría ser el escorpión. Goethe pareció leer mi pensamiento, e incluso haber querido causar esta profunda timidez, esta agitada lucha entre el deseo y el temor. Sostuvo al pequeño escorpión provocador cerca de mi cara y me vio comenzar hacia adelante con deseo, luego retroceder con pavor; y esto pareció distraerlo en exceso. Mientras se burlaba de mí con la cosa encantadora y peligrosa, se volvió bastante viejo una vez más, muy, muy viejo, mil años, con el cabello tan blanco como la nieve, y su rostro marchito de barba gris se rió con una risa tranquila y silenciosa que lo sacudió hasta las profundidades con un humor abismal de anciano.

Cuando desperté había olvidado el sueño; no volvió a mí hasta más tarde. Había dormido casi una hora, como nunca pensé que podría haberlo hecho en la mesa de un café con la música y el bullicio a mi alrededor. La querida niña se paró frente a mí con una mano en mi hombro.

"Dame dos o tres marcas", dijo. "He gastado algo allí".

Le di mi bolso. Lo tomó y pronto regresó.

"Bueno, ahora puedo sentarme contigo un rato y luego tengo que irme. Tengo un compromiso".

Estaba alarmado.

"¿Con quién?" Pregunté rápidamente.

—Con un hombre, mi querido Harry. Me ha invitado al Odéon Bar".

"¡Oh! No pensé que me dejarías en paz".

"Entonces deberías haberme invitado tú mismo. Alguien ha entrado antes que tú. Bueno, hay un buen dinero ahorrado. ¿Conoces el Odéon? Nada más que champán después de la medianoche. Sillones como en un club, banda de negros, muy bien".

Nunca había considerado todo esto.

"Pero déjame invitarte", le supliqué. "Pensé que era algo entendido, ahora que hemos hecho amigos. Invítate a ti mismo donde quieras. Hazlo, por favor, te lo ruego".

"Eso es amable de tu parte. Pero, ya ves, una promesa es una promesa, y he dado mi palabra y la cumpliré y me iré. No te preocupes más por eso. Toma otro trago de vino. Todavía hay algo en la botella. Bébelo y luego vete cómodamente a casa y duerme. Prométemelo".

—No, sabes que eso es lo que no puedo hacer: irme a casa.

—¡Oh, tú, con tus cuentos! ¿Nunca terminarás con tu Goethe? (El sueño sobre Goethe volvió a mí en ese momento). "Pero si realmente no puedes ir a casa, quédate aquí. Hay dormitorios. ¿Quiere que le encargue uno?

Estaba satisfecho con eso y le pregunté dónde podía encontrarla de nuevo. ¿Dónde vivía? Ella no me lo dijo. La encontraría en un lugar u otro si buscara.

"¿No puedo invitarte a alguna parte?"

"¿Dónde?"

"Donde y cuando quieras".

"Bien. Martes para cenar en el viejo franciscano. Planta baja. Adiós".

Ella me dio la mano. Me di cuenta por primera vez de lo bien que combinaba con su voz: una mano hermosa, firme, inteligente y bondadosa. Se rió de mí cuando lo besé.

Luego, en el último momento, se volvió una vez más y dijo: —Te diré algo más: sobre Goethe. Lo que sentías por él y encontrar la imagen de él más de lo que podías soportar, a menudo lo siento por los santos".

"¿Los santos? ¿Eres tan religioso?"

"No, no soy religioso, lamento decirlo. Pero lo fui una vez y lo volveré a ser. Ahora no hay tiempo para ser religioso".

"No hay tiempo. ¿Necesita tiempo para ser religioso?"

"Oh, sí. Para ser religioso hay que tener tiempo y, más aún, independencia de tiempo. No puedes ser religioso en serio y al mismo tiempo vivir en cosas reales y aún así tomarlas en serio, tiempo y dinero y el Odéon Bar y todo eso".

"Sí, lo entiendo. Pero, ¿qué fue lo que dijiste acerca de los santos?"

—Bueno, hay muchos santos a los que le tengo especial cariño: Esteban, San Francisco y otros. A menudo veo imágenes de ellos, del Salvador y de la Virgen, imágenes tan completamente mentirosas, falsas y tontas, y puedo soportarlas tan poco como tú podrías soportarlas con esa imagen de Goethe. Cuando veo a uno de esos dulces y tontos Salvadores o San Francisco y veo cómo otras personas los encuentran hermosos y edificantes, siento que es un insulto al verdadero Salvador y me hace pensar: ¿Por qué vivió y sufrió tan terriblemente si la gente encuentra satisfactoria para ellos una imagen tan tonta como esa? Pero a pesar de esto, sé que mi propia imagen del Salvador o San Francisco es solo una imagen humana y no llega al original, y que el Salvador mismo encontraría la imagen que tengo de Él dentro de mí tan estúpida como lo hago con esas reproducciones enfermizas. No digo esto para justificarte en tu mal genio y rabia con el cuadro de Goethe. No hay justificación. Lo digo simplemente para mostrarte que puedo entenderte. Ustedes, personas eruditas y artistas, sin duda, tienen todo tipo de cosas superiores en sus cabezas; pero ustedes son seres humanos como el resto de nosotros, y nosotros también tenemos nuestros sueños y fantasías. Noté, por ejemplo, erudito, señor, que sintió un poco de vergüenza cuando se trataba de contarme su historia de Goethe. Tenías que hacer un gran esfuerzo para que tus ideas fueran comprensibles para una chica sencilla como yo. Bueno, y por eso quería mostrarte que no necesitabas haber hecho tal esfuerzo. Te entiendo muy bien. Y ahora he terminado y tu lugar está en la cama".

Se fue y un viejo portero me llevó por dos tramos de escaleras. Pero primero me preguntó dónde estaba mi equipaje, y cuando se enteró de que no tenía ninguno, tuve que pagar lo que él llamaba «dinero para dormir». Luego me llevó por una vieja escalera oscura a una habitación de arriba y me dejó solo. Había una sombría cama de madera y en la pared colgaba un sable y una impresión en color de Garibaldi y también una corona marchita que una vez había figurado en un festival de clubes. Habría dado mucho por el pijama. En cualquier caso, había agua y una toalla pequeña y podía lavarme. Luego me acosté en la cama con mis ropas y, dejando la luz encendida, me entregué a mis reflexiones. Así que había ajustado cuentas con Goethe. Era espléndido que hubiera venido a mí en un sueño. Y esta maravillosa muchacha, ¡si tan solo hubiera sabido su nombre! De repente había un ser humano, un ser humano vivo, para destrozar la muerte que había caído sobre mí como una vitrina, y para tenderme una mano, una mano buena, hermosa y cálida. De repente, hubo cosas que me preocuparon de nuevo, en las que podía pensar con alegría y entusiasmo. De repente, se abrió una puerta por la que entró la vida. Tal vez podría vivir una vez más y volver a ser un ser humano. Mi alma, que se había quedado dormida en el frío y casi congelada, respiró una vez más, y somnolienta extendió sus débiles y diminutas alas. Goethe había estado conmigo. Una niña me había invitado a comer, beber y dormir, y me había mostrado amistad y se había reído de mí y me había llamado niño tonto. Y este maravilloso amigo me había hablado de los santos y me había mostrado que incluso cuando me había superado a mí mismo en absurdo, no estaba solo. No era una excepción incomprensible y enferma. Había personas similares a mí. Me entendieron. ¿Debería volver a verla? Sí, por supuesto. Se podía confiar en ella. "Una promesa es una promesa".

Y antes de darme cuenta, me dormí una vez más y dormí cuatro o cinco horas. Habían pasado las diez cuando me desperté. Mi ropa estaba toda arrugada. Me sentí completamente exhausto. Y en mi cabeza estaba el recuerdo del horror medio olvidado de ayer; pero tenía vida, esperanza y pensamientos felices. Cuando regresé a mi habitación, no experimenté nada del terror que este regreso había tenido para mí el día anterior. En las escaleras sobre la araucaria me encontré con la "tía", mi casera. La veía raramente, pero su naturaleza amable siempre me deleitaba. La reunión no fue muy propicia, porque todavía estaba desaliñado y despeinado después de mi noche de fiesta, y no me había afeitado. La saludé y habría fallecido. Por regla general, siempre respetó mi deseo de vivir solo y sin ser observado. Hoy, sin embargo, resultó que un velo entre el mundo exterior y yo parecía haberse rasgado, una barrera caída. Ella se rió y se detuvo.

—Ha estado usted de juerga, señor Haller. No estabas en la cama anoche. ¡Debes estar bastante cansado!"

"Sí", dije, y me vi obligado a reír también. Anoche estaba ocurriendo algo animado, y como no me gustaba escandalizarte, dormí en un hotel. Mi respeto por el reposo y la dignidad de su casa es grande. A veces me siento como un 'cuerpo extraño' en él".

"Se está burlando, Sr. Haller".

"Solo conmigo mismo".

Ni siquiera deberías hacer eso. No deberías sentirte como un "cuerpo extraño" en mi casa. Debes vivir lo mejor que te plazca y hacerlo lo mejor que puedas. He tenido hasta ahora muchos inquilinos extremadamente respetables, joyas de respetabilidad, pero ninguno ha estado más tranquilo o nos ha molestado menos que usted. Y ahora... ¿quieres un poco de té?

No me negué. Me trajeron té a su salón con los cuadros y muebles anticuados, y tuvimos una pequeña charla. A su manera amistosa, suscitó esto y aquello sobre mi vida y pensamientos sin hacer preguntas y escuchó atentamente mis confesiones, mientras que al mismo tiempo no les dio más importancia de la que una mujer inteligente y maternal debe dar a los pecadillos de los hombres. También hablamos de su sobrino y me mostró en una habitación vecina su último pasatiempo, un equipo inalámbrico. Allí pasaba las tardes el industrioso joven, armando el aparato, víctima de los encantos de la radio, y arrodillado sobre piadosas rodillas ante el dios de la ciencia aplicada, cuyo poder había hecho posible descubrir después de miles de años un hecho que todo pensador siempre ha conocido y aprovechado mejor que en este reciente y muy imperfecto desarrollo. Hablamos de esto, porque la tía tenía una ligera inclinación a la piedad y los temas religiosos no eran desagradables para ella. Le dije que la omnipresencia de todas las fuerzas y hechos era bien conocida en la antigua India, y que la ciencia simplemente había puesto en uso general una pequeña fracción de este hecho al idear para ella, es decir, para las ondas sonoras, un receptor y un transmisor que aún estaban en sus primeras etapas y miserablemente defectuosos. El principal hecho conocido por ese conocimiento antiguo era, dije, la irrealidad del tiempo. Esta ciencia aún no había observado. Finalmente, por supuesto, también haría este "descubrimiento", y luego los inventores se ocuparían de ello. Se descubriría -y tal vez muy pronto- que flotaban a nuestro alrededor no sólo las imágenes y los acontecimientos del presente transitorio de la misma manera que la música de París o Berlín se escuchaba ahora en Frankfurt o Zurich, sino que todo lo que había sucedido en el pasado podía ser registrado y traído de vuelta de la misma manera. Bien podríamos esperar el día en que, con cables o sin ellos, con o sin la perturbación de otros sonidos, oiremos hablar al rey Salomón o a Walter von der Vogelweide. Y todo esto, dije, tal como fue el caso hoy con los comienzos de la radio, no sería de más utilidad para el hombre que como un escape de sí mismo y de sus verdaderos objetivos, y un medio de rodearse de una malla cada vez más estrecha de distracciones y actividades inútiles. Pero en lugar de embarcarme en estos temas familiares con mi habitual amargura y desprecio por los tiempos y la ciencia, hice una broma de ellos; y la tía sonrió, y nos sentamos juntos durante una hora más o menos y bebimos nuestro té con mucha satisfacción.

Fue para el martes por la noche cuando había invitado a la encantadora y notable muchacha del Águila Negra, y me esforcé mucho por saber cómo pasar el tiempo hasta entonces; y cuando por fin llegó el martes, la importancia de mi relación con esta chica desconocida se había vuelto alarmantemente clara para mí. No pensé en nada más que en ella. Esperaba todo de ella. Estaba listo para poner todo a sus pies. No estaba en absoluto enamorado de ella. Sin embargo, solo tenía que imaginar que podría no asistir a la cita, o olvidarla, para ver dónde estaba parado. Entonces el mundo volvería a ser un desierto, un día tan lúgubre e inútil como el anterior, y la quietud mortal y la miseria me rodearían una vez más por todos lados sin otra salida que la navaja de afeitar. Y estos pocos días no me habían hecho pensar con más cariño en la navaja. No había perdido nada de su terror. Esta era en verdad la odiosa verdad: temía cortarme la garganta con un temor que aplastaba mi corazón. Mi miedo era tan salvaje y obstinado como si yo fuera el más sano de los hombres y mi vida un paraíso. Me di cuenta de mi situación imprudentemente y sin una sola ilusión. Me di cuenta de que era la tensión insoportable entre la incapacidad de vivir y la incapacidad de morir lo que hacía que la chica desconocida, la hermosa bailarina del Águila Negra, fuera tan importante para mí. Ella era la única ventana, la pequeña grieta de luz en mi agujero negro de terror. Ella fue mi liberación y mi camino hacia la libertad. Tenía que enseñarme a vivir o enseñarme a morir. Tenía que tocar mi corazón amortiguado con su mano firme y bonita, y al toque de la vida saltaba de nuevo a las llamas o se hundía en cenizas. No podía imaginar de dónde había sacado estos poderes, cuál era la fuente de su magia, en qué suelo secreto había crecido este profundo significado que tenía para mí; ni importaba. No me importaba saberlo. Ya no había la menor importancia para mí en ningún conocimiento o percepción que pudiera tener. De hecho, fue precisamente en esa línea donde estaba sobreabastecido, porque la ignominia bajo la cual sufría radicaba precisamente en esto: que veía mi propia situación con tanta claridad y era tan consciente, también, de la suya. Vi a esta miserable, esta bestia bruta de lobo estepario como una mosca en una red, y vi también la decisión que se acercaba de su destino. Enredado e indefenso, colgaba en la red. La araña estaba lista para devorarlo, y más lejos estaba la mano salvadora. Podría haber hecho los comentarios más inteligentes y penetrantes sobre las ramificaciones y las causas de mis sufrimientos, mi enfermedad del alma, mi malestar general de neurosis. El mecanismo fue transparente para mí. Pero lo que necesitaba no era conocimiento y comprensión. Lo que anhelaba en mi desesperación era vida y resolución, acción y reacción, impulso e ímpetu.

Aunque durante los pocos días de espera nunca desesperé de que mi amiga cumpliera su palabra, esto no impidió que me encontrara en un estado de agudo suspenso cuando llegó el día. Nunca en mi vida he esperado con más impaciencia a que terminara un día. Y aunque el suspenso y la impaciencia eran casi intolerables, al mismo tiempo fueron de maravilloso beneficio para mí. Era inimaginablemente hermoso y nuevo para mí, que durante mucho tiempo había estado demasiado apático para esperar algo o encontrar alegría en algo, sí, era maravilloso estar corriendo de aquí para allá todo el día con ansiedad inquieta e intensa expectativa, para anticipar la reunión y la charla y el resultado que la noche tenía reservado.  afeitar y vestir con un cuidado peculiar (ropa nueva, corbata nueva, cordones nuevos en mis zapatos). Quienquiera que fuera esta chica inteligente y misteriosa y sin importar cómo se relacionara conmigo era todo uno. Ella estaba allí. El milagro había sucedido. Había encontrado un ser humano una vez más y un nuevo interés en la vida. Todo lo que importaba era que el milagro continuara, que me entregara a este poder magnético y siguiera esta estrella.

¡Momento inolvidable cuando la vi una vez más! Me senté en el anticuado y cómodo restaurante en una pequeña mesa que había contratado innecesariamente por teléfono, y estudié el menú. En un vaso había dos orquídeas que había comprado para mi nuevo conocido. Tuve que esperar un buen rato, pero estaba seguro de que vendría y ya no estaba agitada. Y luego vino. Se detuvo un momento en el guardarropa y me saludó solo con una mirada observadora y bastante burlona de sus claros ojos grises. Desconfiado, me preocupé de ver cómo se comportaba el camarero con ella. No, no había nada confidencial, no faltaba distancia. Era escrupulosamente respetuoso. Y, sin embargo, se conocían. Ella lo llamó Emil.

Se rió de placer cuando le di las orquídeas.

"Eso es dulce de tu parte, Harry. Querías hacerme un regalo, ¿no?, y no estabas seguro de qué elegir. No estabas muy seguro de tener razón al hacerme un regalo. Podría sentirme insultado, y por eso elegiste orquídeas, y aunque son solo flores, son lo suficientemente queridas. Así que les agradezco mucho. Y por cierto, te diré ahora que no aceptaré regalos tuyos. Vivo de los hombres, pero no viviré de ti. ¡Pero cómo has cambiado! Nadie te conocería. El otro día parecía que te habían cortado de una horca, y ahora estás casi un hombre de nuevo. Y ahora... ¿has cumplido mis órdenes?

"¿Qué órdenes?"

"¿Nunca lo has olvidado? Quiero decir, ¿has aprendido el foxtrot? Dijiste que no deseabas nada mejor que obedecer mis órdenes, que nada era más querido para ti que obedecerme. ¿Te acuerdas?"

-Claro que sí, y así será. Lo decía en serio".

—¿Y aún no has aprendido a bailar?

—¿Se puede hacer eso tan rápido, en uno o dos días?

"Por supuesto. El foxtrot se puede aprender en una hora. El Boston en dos. El Tango lleva más tiempo, pero eso no lo necesitas".

"Pero ahora realmente debo saber tu nombre".

Me miró por un momento sin hablar.

"Tal vez puedas adivinarlo. Me alegraría mucho si lo hicieras. Recupérate y mírame bien. ¿No se te ha ocurrido alguna vez que a veces mi cara es como la de un niño? Ahora, por ejemplo".

Sí, ahora que la miraba a la cara con atención, tenía que admitir que tenía razón. Era la cara de un niño. Y después de un momento vi algo en su rostro que me recordó mi propia infancia y a mi amiga de aquellos días. Su nombre era Herman. Por un momento pareció que se había convertido en este Herman.

-Si fueras un niño -dije con asombro-, diría que te llamas Herman.

"Quién sabe, tal vez lo sea y simplemente esté vestida de mujer", dijo, bromeando.

"¿Te llamas Hermine?"

Ella asintió, radiante, encantada con mi suposición. En ese momento el camarero trajo la comida y empezamos a comer. Estaba tan feliz como una niña. De todas las cosas que me agradaban y encantaban de ella, la más bonita y característica era su rápido cambio de la más profunda seriedad a la más divertida alegría, y esto sin hacerse la menor violencia, con la facilidad de una niña superdotada. Ahora, durante un rato, se puso alegre y me molestó por el foxtrot, me pisó los pies debajo de la mesa, elogió con entusiasmo la comida, comentó el cuidado que había tenido al vestirme, aunque también tenía muchas críticas que hacer sobre mi apariencia.

Mientras tanto, le pregunté: "¿Cómo te las arreglaste para parecer un niño y hacerme adivinar tu nombre?"

"Oh, hiciste todo eso tú mismo. ¿No te revela tu aprendizaje que la razón por la que te complazco y significo tanto para ti es porque soy una especie de espejo para ti, porque hay algo en mí que te responde y te comprende? En realidad, todos deberíamos ser espejos unos para otros y respondernos y correspondernos unos a otros, pero búhos como tú son un poco peculiares. Se entregan a la menor provocación a las nociones más extrañas de que ya no pueden ver nada y ya no pueden leer nada a los ojos de otros hombres, y entonces nada les parece correcto. Y luego, cuando un búho como ese, después de todo, encuentra una cara que le devuelve la mirada y le da un atisbo de comprensión, bueno, entonces está contento, naturalmente.

—No hay nada que no sepas, Hermine —exclamé con asombro—. "Es exactamente como dices. Y, sin embargo, eres tan completamente diferente a mí. Bueno, eres mi opuesto. Tienes todo lo que me falta".

—Eso crees —dijo ella brevemente—, y es bueno que lo hagas.

Y ahora una nube oscura de seriedad se extendió sobre su rostro. De hecho, fue como un espejo mágico para mí. De repente, su rostro delataba seriedad y tragedia y parecía tan insondable como los ojos hundidos de una máscara. Lentamente, como si fuera arrastrado de ella palabra por palabra, dijo:

"Cuidado, no olvides lo que me dijiste. Dijiste que yo te debía ordenar y que sería un gozo para ti obedecer mis mandamientos. No lo olvides. Debes saber esto, mi pequeño Harry, así como algo en mí te corresponde y te da confianza, así es conmigo. El otro día, cuando te vi entrar en el Águila Negra, exhausto y fuera de ti y apenas en este mundo, me vino a la mente de inmediato: Este hombre me obedecerá. Todo lo que quiere es que yo le mande. Y eso es lo que voy a hacer. Es por eso que hablé contigo y por qué hicimos amigos".

Hablaba tan seriamente por un profundo impulso de su propia alma que apenas me gustaba animarla. Traté de calmarla. Ella sacudió la cabeza con el ceño fruncido y con una mirada convincente continuó: "Te digo que debes cumplir tu palabra, muchacho. Si no lo haces, te arrepentirás. Tendrás muchas órdenes mías y las llevarás a cabo. Bonitos y agradables que será un placer para ti obedecer. Y al final cumplirás también mi última orden, Harry.

—Lo haré —dije, medio cediendo—. "¿Cuál será tu última orden?"

Ya lo adiviné, Dios sabe por qué.

Se estremeció como si un escalofrío pasajero la recorriera y parecía estar despertando lentamente de su trance. Sus ojos no me soltaron. De repente se volvió aún más siniestra.

Si fuera sabio, no te lo diría. Pero no seré sabio, Harry, no por esta vez. Seré todo lo contrario. ¡Así que ahora ten en cuenta lo que digo! Lo escucharás y lo olvidarás de nuevo. Te reirás de ello y llorarás por ello. ¡Así que cuidado! Voy a jugar contigo a vida o muerte, hermanito, y antes de comenzar el juego voy a poner mis cartas sobre la mesa".

¡Qué hermosa se veía, qué sobrenatural, cuando dijo eso! Fría y clara, nadaba en sus ojos una tristeza consciente. Estos ojos suyos parecían haber sufrido todos los sufrimientos imaginables y haberlo consentido. Sus labios hablaban con dificultad y como si algo los estorbara, como si una helada aguda le hubiera entumecido la cara; pero entre sus labios, en las comisuras de la boca, donde la punta de la lengua se mostraba a intervalos raros, no había más que una dulce sensualidad y un deleite interior que contradecían la expresión de su rostro y el tono de su voz. Un corto mechón colgaba sobre la suave extensión de su frente, y de esta esquina de su frente de donde caía el mechón de cabello, su juventud brotaba de vez en cuando como un soplo de vida y lanzaba el hechizo de un hermafrodita. Escuché con una ansiosa ansiedad y, sin embargo, como si estuviera aturdido y solo medio consciente.

—Te gusto —prosiguió—, por la razón que dije antes, porque he roto tu aislamiento. Te he atrapado desde las mismas puertas del infierno y te he despertado a una nueva vida. Pero quiero más de ti, mucho más. Quiero enamorarte de mí. No, no me interrumpas. Permítanme hablar. Te gusto mucho. Puedo ver eso. Y me estás agradecido. Pero no estás enamorado de mí. Quiero hacer que te enamores de mí, y es parte de mi vocación. Es mi vida poder hacer que los hombres se enamoren de mí. Pero ten en cuenta esto, no lo hago porque te encuentre exactamente cautivador. Estoy tan poco enamorado de ti como tú de mí. Pero te necesito como tú me necesitas a mí. Me necesitas ahora, por el momento, porque estás desesperado. Te estás muriendo solo por la falta de un empujón para arrojarte al agua y devolverte a la vida. Necesitas que te enseñe a bailar, a reír y a vivir. Pero te necesito, no hoy, sino más tarde, para algo muy importante y hermoso también. Cuando estés enamorado de mí, te daré mi última orden y la obedecerás, y será mejor para los dos".

Levantó un poco una de las orquídeas de vetas verdes marrones y púrpuras en el vaso e inclinándose miró un momento la flor.

"No te resultará fácil, pero lo harás. Cumplirás mi orden y... me matarás. Ahí, no preguntes más.

Cuando llegó al final, sus ojos seguían fijos en la orquídea, y su rostro se relajó, perdiendo su tensión como un capullo de flor que despliega sus pétalos. En un instante hubo una sonrisa encantadora en sus labios mientras sus ojos por un momento seguían fijos y hechizados. Luego sacudió la cabeza con su pequeño mechón infantil, tomó un sorbo de agua y, al darse cuenta de repente de que estábamos en una comida, volvió a comer con apetito y placer.

Había escuchado su extraña comunicación claramente palabra por palabra. Incluso había adivinado cuál era su última orden antes de que la dijera y ya no estaba horrorizado. Todo lo que dijo me sonó tan convincente como un decreto del destino. Lo acepté sin protestar. Y, sin embargo, a pesar de la aterradora seriedad con la que había hablado, no lo tomé todo como completamente real y serio. Mientras una parte de mi alma bebía en sus palabras y creía en ellas, otra parte me apaciguó con un asentimiento y tomó nota de que Hermine también, a pesar de toda su sabiduría, salud y seguridad, tenía sus fantasías y estados crepusculares. Apenas pronunció su última palabra cuando una capa de irrealidad e ineficacia se asentó sobre toda la escena.

De todos modos, no pude volver a las realidades y probabilidades con la misma ligereza que Hermine.

—¿Y así te mataré algún día? —pregunté, todavía medio en un sueño mientras ella reía, y atacaba a sus aves con gran deleite.

"Por supuesto", asintió levemente. "Basta de eso. Es hora de comer. Harry, sé un ángel y pídeme un poco más de ensalada. ¿No tienes apetito? Me parece que todavía tienes que aprender todas las cosas que son naturales para otras personas, incluso el placer de comer. Así que mira, muchacho, debo decirte que esta es la celebración del pato, y cuando recoges la carne tierna del hueso es una ocasión festiva y debes estar tan ansioso y alegre de corazón y encantado como un amante cuando desengancha a su amada por primera vez. ¿No lo entiendes? ¡Oh, eres una oveja! ¿Estás listo? Te voy a dar un pedazo del huesito. Así que abre la boca. ¡Oh, qué susto tienes! Ahí va, entrecerrando los ojos por la habitación en caso de que alguien lo vea mordiendo mi tenedor. No tengas miedo, hijo pródigo, no haré un escándalo. Pero es un pobre tipo que no puede disfrutar de su placer sin pedir permiso a otras personas.

La escena que había pasado antes se volvió cada vez más irreal. Cada vez era menos capaz de creer que estos eran los mismos ojos que un momento antes habían estado fijos en una terrible obsesión. Pero en esto Hermine era como la vida misma, un momento sucesivo al siguiente y no uno que se pudiera prever. Ahora estaba comiendo, y el pato y la ensalada, el dulce y el licor eran lo importante, y cada vez que se cambiaban los platos comenzaba un nuevo capítulo. Sin embargo, aunque jugaba a ser una niña, había visto a través de mí por completo, y aunque me hizo su alumna allí mismo en el juego de vivir para cada momento fugaz, parecía saber más de la vida de lo que saben los más sabios de los sabios. Puede ser la sabiduría más alta o la más mínima ingenuidad. Es cierto, en cualquier caso, que la vida está completamente desarmada por el don de vivir tan enteramente en el presente, de atesorar con tan ansioso cuidado cada flor al borde del camino y la luz que juega en cada momento que pasa. ¿Debía creer que esta niña feliz, con su abundante apetito y su aire de gourmet, era al mismo tiempo víctima de visiones histéricas que deseaba morir? ¿O una mujer cuidadosa y calculadora que, impasible, tenía la intención consciente de convertirme en su amante y su esclava? No podía creerlo. No, su entrega al momento fue tan simple y completa que las sombras fugaces y la agitación hasta lo más profundo del alma llegaron a ella no menos que a todos los impulsos placenteros y se vivieron tan plenamente.

Aunque vi a Hermine solo por segunda vez ese día, ella sabía todo sobre mí y me parecía bastante imposible que pudiera tener un secreto de ella. Tal vez no comprenda todo lo de mi vida espiritual, tal vez no me siga en mi relación con la música, con Goethe, con Novalis o Baudelaire. Sin embargo, esto también estaba abierto a dudas. Probablemente le daría tan pocos problemas como el resto. Y de todos modos, ¿qué quedaba de mi vida espiritual? ¿No había ido todo eso a los átomos y perdido su significado? En cuanto al resto, mis problemas y preocupaciones más personales, no tenía ninguna duda de que ella los entendería todos. Muy pronto estaría hablando con ella sobre el lobo estepario y el tratado y todo lo demás, aunque hasta ahora había existido solo para mí y nunca se había mencionado a una sola alma. De hecho, no pude resistir la tentación de comenzar de inmediato.

—Hermine —dije—, el otro día me sucedió algo extraordinario. Un hombre desconocido me dio un librito, el tipo de cosas que se compran en una feria, y dentro encontré toda mi historia y todo sobre mí. Bastante notable, ¿no crees?

"¿Cómo se llamaba?", preguntó a la ligera.

"¡Tratado sobre el lobo estepario!"

"¡Oh, 'Steppenwolf' es magnífico! ¿Y eres el lobo estepario? ¿Eso es para ti?"

"Sí, soy yo. Soy uno que es mitad lobo y mitad hombre, o al menos se cree así.

Ella no respondió. Me dirigió una mirada escrutadora a los ojos, luego me miró las manos, y por un momento su rostro y su expresión tenían esa profunda seriedad y siniestra pasión de unos minutos antes. Adivinando sus pensamientos, sentí que se preguntaba si yo era lo suficientemente lobo como para llevar a cabo su última orden.

—Esa es, por supuesto, tu propia idea fantasiosa —dijo, volviéndose serena una vez más—, o poética, si quieres. Pero hay algo en ello. Hoy no eres un lobo, pero el otro día, cuando entraste como si hubieras caído de la luna, realmente había algo de bestia en ti. Es justo lo que me llamó la atención en ese momento".

Se interrumpió como sorprendida por una idea repentina.

"Qué absurdas son esas palabras, como bestia y bestia de presa. No se debe hablar de los animales de esa manera. A veces pueden ser terribles, pero tienen mucha más razón que los hombres".

"¿Cómo quieres decir, verdad?"

"Bueno, mira un animal, un gato, un perro o un pájaro, o una de esas hermosas grandes bestias en el zoológico, un puma o una jirafa. No puedes evitar ver que todos tienen razón. Nunca se avergüenzan. Siempre saben qué hacer y cómo comportarse. No halagan y no se entrometen. No fingen. Son como son, como piedras o flores o estrellas en el cielo. ¿No estás de acuerdo?"

Así es.

—Los animales son tristes por regla general —prosiguió—. Y cuando un hombre está triste -no quiero decir porque tenga dolor de muelas o haya perdido algo de dinero, sino porque ve, por una vez en cierto modo, cómo es todo con la vida y todo, y está triste en serio- siempre se parece un poco a un animal. No solo se ve triste, sino más correcto y más hermoso que de costumbre. Así es como es, y así es como te veías, Steppenwolf, cuando te vi por primera vez".

—Bueno, Hermine, ¿y qué piensas de este libro con una descripción mía en él?

"Oh, no siempre puedo estar pensando. Hablaremos de eso en otro momento. Puedes dármelo para que lo lea algún día. O no, si alguna vez empiezo a leer de nuevo, dame uno de los libros que has escrito tú mismo".

Pidió café y por un momento pareció distraída y angustiada. Entonces, de repente, sonrió y pareció haber encontrado la clave de sus especulaciones.

—¡Hola! —exclamó ella, encantada—, ¡ahora lo tengo!

"¿Qué tienes?"

"El foxtrot. He estado pensando en eso toda la noche. Ahora dime, ¿tienes una habitación donde los dos podamos bailar a veces? No importa si es pequeño, pero no debe haber nadie debajo para subir y jugar al infierno si su techo se balancea un poco. Bueno, está bien, puedes aprender a bailar en casa".

—Sí —dije alarmado—, tanto mejor. Pero pensé que la música era necesaria".

"Por supuesto que es obligatorio. Tienes que comprar eso. A lo sumo no costará tanto como un curso de lecciones. Guarda eso porque yo mismo los daré. De esta manera tenemos la música cuando queremos y al final tenemos el gramófono en el trato".

"¿El gramófono?"

"Por supuesto. Puedes comprar uno pequeño y algunos discos de baile...

—Espléndido —exclamé—, y si lo sacas y me enseñas a bailar, el gramófono es tuyo como honorario. ¿De acuerdo?"

Lo saqué muy bien, pero apenas del corazón. No podía imaginar el detestado instrumento en mi estudio entre mis libros, y tampoco me reconcilié con el baile. Había estado en mi mente que podría probar cómo me iba por un tiempo, aunque estaba convencido de que era demasiado viejo y rígido y nunca aprendería ahora. Y hacerlo con martillo y tenazas como ella me propuso me pareció demasiado repentino e intransigente. Como viejo y fastidioso conocedor de la música, podía sentir que mi garganta se elevaba contra el gramófono, el jazz y la música de baile moderna. Era más de lo que nadie podía pedirme que las melodías de baile que eran la última furia de Estados Unidos se soltaran en el santuario donde me refugié con Novalis y Jean Paul y que me hicieran bailar con ellos. Pero no fue nadie quien me lo pidió. Era Hermine, y le correspondía a ella mandar y a mí obedecer. Por supuesto, obedecí.

Nos reunimos en un café la tarde siguiente. Hermine estaba allí delante de mí, bebiendo té, y señaló con una sonrisa mi nombre que había encontrado en un periódico. Era uno de los periódicos jingo reaccionarios de mi propio distrito en el que de vez en cuando circulaban referencias violentamente abusivas hacia mí. Durante la guerra me había opuesto a ella y, después, de vez en cuando había aconsejado tranquilidad, paciencia, humanidad y una crítica que comenzaba en casa; y me había resistido al patrioterismo nacionalista que se volvía cada día más pronunciado, más loco y desenfrenado. Aquí, entonces, hubo otro ataque de este tipo, mal escrito, en parte obra del propio editor y en parte robado de artículos de tipo similar en periódicos de tendencias similares a los suyos. Es de conocimiento común que nadie escribe peor que estos defensores de ideas decrépitas. Nadie ejerce su oficio con menos decencia y cuidado concienzudo. Hermine había leído el artículo, y le había informado de que Harry Haller era un insecto nocivo y un hombre que renegaba de su tierra natal, y que era lógico que nada bueno pudiera venir al país mientras se toleraran tales personas y tales ideas y las mentes de los jóvenes se volvieran a ideas sentimentales de humanidad en lugar de vengarse con las armas contra el enemigo hereditario.

—¿Eres tú? —preguntó Hermine, señalando mi nombre. "Bueno, te has hecho algunos enemigos y no te equivocas. ¿Te molesta?"

Leí algunas líneas. No había una sola línea de abuso estereotipado que no me hubieran inculcado durante años hasta que me cansé de ello.

"No", dije, "no me molesta. Estaba acostumbrado hace mucho tiempo. De vez en cuando he expresado la opinión de que cada nación, e incluso cada persona, haría mejor, en lugar de mecerse para dormirse con eslóganes políticos sobre la culpa de la guerra, preguntarse hasta qué punto sus propias faltas, negligencias y malas tendencias son culpables de la guerra y de todos los demás males del mundo, y que allí radica el único medio posible de evitar la próxima guerra. No me lo perdonan, porque, por supuesto, ellos mismos son todos inocentes, el Kaiser, los generales, los magnates del comercio, los políticos, los periódicos. Ninguno de ellos tiene la menor cosa de qué culparse a sí mismo. Nadie tiene ninguna culpa. Uno podría creer que todo fue para bien, aunque unos pocos millones de hombres yacen bajo tierra. Y ten en cuenta, Hermine, aunque estos artículos abusivos ya no pueden molestarme, a menudo me entristecen de todos modos. Dos tercios de mis compatriotas leen este tipo de periódicos, leen cosas escritas en este tono todas las mañanas y todas las noches, todos los días son molestados, amonestados e incitados, y robados de su paz mental y mejores sentimientos por ellos, y el fin y el objetivo de todo esto es que la guerra termine de nuevo. la próxima guerra que se acerca cada vez más, y será mucho más horrible que la anterior. Todo eso es perfectamente claro y simple. Cualquiera podría comprenderlo y llegar a la misma conclusión después de un momento de reflexión. Pero nadie quiere. Nadie quiere evitar la próxima guerra, nadie quiere ahorrarse a sí mismo y a sus hijos el próximo holocausto si este es el costo. Reflexionar por un momento, examinarse a sí mismo por un momento y preguntarse qué parte tiene en la confusión y la maldad del mundo, mira, nadie quiere hacer eso. Y por eso no hay forma de detenerlo, y la próxima guerra está siendo impulsada con entusiasmo por miles y miles día a día. Me ha paralizado desde que lo conocí, y me ha llevado a la desesperación. No me queda país ni ideales. Todo eso no es más que decoraciones para los caballeros que conducen la próxima matanza. No tiene sentido pensar, decir o escribir algo de importancia humana, molestar la cabeza con pensamientos de bondad: para dos o tres hombres que hacen eso, hay miles de periódicos, periódicos, discursos, reuniones en público y en privado, que hacen de lo contrario su esfuerzo diario y también tienen éxito en él".

Hermine había escuchado atentamente.

—Sí —dijo ahora—, ahí tienes razón. Por supuesto, habrá otra guerra. Uno no necesita leer los periódicos para saber eso. Y, por supuesto, uno puede estar triste por eso, pero no sirve de nada. Es lo mismo que cuando un hombre está triste al pensar que un día, a pesar de sus mayores esfuerzos para evitarlo, inevitablemente morirá. La guerra contra la muerte, querido Harry, es siempre algo hermoso, noble, maravilloso y glorioso, y lo mismo se deduce de la guerra contra la guerra. Pero siempre es desesperado y quijotesco también".

—Eso es quizás cierto —exclamé acaloradamente—, pero verdades como esa, que todos debemos estar muertos pronto y que por lo tanto todo es uno y lo mismo, hacen que toda la vida sea plana y estúpida. ¿Vamos a tirarlo todo y renunciar por completo al espíritu y a todo esfuerzo y a todo lo que es humano y dejar que la ambición y el dinero gobiernen para siempre mientras esperamos la próxima movilización con un vaso de cerveza?"

Notable la mirada que Hermine me dirigió ahora, una mirada llena de diversión, llena de ironía, picardía y compañerismo, y al mismo tiempo tan grave, tan sabia, tan insondablemente seria.

—No harás eso —dijo con una voz bastante maternal—. "Tu vida no será plana y aburrida aunque sepas que tu guerra nunca será victoriosa. Es mucho más halagador, Harry, luchar por algo bueno e ideal y saber todo el tiempo que estás obligado a alcanzarlo. ¿Son alcanzables los ideales? ¿Vivimos para abolir la muerte? No, vivimos para temerlo y luego volver a amarlo, y solo por el bien de la muerte es que nuestra chispa de vida brilla durante una hora de vez en cuando con tanta intensidad. Eres un niño, Harry. Ahora, haz lo que te digo y ven. Tenemos mucho que hacer hoy. Tampoco voy a preocuparme más hoy por la guerra o los periódicos. ¿Y tú?"

Oh, no, no tenía ningún deseo de hacerlo.

Fuimos juntos —era nuestro primer paseo por la ciudad— a una tienda de música y miramos gramófonos. Los encendimos y apagamos y los escuchamos tocar, y cuando encontramos uno que era muy adecuado, bonito y barato, quise comprarlo. Hermine, sin embargo, no estaba a favor de transacciones tan rápidas. Me hizo retroceder y tuve que ir con ella en busca de otra tienda y allí, también, mirar y escuchar gramófonos de todas las formas y tamaños, desde los más caros hasta los más baratos, antes de que finalmente accediera a regresar a la primera tienda y comprar la máquina en la que pensamos primero.

—Ya ve —dije—, habría sido tan sencillo tomarlo de inmediato.

"¿Lo crees? Y entonces tal vez mañana habríamos visto el mismo en un escaparate a veinte francos menos. Y además, es divertido comprar cosas y tienes que pagar por tu diversión. Todavía tienes mucho que aprender".

Conseguimos un portero para llevar la compra a casa.

Hermine hizo una cuidadosa inspección de mi habitación. Elogió la estufa y el sofá, probó las sillas, recogió los libros, se detuvo un largo rato frente a la fotografía de Erica. Habíamos puesto el gramófono en una cómoda entre montones de libros. Y ahora comenzó mi instrucción. Hermine giró en un foxtrot y, después de mostrarme los primeros pasos, comenzó a tomarme de la mano. Troté obedientemente con ella, chocando con las sillas, escuchando sus instrucciones y sin entenderlas, pisándole los dedos de los pies y siendo tan torpe como concienzudo. Después del segundo baile, se tiró en el sofá y se rió como una niña.

"¡Oh! ¡Qué rígido eres! Simplemente siga recto como si estuviera caminando. No hay la menor necesidad de esforzarse. Vaya, creo que te has puesto positivamente caliente, ¿no? No, ¡descansemos cinco minutos! Bailar, ¿no ves?, es tan fácil como pensar, cuando puedes hacerlo, y mucho más fácil de aprender. Ahora puedes entender por qué la gente no adquiere el hábito de pensar y prefiere llamar a Herr Haller traidor a su país y esperar tranquilamente a que llegue la próxima guerra.

En una hora se había ido, asegurándome que la próxima vez iría mejor. Tenía mis propios pensamientos al respecto, y estaba muy decepcionado por mi estupidez y torpeza. No me parecía que hubiera aprendido nada en absoluto y no creía que fuera mejor la próxima vez. No, uno tenía que aportar ciertas cualidades al baile de las que yo carecía por completo, alegría, inocencia, frivolidad, elasticidad. Bueno, siempre lo había pensado.

Pero allí, la próxima vez de hecho fue mejor. Incluso me divertí un poco, y al final de la lección, Hermine anunció que ahora dominaba el foxtrot. Pero cuando siguió diciendo que tenía que bailar con ella al día siguiente en un restaurante, entré en pánico y me resistí a la idea con vehemencia. Me recordó fríamente mi juramento de obediencia y organizó una reunión para tomar el té al día siguiente en el Hotel Balance.

Esa noche me senté en mi habitación y traté de leer; pero no pude. Tenía miedo del mañana. Era un pensamiento muy horrible que yo, un viejo y tímido chiflado, fuera a frecuentar uno de esos desiertos modernos de la música de jazz, un thé dansant, y un pensamiento mucho más horrible que iba a figurar allí como bailarín, aunque no supiera bailar en lo más mínimo. Y reconozco que me reí de mí mismo y sentí vergüenza en mis propios ojos cuando, solo en la tranquilidad de mi habitación de estudio, encendí la máquina y suavemente con los pies en medias seguí los pasos de mi baile.

Una pequeña orquesta tocaba cada dos días en el Hotel Balance y se servía té y whisky. Intenté sobornar a Hermine, le puse pasteles delante y le propuse una botella de buen vino, pero ella fue inflexible.

"No estás aquí para divertirte hoy. Es una lección de baile".

Tuve que bailar con ella dos o tres veces, y durante un intervalo me presentó al saxofonista, un joven moreno y guapo de origen español o sudamericano, que, según me dijo, podía tocar todos los instrumentos y hablar todos los idiomas del mundo. Este señor parecía conocer bien a Hermine y estar en excelentes términos con ella. Tenía dos saxofones de diferentes tamaños frente a él que tocaba por turnos, mientras sus ojos oscuros y brillantes escudriñaban a los bailarines y sonreían de placer. Me sorprendió sentir algo parecido a celos de este agradable y encantador músico, no celos de amante, porque no había ninguna cuestión de amor entre Hermine y yo, sino unos celos más sutiles de su amistad; porque no me parecía tan eminentemente digno del interés, e incluso de la reverencia, con que ella lo distinguía tan conspicuamente. Aparentemente iba a conocer a algunas personas raras, pensé de mal humor. Luego se le pidió a

Hermine que bailara de nuevo, y me dejaron solo para tomar té y escuchar la música, un tipo de música que nunca hasta ese día había sabido soportar. Dios mío, pensé, así que ahora voy a ser iniciado y hecho sentir como en casa en este mundo de holgazanes y buscadores de placer, un mundo que es completamente extraño y repugnante para mí y que hasta el día de hoy siempre he evitado cuidadosamente y despreciado por completo, un mundo suave y estereotipado de mesas de mármol. ¡Música jazz, cocottes y viajeros comerciales! Tristemente, tragué mi té y miré a la multitud de elegancia de segunda categoría. Dos hermosas chicas me llamaron la atención. Ambos eran buenos bailarines. Seguí sus movimientos con admiración y envidia. ¡Qué elásticos, qué hermosos y alegres y seguros sus pasos!

Pronto apareció Hermine una vez más. Ella no estaba contenta conmigo. Me regañó y dijo que no estaba allí para poner esa cara y sentarme ociosamente a las mesas de té. Debía recomponerme, por favor, y bailar. ¿Qué, no conocía a nadie? Eso no era necesario. ¿No había, entonces, chicas allí que contaran con mi aprobación?

Señalé a uno de los dos, y el más atractivo, que en ese momento estaba parado cerca de nosotros. Se veía encantadora con su bonito vestido de terciopelo con su cabello rubio corto y exuberante y sus brazos redondeados y femeninos. Hermine insistió en que me acercara a ella de inmediato y le pidiera que bailara. Me encogí de desesperación.

"De hecho, no puedo hacerlo", dije en mi miseria. —Por supuesto, si yo fuera joven y guapo, si no fuera por un viejo y rígido como yo, que no puede bailar por su vida, ¡se reiría de mí!

Hermine me miró con desdén.

Y que me ría de ti, por supuesto, no importa. ¡Qué cobarde eres! Todos corren el riesgo de que se rían de ellos cuando se dirigen a una chica. Eso siempre está en juego. Así que arriésgate, Harry, y si lo peor llega a ser lo peor, déjate reír de ti. De lo contrario, todo se acabó con mi creencia en tu obediencia. ..."

Era obstinada. Me levanté automáticamente y me acerqué a la joven belleza justo cuando la música comenzó de nuevo.

"De hecho, estoy comprometida para este", dijo y me miró de arriba abajo con sus grandes ojos claros, "pero mi pareja parece haberse quedado varada en el bar de allí, así que ven".

La agarré y realicé los primeros pasos, todavía asombrado de que no me hubiera enviado a mis asuntos. No tardó en tomar mi medida y hacerse cargo de mí. Bailó maravillosamente y me contagié de la infección. Olvidé por el momento todas las reglas que había aprendido concienzudamente y simplemente seguí flotando. Sentí las caderas tensas de mi pareja, sus rodillas rápidas y flexibles, y al mirar su rostro joven y radiante, le reconocí que esta era la primera vez en mi vida que realmente había bailado. Ella sonrió animada y respondió a mi mirada encantada y a mis palabras halagadoras con una maravillosa complacencia, no de palabras, sino de movimientos cuyo suave encanto nos acercaba más y deliciosamente al contacto. Mi mano derecha sostenía su cintura firmemente y seguí cada movimiento de sus pies, brazos y hombros con ansiosa felicidad. Ni una sola vez, para mi asombro, pisé sus pies, y cuando la música se detuvo, ambos nos quedamos donde estábamos y aplaudimos hasta que se volvió a tocar el baile; y luego, con todo el celo de un amante, realicé devotamente el rito una vez más.

Cuando, demasiado pronto, el baile llegó a su fin, mi hermosa pareja de terciopelo desapareció y de repente vi a Hermine de pie cerca de mí. Ella nos había estado observando.

—¿Y ahora lo ves? —se rió ella con aprobación. "¿Has descubierto que las piernas de las mujeres no son patas de mesa? Bueno, ¡bravo! Ahora conoces el foxtrot, gracias a Dios. Mañana iremos al Boston, y dentro de tres semanas habrá el Baile de Máscaras en el Globe Rooms.

Habíamos tomado asiento para el intervalo cuando el encantador joven Herr Pablo, con un amistoso movimiento de cabeza, se sentó junto a Hermine. Parecía tener mucha intimidad con ella. En cuanto a mí, debo admitir que no estaba de ninguna manera encantado con el caballero en este primer encuentro. Era guapo, no podía negarlo, tanto de rostro como de figura, pero no pude descubrir qué otras ventajas tenía. Incluso sus logros lingüísticos le sentaron muy a la ligera, hasta tal punto, de hecho, que no hablaba en absoluto más allá de pronunciar palabras como por favor, gracias, por supuesto, más bien y hola. Estos, ciertamente, los conocía en varios idiomas. No, no dijo nada, este señor Pablo, ni siquiera pareció pensar mucho, este encantador caballero. Su negocio era con el saxofón en la banda de jazz y parecía dedicarse con amor y pasión. A menudo, durante el curso de la música, de repente aplaudía con las manos o se permitía otras expresiones de entusiasmo, como cantar "O O O, Ha Ha, Hallo". Aparte de esto, sin embargo, se limitó a ser hermoso, a complacer a las mujeres, a usar cuellos y corbatas de última moda y una gran cantidad de anillos en los dedos. Su manera de entretenernos consistía en sentarse a nuestro lado, sonreírnos, mirar su reloj de pulsera y liar cigarrillos, en lo que era un experto. Sus oscuros y hermosos ojos criollos y sus cabellos negros no escondían romance, ni problemas, ni pensamientos. Observado de cerca, este hermoso semidiós del amor no era más que un joven complaciente y bastante mimado con modales agradables. Hablé con él sobre su instrumento y sobre los colores tonales en la música de jazz, y debe haber visto que se enfrentaba a alguien que disfrutaba de un conocedor de todo lo que tocaba música. Pero no respondió, y mientras yo, en cumplidos a él, o más bien, a Hermine, me embarqué en una justificación musical del jazz, él sonrió amablemente a mí y a mis esfuerzos. Presumiblemente, no tenía la menor idea de que hubiera música más que el jazz o que alguna música hubiera existido antes. Era agradable, sin duda, agradable y educado, y sus grandes ojos vacíos sonreían de la manera más encantadora. Entre él y yo, sin embargo, no parecía haber nada en común. Nada de todo lo que era, quizás, importante y sagrado para él podía serlo también para mí. Veníamos de razas contrastadas y hablábamos idiomas en los que no se parecían dos palabras. (Más tarde, sin embargo, Hermine me dijo algo notable. Me dijo que Pablo, después de una conversación sobre mí, había dicho que debía tratarme muy bien, porque yo era muy infeliz. Y cuando ella le preguntó qué lo llevó a esa conclusión, él dijo: "Pobre, pobre hombre. Míralo a los ojos. No sabe cómo reír").

Cuando el joven de ojos oscuros se despidió de nosotros y la música comenzó de nuevo, Hermine se levantó. "Ahora podrías tener otro baile conmigo. ¿O ya no te interesa bailar?"

Con ella, también, bailaba más fácilmente ahora, de una manera más libre y vivaz, aunque no tan alegre y más cohibida que con la otra. Hermine me hizo guiar, adaptándose tan suave y ligeramente como la hoja de una flor, y con ella, también, ahora experimenté todas estas delicias que ahora avanzaban y ahora tomaban vuelo.

Ella también exhalaba ahora el perfume de la mujer y del amor, y su baile también cantaba con íntima ternura la hermosa y encantadora canción del sexo. Y, sin embargo, no pude responder a todo esto con calidez y libertad. No podía olvidarme por completo de mí mismo en abandono. Hermine tenía una relación demasiado cercana conmigo. Era mi camarada y mi hermana, mi doble, casi, en su parecido no sólo conmigo, sino con Herman, mi amigo de la infancia, el entusiasta, el poeta, que había compartido con ardor todas mis actividades y extravagancias intelectuales.

"Lo sé", dijo cuando hablé de eso. "Lo sé bastante bien. De todos modos, haré que te enamores de mí, pero no sirve de nada apresurarse. En primer lugar, somos compañeros, dos personas que esperan ser amigos, porque nos hemos reconocido. Por el momento, cada uno aprenderá del otro y nos divertiremos juntos. Te muestro mi pequeño escenario, y te enseño a bailar y a tener un poco de placer y a ser tonto; y me muestras tus pensamientos y algo de todo lo que sabes".

—Me temo que hay poco que mostrarte, Hermine. Sabes mucho más que yo. Eres una persona extraordinaria, y una mujer. Pero, ¿significo algo para ti? ¿No te aburro?

Miró hacia el suelo con tristeza.

"Así es como no me gusta escucharte hablar. Piensa en esa noche en que saliste roto de tu desesperación y soledad, para cruzarte en mi camino y ser mi camarada. ¿Por qué, crees, pude reconocerte y entenderte?"

"¿Por qué, Hermine? ¡Dime!"

Porque es lo mismo para mí que para ti, porque estoy solo exactamente como tú, porque me gusta tan poco la vida y los hombres y yo mismo como tú y puedo soportarlos tan poco. Siempre hay algunas personas que exigen lo máximo de la vida y, sin embargo, no pueden aceptar su estupidez y crudeza".

"¡Tú, tú!" Lloré con profundo asombro. "Te entiendo, mi camarada. Nadie te entiende mejor que yo. Y, sin embargo, eres un acertijo. Eres un maestro del pasado en la vida. Tienes tu maravillosa reverencia por sus pequeños detalles y disfrutes. Eres un artista en la vida. ¿Cómo puedes sufrir a manos de la vida? ¿Cómo puedes desesperarte?"

"No me desespero. En cuanto al sufrimiento, ¡oh, sí, lo sé todo! Te sorprende que sea infeliz cuando puedo bailar y estoy tan seguro de mí mismo en las cosas superficiales de la vida. ¡Y yo, amigo mío, me sorprende que estés tan desilusionado con la vida cuando estás en casa con las mismas cosas que hay en ella que son las más profundas y hermosas, el espíritu, el arte y el pensamiento! Es por eso que nos sentimos atraídos el uno por el otro y por eso somos hermano y hermana. Te voy a enseñar a bailar, jugar y sonreír, y aún así no ser feliz. Y me vas a enseñar a pensar y a saber y, sin embargo, a no ser feliz. ¿Sabes que ambos somos hijos del diablo?"

"Sí, eso es lo que somos. El diablo es el espíritu, y nosotros somos sus hijos infelices. Nos hemos caído de la naturaleza y colgamos suspendidos en el espacio. Y eso me recuerda algo. En el tratado de Steppenwolf del que te hablé, hay algo en el sentido de que es solo una fantasía suya creer que tiene un alma, o dos, que está compuesto de una o dos personalidades. Todo ser humano, dice, consta de diez, cien o mil almas".

—Eso me gusta mucho —exclamó Hermine—. "En tu caso, por ejemplo, la parte espiritual está muy desarrollada, y por lo tanto estás muy atrasado en todas las pequeñas artes de la vida. Harry, el pensador, tiene cien años, pero Harry, el bailarín, apenas tiene medio día. Es a él a quien queremos traer, y a todos sus hermanos pequeños que son tan pequeños, estúpidos y atrofiados como él".

Ella me miró, sonriendo; y luego preguntó en voz baja con voz alterada:

—¿Y qué te pareció María, entonces?

"¿María? ¿Quién es ella?"

"La chica con la que bailaste. Es una chica encantadora, una chica muy encantadora. Estabas un poco enamorado de ella, por lo que pude ver.

"¿La conoces entonces?"

"Oh, sí, nos conocemos bien. ¿Te gustó mucho?

"Me gustaba mucho, y estaba encantado de que fuera tan indulgente con mi baile".

"¡Como si esa fuera toda la historia! Deberías hacer el amor con ella un poco, Harry. Es muy bonita y muy buena bailarina, y ya estás enamorado de ella, lo sé muy bien. Tendrás éxito con ella, estoy seguro".

"Créanme, no tengo esa aspiración".

"Ahí estás mintiendo un poco. Por supuesto, sé que tienes un apego. Hay una chica en algún lugar u otro a la que ves una o dos veces al año para tener una pelea con ella. Por supuesto, es muy encantador de su parte desear ser fiel a este estimado amigo suyo, pero debe permitirme que no me lo tome tan en serio. Sospecho que te tomas el amor terriblemente en serio. Ese es tu propio asunto. Puedes amar todo lo que quieras de la manera ideal por todo lo que me importa. Lo único de lo que tengo que preocuparme es de que aprendas a conocer un poco más de las pequeñas artes y los lados más ligeros de la vida. En esta esfera, soy tu maestro, y seré mejor de lo que nunca fue tu amor ideal, ¡puedes estar seguro de eso! Ya es hora de que vuelvas a acostarte con una chica bonita, Steppenwolf".

-Hermine -exclamé atormentado-, no tienes más que mirarme, ¡soy un anciano!

"Eres un niño. Fuiste demasiado perezoso para aprender a bailar hasta que fue casi demasiado tarde, y de la misma manera fuiste demasiado perezoso para aprender a amar. En cuanto al amor ideal y trágico, eso, no dudo, puedes hacerlo maravillosamente, y todo el honor para ti. Ahora aprenderás a amar un poco de una manera humana ordinaria. Hemos comenzado. Pronto estarás en condiciones de ir a un baile, pero primero debes conocer el Boston, y comenzaremos con eso mañana. Vendré a las tres. ¿Qué te pareció la música, por cierto?"

—Mucho, de hecho.

—Bueno, hay otro paso adelante, ya ves. Hasta ahora no podías soportar toda esta música de baile y jazz. Era demasiado superficial y frívolo para ti. Ahora has visto que no hay necesidad de tomarlo en serio y que, de todos modos, puede ser muy agradable y delicioso. Y, por cierto, toda la orquesta no sería nada sin Pablo. Él lo conduce y le pone fuego".

Así como el gramófono contaminó la atmósfera estética e intelectual de mi estudio y así como las danzas americanas irrumpieron como extrañas y perturbadoras, sí, y como destructoras, en mi jardín de música cuidadosamente cuidado, así también, de todos lados, irrumpieron en mi vida nuevas, temidas y desintegradoras que, hasta ahora, había sido tan marcadamente marcada y tan profundamente aislada. El tratado de Steppenwolf, y también Hermine, tenían razón en su doctrina de las mil almas. Todos los días seguían surgiendo nuevas almas junto a la hueste de las viejas, haciendo demandas clamorosas y creando confusión; y ahora veía tan claramente como en un cuadro qué ilusión había sido mi personalidad anterior. Las pocas capacidades y actividades en las que había sido fuerte habían ocupado toda mi atención, y me había pintado un cuadro de mí mismo como una persona que de hecho no era más que un especialista muy refinado y educado en poesía, música y filosofía; y como tal había vivido, dejando que todo el resto de mí fuera un caos de potencialidades, instintos e impulsos que encontré un estorbo y le di la etiqueta de Steppenwolf.

Mientras tanto, aunque curado de una ilusión, encontré esta desintegración de la personalidad de ninguna manera una aventura agradable y divertida. Por el contrario, a menudo era extremadamente doloroso, a menudo casi intolerable. A menudo, el sonido del gramófono era realmente diabólico para mis oídos en medio de un entorno donde todo estaba afinado en una tonalidad tan diferente. Y muchas veces, cuando bailaba mi one-step en un elegante restaurante entre buscadores de placer y elegantes rastrillos, sentía que era un traidor a todo lo que estaba obligado a considerar más sagrado. Si Hermine me hubiera dejado solo durante una semana, habría huido de inmediato de este tráfico tedioso y ridículo con el mundo del placer. Hermine, sin embargo, siempre estaba allí. Aunque no la viera todos los días, estaba continuamente bajo su mirada, guiado, vigilado y aconsejado; además, ella leía todos mis locos pensamientos de rebelión y fuga en mi cara, y les sonreía.

A medida que avanzaba la destrucción de todo lo que había llamado mi personalidad, comencé a comprender también por qué había temido tan horriblemente a la muerte a pesar de toda mi desesperación. Comencé a percibir que este horror innoble frente a la muerte era parte de mi antigua existencia convencional y mentirosa. El difunto Herr Haller, talentoso escritor, estudioso de Mozart y Goethe, autor de ensayos sobre la metafísica del arte, sobre el genio, la tragedia y la humanidad, el melancólico ermitaño en una celda cargada de libros, se entregó poco a poco a la autocrítica y en todo momento se encontró deficiente. Este talentoso e interesante Herr Haller había predicado, sin duda, la razón y la humanidad y había protestado contra la barbarie de la guerra; pero no se había dejado parar contra una pared y dispararle, como habría sido la consecuencia adecuada de su forma de pensar. Había encontrado alguna manera de acomodarse; uno, por supuesto, que era exteriormente respetable y noble, pero seguía siendo un compromiso y nada más. Además, se oponía al poder del capital y, sin embargo, tenía valores industriales en su banco y gastaba los intereses de ellos sin un remordimiento de conciencia. Y así fue todo. Harry Haller, sin duda, se había arreglado a sí mismo como un idealista y despreciador del mundo, como un ermitaño melancólico y un profeta gruñón. En el fondo, sin embargo, era un burgués que se oponía a una vida como la de Hermine y se preocupaba por las noches que pasaba en un restaurante y el dinero despilfarrado allí, y los tenía en su conciencia. En lugar de anhelar ser liberado y completado, anhelaba, por el contrario, volver con toda sinceridad a aquellos tiempos felices en los que su trivialidad intelectual había sido su diversión y le había traído fama. Del mismo modo, esos lectores de periódicos, a quienes despreciaba y despreciaba, anhelaban volver a la época ideal antes de la guerra, porque era mucho más cómodo que aprender una lección de quienes la habían vivido. ¡Oh, diablos, ha enfermado a uno, este Herr Haller! Y, sin embargo, me aferré a él de todos modos, o a la máscara de aquel que ya se estaba cayendo, me aferré a su coqueteo con lo espiritual, a su horror burgués a lo desordenado y accidental (al que también pertenecía la muerte) y comparé al nuevo Harry, el diletante algo tímido y ridículo de las salas de baile, con desdén y envidia con el viejo en cuyo retrato ideal y mentiroso había descubierto desde entonces todos esos características fatales que lo habían trastornado esa noche tan gravemente en el grabado de Goethe del profesor. Él mismo, el viejo Harry, había sido precisamente una idealización burguesa de Goethe, un campeón espiritual cuya mirada demasiado noble brillaba con la unción del pensamiento elevado y la humanidad, ¡hasta que casi fue vencido por su propia nobleza de mente! ¡El diablo! Ahora, por fin, ¡este hermoso cuadro necesitaba urgentemente reparaciones! ¡El Herr Haller ideal había sido lamentablemente desmantelado! Parecía un dignatario que había caído en manos de ladrones, con sus pantalones hechos jirones, y habría mostrado sentido común si hubiera estudiado ahora el papel que le asignaban sus harapos en lugar de usarlos con un aire de respetabilidad y llevar una pretensión quejumbrosa de perder reputación.

Me encontraba constantemente en compañía de Pablo, el músico, y mi estimación de él tenía que ser revisada, aunque solo fuera porque a Hermine le gustaba mucho y estaba muy ansiosa por su compañía. Pablo me había dejado la impresión de una bonita nada, un pequeño galán, y algo vacío, tan feliz como un niño para el que no hay problemas, cuya alegría es gotear en su trompeta de juguete y que se mantiene callado con alabanzas y chocolate. Pablo, sin embargo, no estaba interesado en mis opiniones. Eran tan indiferentes a él como mis teorías musicales. Escuchó con cortesía amistosa, sonriendo como siempre; pero se abstuvo de todos modos de cualquier respuesta real. Por otro lado, a pesar de esto, parecía que había despertado su interés. Estaba claro que se esforzaba por complacerme y mostrarme buena voluntad. Una vez, cuando mostré cierta irritación, e incluso mal humor, por uno de estos intentos infructuosos de conversación, me miró a la cara con aire turbado y triste y, tomando mi mano izquierda y acariciándola, me ofreció un pellizco de su pequeña tabaquera de oro. Me haría bien. Miré inquisitivamente a Hermine. Ella asintió y tomé un pellizco. El efecto casi inmediato fue que me volví más clara de cabeza y más alegre. Sin duda había cocaína en el polvo. Hermine me dijo que Pablo tenía muchas de esas drogas y que las conseguía a través de canales secretos. Se los ofrecía a sus amigos de vez en cuando y era un maestro en mezclarlos y prescribirlos. Tenía drogas para calmar el dolor, para inducir el sueño, para engendrar hermosos sueños, espíritus vivos y la pasión del amor.

Un día me encontré con él en la calle cerca del muelle y se volvió de inmediato para acompañarme. Esta vez logré por fin hacerle hablar.

"Herr Pablo", le dije mientras jugaba con su delgado bastón de ébano y plata, "usted es amigo de Hermine y por eso me interesa usted. Pero no puedo decir que hagas que sea fácil llevarte bien. Varias veces he intentado hablar de música contigo. Me hubiera interesado conocer sus pensamientos y opiniones, ya sea que contradijeran los míos o no, pero ha desdeñado darme la más mínima respuesta.

Me dirigió una sonrisa muy amable y esta vez se me concedió una respuesta.

—Bueno —dijo con ecuanimidad—, ya ve, en mi opinión no tiene ningún sentido hablar de música. Nunca hablo de música. ¿Qué respuesta, entonces, iba a dar a sus comentarios tan hábiles y justos? Tenías toda la razón en todo lo que dijiste. Pero, ya ves, soy músico, no profesor, y no creo que, en lo que respecta a la música, tenga el menor sentido tener razón. La música no depende de tener razón, de tener buen gusto y educación y todo eso".

"De hecho. Entonces, ¿de qué depende?"

—De hacer música, Herr Haller, de hacer música tan bien y tanto como sea posible y con toda la intensidad de la que uno es capaz. Ese es el punto, Monsieur. Aunque llevaba las obras completas de Bach y Haydn en mi cabeza y podía decir las cosas más inteligentes sobre ellas, ni un alma sería mejor por ello. Pero cuando agarro mi boquilla y toco un contoneo animado, ya sea que el contoneo sea bueno o malo, le dará placer a la gente. Se mete en sus piernas y en su sangre. Ese es el punto y solo eso. Mira las caras en un salón de baile en el momento en que la música suena después de una larga pausa, cómo los ojos brillan, las piernas se contraen y las caras comienzan a reír. Por eso se hace música".

—Muy bien, Herr Pablo. Pero no solo hay música sensual. También hay espiritual. Además de la música que realmente se toca en este momento, está la música inmortal que vive incluso cuando no se está tocando. A un hombre le puede suceder acostarse solo en la cama y recordar una melodía de la Flauta Mágica o la Pasión de Mateo, y luego hay música sin que nadie sople en una flauta o pase un arco por un violín".

—Ciertamente, Herr Haller. Anhelo' y 'Valencia' son recordados todas las noches por muchos soñadores solitarios. Incluso la mecanógrafa más pobre de su oficina tiene el último paso en su cabeza y toca sus teclas a tiempo. Tienes razón. No le guardo rencor a todas esas personas solitarias por su música muda, ya sea 'Yearning' o Magic Flute o 'Valencia'. Pero, ¿de dónde sacan su música solitaria y muda? Lo obtienen de nosotros, los músicos. Primero debe haber sido tocado y escuchado, debe haber entrado en la sangre, antes de que alguien en casa en su habitación pueda pensar en él y soñar con él".

—De acuerdo —dije con frialdad—, de todos modos no servirá poner a Mozart y al último foxtrot al mismo nivel. Y no es lo mismo si tocas música divina y eterna de la gente o cosas baratas del día que se olvidan mañana".

Cuando Pablo observó por mi tono que me estaba calentando, inmediatamente puso su expresión más amable y, tocando mi brazo acariciando, le dio una suavidad increíble a su voz.

—Ah, mi querido señor, puede que tenga usted toda la razón con sus niveles. No tengo nada que decir sobre el hecho de que pongas a Mozart, Haydn y "Valencia" en los niveles que quieras. Todo es uno para mí. No me corresponde a mí decidir sobre los niveles. Nunca se me preguntará por ellos. Mozart, tal vez, todavía se representará en cien años y 'Valencia' en dos ya no se representará más, creo que podemos dejar eso en manos de Dios. Dios es bueno y tiene el lapso de todos nuestros días en sus manos y también el de cada vals y foxtrot. Está seguro de hacer lo correcto. Nosotros, los músicos, sin embargo, debemos tocar nuestras partes de acuerdo con nuestros deberes y nuestros dones. Tenemos que tocar lo que realmente está en demanda, y tenemos que tocarlo tan bien y tan bellamente y tan expresivamente como podamos".

Con un suspiro me di por vencido. No había forma de pasar por alto al tipo.

En muchos momentos, lo viejo y lo nuevo, el dolor y el placer, el miedo y la alegría se mezclaban de manera bastante extraña entre sí. Ahora estaba en el cielo, ahora en el infierno, generalmente en ambos a la vez. El viejo Harry y el nuevo vivieron en un momento en amarga lucha, al siguiente en paz. Muchas veces el viejo Harry parecía estar muerto y acabado, haber muerto y haber sido enterrado, y luego, de repente, allí estaba de nuevo, dando órdenes y tiranizando y contradictoriamente hasta que el pequeño y joven Harry guardó silencio por vergüenza y se dejó empujar contra la pared. En otras ocasiones, el joven Harry tomaba al viejo por el cuello y lo apretaba con todas sus fuerzas. Hubo muchos gemidos, muchas luchas a muerte, muchos pensamientos sobre la hoja de afeitar.

A menudo, sin embargo, el sufrimiento y la felicidad se apoderaron de mí en una sola ola. Uno de esos momentos fue cuando, unos días después de mi primera exhibición pública de baile, entré en mi habitación por la noche y, para mi indescriptible asombro, consternación, horror y encanto, encontré a la encantadora María acostada en mi cama.

De todas las sorpresas que Hermine me había preparado, esta fue la más violenta. Porque no tuve ni un momento de duda de que fue ella quien me envió esta ave del paraíso. No había estado, como de costumbre, con Hermine esa noche. Había asistido a un recital de música eclesiástica antigua en la catedral, una hermosa, aunque melancólica, excursión a mi vida pasada, a los campos de mi juventud, el territorio de mi yo ideal. Bajo el alto gótico de la iglesia, cuya bóveda de red se balanceaba con una vida fantasmal en el juego de las luces escasas, escuché piezas de Buxtehude, Pachelbel, Bach y Haydn. Había seguido el viejo y amado camino una vez más. Había escuchado la magnífica voz de un cantante de Bach con quien en los viejos tiempos, cuando éramos amigos, había disfrutado de muchas ocasiones musicales memorables. Las notas de la vieja música, con su eterna dignidad y santidad, habían dado vida a todo el exaltado encanto y entusiasmo de la juventud. Me había sentado en el alto coro, triste y abstraído, invitado durante una hora a este mundo noble y bendito que una vez había sido mi hogar. Durante un dúo de Haydn, las lágrimas habían brotado repentinamente de mis ojos. No había esperado al final del concierto. Abandonando la idea que había tenido de volver a ver al cantante (qué tardes había pasado una vez con los artistas después de tales conciertos) y escabulléndome de la Catedral, había caminado cansadamente por las calles oscuras y estrechas, donde aquí y allá, detrás de las ventanas de los restaurantes, las orquestas de jazz tocaban las melodías de la vida que ahora había venido a vivir. ¡Oh, qué aburrido laberinto de errores había cometido de mi vida!

Durante mucho tiempo durante el paseo nocturno había reflexionado sobre el significado de mi relación con la música, y no era la primera vez que reconocía esta relación atractiva y fatal como el destino de todo el espíritu alemán. En el espíritu alemán, el vínculo matriarcal con la naturaleza gobierna en forma de hegemonía de la música en una medida desconocida en cualquier otro pueblo. Nosotros, los intelectuales, en lugar de oponernos a esta tendencia como los hombres, y rendir obediencia al espíritu, al Logos, a la Palabra, y obtener una audiencia por ello, todos soñamos con un discurso sin palabras que pronuncie lo inexpresable y dé forma a lo informe. En lugar de desempeñar su papel de la manera más verdadera y honesta posible, el intelectual alemán se ha rebelado constantemente contra la palabra y contra la razón y ha cortejado la música. Y así, el espíritu alemán, divirtiéndose en la música, en maravillosas creaciones de sonido y maravillosas bellezas de sentimiento y estado de ánimo que nunca se vieron presionadas a la realidad, ha dejado la mayor parte de sus dones prácticos en decadencia. Ninguno de nosotros, los intelectuales, se siente cómodo en realidad. Somos extraños y hostiles. Es por eso que el papel desempeñado por el intelecto incluso en nuestra propia realidad alemana, en nuestra historia, política y opinión pública, ha sido tan lamentable. Bueno, a menudo había reflexionado sobre todo esto, no sin un intenso anhelo a veces de recurrir y hacer algo real por una vez, de ser seria y responsablemente activo en lugar de ocuparme para siempre con nada más que la estética y las actividades intelectuales y artísticas. Sin embargo, siempre terminaba en la resignación, en la rendición al destino. Los generales y los capitanes de la industria tenían toda la razón. No había nada que hacer de nosotros, los intelectuales. Éramos un grupo superfluo e irresponsable de charlatanes talentosos para quienes la realidad no tenía sentido. Con una maldición, volví a la navaja.

Entonces, lleno de pensamientos y los ecos de la música, mi corazón cargado de tristeza y el anhelo de desesperación por la vida, la realidad y el sentido y todo lo que estaba irremediablemente perdido, finalmente había llegado a casa; subí mis escaleras; encender la luz en mi sala de estar; trató en vano de leer; pensé en la cita que me obligó a beber whisky y bailar en el Cecil Bar la noche siguiente; Pensé con malicia y amargura no solo en mí, sino también en Hermine. Podía ser buena y tener las mejores y más amables intenciones y podía ser una persona maravillosa, pero de todos modos habría hecho mejor en dejarme ir a la perdición en lugar de arrastrarme a este torbellino de frivolidades en el que nunca debería ser otra cosa que un extranjero y donde lo mejor de mí estaba desmoralizado y había sido rebajado.

Y así, tristemente, apagué la luz y me fui a mi habitación y comencé a desvestirme con tristeza; y luego me sorprendió un olor desacostumbrado. Había un leve aroma de aroma, y mirando a mi alrededor vi a la encantadora María acostada en mi cama, sonriente y un poco sorprendida, con grandes ojos azules.

"¡María!" He dicho. Y mis primeros pensamientos fueron que mi casera me avisaría cuando lo supiera.

"He venido", dijo en voz baja. "¿Estás enojado conmigo?"

"No, no. Veo que Hermine te dio la llave. ¿No es eso?"

"Oh, te enoja. Iré de nuevo".

"¡No, querida María, quédate! Solo que, justo esta noche, estoy muy triste. No puedo estar alegre esta noche. Quizás mañana vuelva a estar mejor".

Estaba inclinado sobre ella y ella tomó mi cabeza con sus grandes y firmes manos y bajándola me dio un largo beso. Luego me senté en la cama junto a ella y tomé sus manos y le pedí que hablara en voz baja en caso de que nos escucharan, y miré su hermoso rostro redondo que yacía tan extraña y maravillosamente sobre mi almohada como una gran flor. Se llevó la mano lentamente a los labios y la colocó debajo de la ropa sobre su pecho cálido y que respiraba uniformemente.

"No necesitas estar alegre", dijo. "Hermine me dijo que tenías problemas. Cualquiera puede entender eso. Dime, entonces, ¿todavía te complazco? El otro día, cuando estábamos bailando, estabas muy enamorado de mí".

Besé sus ojos, su boca, cuello y pechos. Hacía un momento había pensado en Hermine con amargura y reproche. Ahora tenía su regalo en mis manos y estaba agradecido. Las caricias de María no dañaron la maravillosa música que había escuchado esa noche. Fueron su digno cumplimiento. Lentamente saqué la ropa de su hermoso cuerpo hasta que mis besos llegaron a sus pies. Cuando me acosté a su lado, su rostro de flor me devolvió la sonrisa omnisciente y generoso.

Durante esta noche al lado de María no dormí mucho, pero mi sueño fue tan profundo y pacífico como el de un niño. Y mientras dormía, bebí de su hermosa y cálida juventud y escuché, mientras hablábamos en voz baja, una serie de historias curiosas sobre su vida y la de Hermine. Nunca había conocido mucho de este lado de la vida. Solo en el mundo teatral, ocasionalmente, en años anteriores, me había encontrado con existencias similares: mujeres y hombres que vivían mitad para el arte y mitad para el placer. Ahora, por primera vez, vislumbré este tipo de vida, notable tanto por su singular inocencia como por su singular corrupción. Estas muchachas, en su mayoría de hogares pobres, pero demasiado inteligentes y demasiado bonitas para dedicar toda su vida a una forma mal pagada y sin alegría de ganarse la vida, vivían a veces de trabajos ocasionales, a veces de su encanto y virtud fácil. De vez en cuando, durante uno o dos meses, se sentaban frente a una máquina de escribir; a veces eran las amantes de hombres acomodados del mundo, recibiendo dinero de bolsillo y regalos; vivían a veces en pieles y automóviles, otras veces en áticos, y aunque una buena oferta podía inducirlos en algunas circunstancias a casarse, no estaban en absoluto ansiosos por ello. Muchos de ellos tenían poca inclinación por el amor y se entregaban de muy mala gana, y entonces solo por dinero y al precio más alto. Otros, y María era una de ellos, estaban inusualmente dotados para el amor y no podían prescindir de él. Vivían únicamente por amor y, además de sus amigos oficiales y lucrativos, también tenían otras aventuras amorosas. Asiduas y ocupadas, preocupadas y alegres, inteligentes y, sin embargo, irreflexivas, estas mariposas vivieron una vida a la vez infantil y raffiné; independientes, no para ser compradas por todos, encontrando su cuenta en la buena suerte y el buen tiempo, enamoradas de la vida y, sin embargo, aferradas a ella mucho menos que el burgués, siempre dispuestas a seguir a un príncipe de hadas a su castillo, siempre seguros, aunque apenas conscientes de ello, de que les esperaba un final difícil y triste.

Durante esa maravillosa primera noche y los días que siguieron, María me enseñó mucho. Ella me enseñó el juego encantador y las delicias de los sentidos, pero también me dio una nueva comprensión, una nueva perspicacia, un nuevo amor. El mundo de los balnearios de danza y placer, los cines, bares y salones de hotel que para mí, el ermitaño y esteta, siempre tenía algo trivial, prohibido y degradante, era para María y Hermine y sus compañeras el mundo puro y simple. No era ni bueno ni malo, ni amado ni odiado. En este mundo, sus breves y ansiosas vidas florecieron y se desvanecieron. Se sentían como en casa y conocían todas sus costumbres. Les encantaba un champán o un plato especial en un restaurante como uno de nosotros lo haría con un compositor o poeta, y prodigaban el mismo entusiasmo, éxtasis y emoción en la última moda de los bailes o en la empalagosa canción sentimental de un cantante de jazz que uno de nosotros en Nietzsche o Hamsun. María me habló del apuesto saxofonista, Pablo, y habló de una canción americana que él les había cantado a veces, y se dejó llevar tanto por la admiración y el amor al hablar de ella que me sentí mucho más conmovido e impresionado que por los éxtasis de cualquier persona altamente culta sobre los placeres artísticos de la más rara y distinguida calidad. Estaba listo para entusiasmarme con la simpatía, fuera cual fuera la canción. Las palabras brillantes de María y su rostro ansioso y efusivo hicieron grandes rasgaduras en mi estética. Había, sin duda, una Belleza, una e indivisible, pequeña y selecta, que me parecía, con Mozart en la cima, estar por encima de toda disputa y duda, pero ¿dónde estaba el límite? ¿No habíamos sido consumidos todos por el amor a las obras de arte y a los artistas que hoy miramos con duda y consternación? ¿No nos había pasado eso a nosotros con Liszt y Wagner, y, a muchos de nosotros, incluso con Beethoven? ¿No fue el florecimiento de la emoción infantil de María por la canción de Estados Unidos una experiencia artística tan pura y hermosa y exaltada más allá de toda duda como el éxtasis de cualquier pez gordo académico por Tristán, o el éxtasis de un director por la Novena Sinfonía? ¿Y no concordaba esto notablemente bien con los puntos de vista de Herr Pablo y le daba la razón?

María también parecía amar extremadamente al hermoso Pablo.

-Ciertamente es una belleza -dije-. También me gusta mucho. Pero dime, María, ¿cómo puedes quererme también a mí, un viejo fastidioso sin apariencia, que incluso tiene canas y no toca el saxofón y no canta ninguna canción de amor inglesa?

"No hables tan horriblemente", lo regañó. "Es bastante natural. Tú también me gustas. Tú también tienes algo bueno en ti que te hace querer y te distingue. No te haría diferente. Uno no debería hablar de estas cosas y querer que se rindan cuentas. Escucha, cuando me besas el cuello o la oreja, siento que te complazco, que te gusto. Tienes una forma de besar como si fueras tímida, y eso me dice: 'Lo complaces. Te está agradecido por ser bonita". Eso me da un gran, gran placer. Y luego, de nuevo, con otro hombre, es todo lo contrario lo que me agrada, que me besa como si pensara poco de mí y me hiciera un favor.

De nuevo nos quedamos dormidos y de nuevo me desperté para encontrar mi brazo todavía alrededor de ella, mi hermosa, hermosa flor.

Y esta hermosa flor, por extraño que parezca, seguía siendo el regalo que Hermine me había hecho. Hermine continuó de pie frente a ella y escondiéndola con una máscara. Entonces, de repente, intervino el pensamiento de Erica: mi amor distante y enojado, mi pobre amiga. Era apenas menos bonita que María, aunque no tan floreciente; y estaba más constreñida, y no tan ricamente dotada en las pequeñas artes de hacer el amor. Ella se paró un momento ante mis ojos, clara y dolorosamente, amada y profundamente entretejida en mi destino; luego volvió a caer en un profundo olvido, a una distancia medio lamentada.

Y así, en la tierna belleza de la noche, muchas imágenes de mi vida se elevaron ante mí, que durante tanto tiempo había vivido en un pobre vacío sin imágenes. Ahora, al toque mágico de Eros, la fuente de ellos se abrió y fluyó en abundancia. Durante unos momentos mi corazón se detuvo entre el deleite y la tristeza al descubrir cuán rica era la galería de mi vida, y cuán abarrotada estaba el alma del desdichado lobo estepario con altas estrellas y constelaciones eternas. Mi infancia y mi madre se mostraron en una tierna transfiguración como una visión distante de las montañas hacia el azul insondable; la letanía de mis amistades, comenzando con el legendario Herman, hermano del alma de Hermine, resonó tan clara como trompetas; las imágenes de muchas mujeres flotaban junto a mí con una fragancia sobrenatural como flores marinas húmedas en la superficie del agua, mujeres a las que había amado, deseado y cantado, cuyo amor rara vez había ganado y rara vez me había esforzado por ganar. Mi esposa también apareció. Había vivido con ella muchos años y me había enseñado camaradería, lucha y resignación. A pesar de todos los defectos de nuestra vida, mi confianza en ella permaneció intacta hasta el mismo día en que estalló contra mí y me abandonó sin previo aviso, enferma como estaba de mente y cuerpo. Y ahora, al mirar hacia atrás, vi cuán profundo debe haber sido mi amor y confianza por su traición para haber infligido una herida tan profunda y de por vida.

Estas imágenes, había cientos de ellas, con nombres y sin ellos, todas regresaron. Surgieron frescas y nuevas de esta noche de amor, y supe de nuevo, lo que en mi miseria había olvidado, que eran la posesión de mi vida y todo su valor. Indestructibles y permanentes como las estrellas, estas experiencias, aunque olvidadas, nunca podrían borrarse. Su serie era la historia de mi vida, su luz estrellada el valor eterno de mi ser. Mi vida se había convertido en cansancio. Había vagado por un laberinto de infelicidad que conducía a la renuncia y a la nada; era amargo con la sal de todas las cosas humanas; sin embargo, había acumulado riquezas, riquezas de las que estar orgulloso. Había sido a pesar de toda su miseria una vida principesca. Sea como fuere el pequeño camino a la muerte, el núcleo de esta vida mía era noble. Tenía propósito y carácter y no giraba en torno a nimiedades, sino a las estrellas.

Ha pasado el tiempo y han pasado muchas cosas, mucho ha cambiado; y solo puedo recordar un poco de todo lo que pasó esa noche, un poco de todo lo que dijimos e hicimos en la profunda ternura del amor, unos momentos de claro despertar del profundo sueño del cansancio del amor. Esa noche, sin embargo, por primera vez desde mi caída, me devolvió el implacable resplandor de mi propia vida y me hizo reconocer el azar como destino una vez más y ver las ruinas de mi ser como fragmentos de lo divino. Mi alma respiró una vez más. Mis ojos se abrieron. Hubo momentos en los que sentí con un resplandor que solo tenía que arrebatar mis imágenes dispersas y elevar mi vida como Harry Haller y como el lobo estepario a la unidad de una sola imagen, para entrar en el mundo de la imaginación y ser inmortal. ¿No era ésta, pues, la meta fijada para el progreso de toda vida humana?

Por la mañana, después de haber compartido el desayuno, tuve que sacar a María de contrabando de la casa. Más tarde, ese mismo día, tomé una pequeña habitación en un barrio vecino que estaba diseñada exclusivamente para nuestras reuniones.

Fiel a sus deberes, apareció Hermine, mi maestra de baile, y tuve que aprender a tocar el Boston. Ella era firme e inexorable y no me liberaría de una sola lección, porque se decidió que asistiría al baile de disfraces en su compañía. Me había pedido dinero para su disfraz, pero se negó a decirme nada al respecto. Visitarla, o incluso saber dónde vivía, todavía me estaba prohibido.

Esta vez, unas tres semanas antes del Baile de Disfraces, fue notable por su maravillosa felicidad. María me pareció la primera mujer que realmente había amado. Siempre había querido mente y cultura en las mujeres que había amado, y nunca había observado que incluso la mujer más intelectual y, comparativamente hablando, educada nunca respondía al Logos en mí, sino que se oponía constantemente a él. Llevé mis problemas y mis pensamientos conmigo a la compañía de las mujeres y me habría parecido completamente imposible amar a una chica que apenas había leído un libro, apenas sabía lo que era leer y no podía distinguir a Chaikovski de Beethoven. María no tenía educación. No tenía necesidad de estos sustitutos tortuosos. Todos sus problemas surgieron directamente de los sentidos. Todo su arte y toda la tarea que se propuso consistía en extraer el mayor deleite de los sentidos de los que había sido dotada, y de su figura particular, su color, su cabello, su voz, su piel, su temperamento; y empleando todas las facultades, todas las curvas y líneas y todos los modelos más suaves de su cuerpo para encontrar percepciones receptivas en sus amantes y conjurar en ellas una rapidez de respuesta de deleite. El primer baile tímido que tuve con ella ya me había dicho esto. Había captado el aroma y el encanto de una sensibilidad brillante y cuidadosamente cultivada y me había encantado. Ciertamente, también, no fue casualidad que Hermine, la omnisciente, me presentara a esta María. Tenía el aroma y el significado mismo del verano y de las rosas.

No fue mi fortuna ser el único amante de María, ni siquiera su favorito. Yo era uno de muchos. A menudo no tenía tiempo para mí, a menudo solo una hora al mediodía, rara vez una noche. Ella no me quitó dinero. Hermine se encargó de eso. Sin embargo, se alegraba de los regalos, y cuando le diera, tal vez, un pequeño bolso nuevo de cuero lacado rojo, podría haber dos o tres piezas de oro dentro. De hecho, se rió de mí por el bolso rojo. Era encantador, pero una ganga, y ya no estaba de moda. En estos asuntos, sobre los que hasta ese momento era tan poco erudito como en cualquier idioma de los esquimales, aprendí mucho de María. Antes que nada, aprendí que estos juguetes no eran meras bagatelas ociosas inventadas por fabricantes y comerciantes con fines de lucro. Eran, por el contrario, un mundo pequeño o, más bien, grande, autoritario y hermoso, multifacético, que contenía una multiplicidad de cosas, todas las cuales tenían el único objetivo de servir al amor, refinar los sentidos, dar vida al mundo muerto que nos rodea, dotarlo de manera mágica de nuevos instrumentos de amor. desde el polvo y el aroma hasta el espectáculo de baile, desde el anillo hasta la pitillera, desde la hebilla de la cintura hasta el bolso. Esta bolsa no era bolsa, esta bolsa no tenía bolsa, las flores no tenían flores, el abanico no tenía abanico. Todos eran el material plástico del amor, de la magia y el deleite. Cada uno era un mensajero, un contrabandista, un arma, un grito de guerra.

A menudo me preguntaba a quién amaba realmente María. Creo que amaba al joven Pablo del saxofón, con sus melancólicos ojos negros y sus manos largas, blancas, distinguidas, melancólicas. Hubiera pensado que Pablo era un amante algo somnoliento, mimado y pasivo, pero María me aseguró que, aunque tardaba mucho en despertarlo, era más extenuante, atrevido y viril que un boxeador o un maestro de equitación.

De esta manera llegué a conocer muchos secretos sobre esta y aquella persona, músicos de jazz, actores y muchas de las mujeres, niñas y hombres de nuestro círculo. Vi debajo de la superficie las diversas alianzas y enemistades y poco a poco (aunque había sido un completo extraño en este mundo) fui atraído y tratado con confianza. También aprendí mucho sobre Hermine. Sin embargo, fue a Herr Pablo, a quien María le tenía cariño, a quien más vi. A veces, ella también se valía de sus drogas secretas y siempre me procuraba estas delicias también; y Pablo siempre estaba muy alerta para servirme. Una vez me dijo sin más preámbulos: "Eres tan infeliz. Eso es malo. Uno no debería ser así. Me da pena. Prueba con una pipa suave de opio". Mi opinión sobre esta persona alegre, inteligente, infantil y, al mismo tiempo, insondable cambió gradualmente. Nos hicimos amigos, y a menudo tomaba algunos de sus detalles. Miró mi aventura con María con cierta diversión. Una vez nos entretuvo en su habitación en el último piso de un hotel en los suburbios. Solo había una silla, así que María y yo tuvimos que sentarnos en la cama. Nos dio de beber de tres botellitas, un trago misterioso y maravilloso. Y luego, cuando me puse de muy buen humor, me propuso, con ojos radiantes, celebrar una orgía de amor para tres. Me negué abruptamente. Tal cosa era inconcebible para mí. Sin embargo, eché un vistazo a María para ver cómo se lo tomaba, y aunque de inmediato se retractó de mi negativa, vi el brillo en sus ojos y observé que la renuncia le costaba algún arrepentimiento. Pablo estaba decepcionado por mi negativa pero no herido. "Lástima", dijo. "Harry tiene una mentalidad demasiado moral. No hay nada que hacer. De todos modos, ¡habría sido tan hermoso, tan hermoso! Pero tengo otra idea". Nos dio a cada uno un poco de opio para fumar, y sentados inmóviles con los ojos abiertos, los tres vivimos las escenas que nos sugirió mientras María temblaba de alegría. Como me sentía un poco mal después de esto, Pablo me acostó en la cama y me dio unas gotas, y mientras yacía con los ojos cerrados sentí el aliento fugaz de un beso en cada párpado. Tomé el beso como si creyera que venía de María, pero sabía muy bien que venía de él.

Y una noche me sorprendió aún más. Al venir a mi habitación, me dijo que necesitaba veinte francos y que lo complacería. A cambio, me ofreció que yo, en lugar de él, tuviera a María por la noche.

"Pablo", dije, muy sorprendido, "no sabes lo que dices. El trueque por una mujer se cuenta entre nosotros como la última degradación. No he oído tu propuesta, Pablo.

Me miró con lástima. —No quiere, Herr Harry. Muy bien. Siempre te estás poniendo dificultades. No duermas esta noche con María si prefieres no hacerlo. Pero dame el dinero de todos modos. Lo recuperarás. Lo necesito urgentemente".

"¿Para qué?"

"Para Agostino, el pequeño segundo violín, ya sabes. Ha estado enfermo durante una semana y no hay nadie que lo cuide. Él no tiene un hijo, ni yo en este momento".

Por curiosidad y también en parte para castigarme, fui con él a Agostino. Le llevó leche y medicinas a su ático, y fue una miserable. Hizo su cama, ventiló la habitación e hizo una compresa muy profesional para la cabeza febril, todo rápido, suave y eficientemente como una buena enfermera enferma. Esa misma noche lo vi tocar hasta el amanecer en el City Bar.

A menudo hablaba largo y tendido sobre María con Hermine, sobre sus manos, hombros y caderas y su forma de reír, besar y bailar.

-¿Te ha enseñado esto? -preguntó Hermine en una ocasión, describiéndome un peculiar juego de la lengua al besar. Le pedí que me lo mostrara ella misma, pero se negó muy seriamente. "Eso es para más tarde. Todavía no soy tu amor".

Le pregunté cómo conocía las formas de besar de María y también muchos secretos que solo podían conocer sus amantes.

—Oh —exclamó—, somos amigos, después de todo. ¿Crees que tendríamos secretos el uno del otro? Debo decir que tienes a una chica hermosa. No hay nadie como ella".

"De todos modos, Hermine, estoy seguro de que tienen algunos secretos el uno del otro, ¿o le han dicho todo lo que saben sobre mí?"

"No, ese es otro asunto. Esas son cosas que ella no entendería. María es maravillosa. Eres afortunado. Pero entre tú y yo hay cosas de las que ella no tiene ni idea. Naturalmente, le conté mucho sobre ti, mucho más de lo que te hubiera gustado en ese momento. Tenía que ganármela por ti, ¿sabes? Pero ni María ni nadie más te entenderá como yo te entiendo. Además, he aprendido algo sobre ti por ella, porque me ha contado todo sobre ti en la medida en que te conoce. Te conozco casi tan bien como si hubiéramos dormido juntos a menudo.

Fue curioso y misterioso saber, cuando volví a estar con María, que ella había tenido a Hermine en sus brazos al igual que a mí. Ante mí surgieron nuevas relaciones indirectas y complicadas, nuevas posibilidades en el amor y en la vida; y pensé en las mil almas del tratado de Steppenwolf.

En el corto intervalo entre el momento en que conocí a María y el Baile de Disfraces, fui realmente feliz; y, sin embargo, nunca tuve la sensación de que esta fuera mi liberación y el logro de la felicidad. Tuve la clara impresión, más bien, de que todo esto era un preludio y una preparación, que todo avanzaba ansiosamente, que la esencia del asunto estaba por venir.

Ahora era tan hábil en el baile que me sentía muy capaz de desempeñar mi papel en el baile del que todo el mundo hablaba. Hermine tenía un secreto. Tuvo el mayor cuidado de no dejar escapar lo que iba a ser su disfraz. La reconocería muy pronto, dijo, y si no lo hacía, me ayudaría; pero de antemano no iba a saber nada. Ella no tenía la menor curiosidad por conocer mis planes para un disfraz y decidí que no debía usar un disfraz en absoluto. María, cuando le pedí que me acompañara como compañera, me explicó que ya tenía un caballero y un boleto también, de hecho; y vi con cierta decepción que tendría que asistir solo a la festividad. Era el principal baile de disfraces de la ciudad, organizado anualmente por la Sociedad de Artistas en las Salas del Globo.

Durante estos días vi poco a Hermine, pero el día antes del baile me hizo una breve visita. Vino a buscar su billete, que yo le había comprado, y se sentó tranquilamente conmigo durante un rato en mi habitación. Entablamos una conversación tan notable que me causó una profunda impresión.

"Realmente lo estás haciendo espléndidamente", dijo. "Bailar te queda bien. Cualquiera que no te haya visto en las últimas cuatro semanas difícilmente te conocería.

"Sí", estuve de acuerdo. "Las cosas no me han ido tan bien durante años. Eso es todo lo que haces, Hermine.

"Oh, ¿no la hermosa María?"

"No. Ella es un regalo tuyo como todos los demás. Ella es maravillosa".

—Es la chica que necesitas, Steppenwolf: bonita, joven, alegre, experta en el amor y no se puede tener todos los días. Si no tuvieras que compartirla con otros, si no fuera siempre una invitada fugaz, sería otro asunto".

Sí, tuve que conceder esto también.

"Y entonces, ¿realmente tienes todo lo que quieres ahora?"

—No, Hermine. No es así. Lo que tengo es muy hermoso y delicioso, un gran placer, un gran consuelo. Estoy muy feliz—"

"Bueno, entonces, ¿qué más quieres?"

"Quiero más. No me conformo con ser feliz. No estaba hecho para eso. No es mi destino. Mi destino es lo contrario".

"¿Ser infeliz de hecho? Bueno, has tenido eso y de sobra, ese momento en el que no pudiste ir a casa debido a la navaja".

—No, Hermine, es otra cosa. Esa vez, te lo reconozco, fui muy infeliz. Pero fue una infelicidad estúpida que no condujo a nada".

"¿Por qué?"

"Porque no debería haber tenido ese miedo a la muerte cuando la deseaba de todos modos. La infelicidad que necesito y anhelo es diferente. Es del tipo que me permitirá sufrir con ansia y lujuria después de la muerte. Esa es la infelicidad, o la felicidad, que estoy esperando".

"Lo entiendo. Ahí estamos hermano y hermana. Pero, ¿qué tienes en contra de la felicidad que has encontrado ahora con María? ¿Por qué no estás contento?"

"No tengo nada en contra. Oh, no, me encanta. Estoy agradecido por ello. Es tan hermoso como un día soleado en un verano húmedo. Pero sospecho que no puede durar. Esta felicidad tampoco conduce a nada. Da contenido, pero el contenido no es alimento para mí. Adormece al lobo estepario y lo sacia. Pero no es una felicidad por la que morirse".

"¿Entonces es necesario estar muerto, Steppenwolf?"

"Creo que sí, sí. Mi felicidad me llena de contenido y todavía puedo soportarlo durante mucho tiempo. Pero a veces, cuando la felicidad me deja un momento de tiempo libre para mirar a mi alrededor y anhelar cosas, el anhelo que tengo no es mantener esta felicidad para siempre, sino sufrir una vez más, solo que más bellamente y menos mezquinamente que antes. Anhelo los sufrimientos que me hacen estar listo y dispuesto a morir".

Hermine me miró tiernamente a los ojos con esa mirada oscura que tan repentinamente podría aparecer en su rostro. ¡Ojos encantadores y temerosos! Escogiendo sus palabras una por una y juntándolas, y hablando despacio y tan bajo que era un esfuerzo escucharla, dijo:

"Quiero decirte algo hoy, algo que he sabido durante mucho tiempo, y tú también lo sabes; pero tal vez nunca te lo hayas dicho a ti mismo. Voy a decirte ahora qué es lo que sé sobre ti y sobre mí y nuestro destino. Tú, Harry, has sido un artista y un pensador, un hombre lleno de alegría y fe, siempre en la pista de lo que es grande y eterno, nunca contento con lo trivial y mezquino. Pero cuanto más te ha despertado la vida y te ha traído de vuelta a ti mismo, mayor ha sido tu necesidad y más profundos han sido los sufrimientos, el temor y la desesperación que te han sobrevenido, hasta que llegaste hasta el cuello en ellos. Y todo lo que una vez conociste y amaste y reverenciaste como hermoso y sagrado, toda la creencia que una vez tuviste en la humanidad y en nuestro alto destino, ha sido inútil y ha perdido su valor y se ha hecho pedazos. Tu fe no encontró más aire para respirar. Y la asfixia es una muerte dura. ¿Es eso cierto, Harry? ¿Es ese tu destino?"

Asentí una y otra vez.

"Tienes una imagen de la vida dentro de ti, una fe, un desafío, y estabas listo para hechos, sufrimientos y sacrificios, y luego te diste cuenta gradualmente de que el mundo no te pedía acciones ni sacrificios de ningún tipo, y que la vida no es un poema de heroísmo con partes heroicas que desempeñar, etc. sino una habitación cómoda donde la gente se contenta con comer y beber, café y tejer, tarjetas y conexión inalámbrica. Y el que quiere más y lo tiene en él, el heroico y el bello, y la reverencia por los grandes poetas o por los santos, es un necio y un Don Quijote. Bien. Y ha sido lo mismo para mí, amigo mío. Era una chica talentosa. Estaba destinado a estar a la altura de un alto nivel, a esperar mucho de mí mismo y hacer grandes cosas. Podría haber jugado un gran papel. Podría haber sido la esposa de un rey, la amada de un revolucionario, la hermana de un genio, la madre de un mártir. Y la vida me ha permitido precisamente esto, ser una cortesana de bastante buen gusto, e incluso eso ha sido bastante difícil. Así es como me han ido las cosas. Durante un tiempo estuve inconsolable y durante mucho tiempo me culpé a mí mismo. La vida, pensé, al final debía estar en lo correcto, y si la vida despreciaba mis hermosos sueños, así argumentaba, eran mis sueños los que eran estúpidos y equivocados. Pero eso no me ayudó en absoluto. Y como tenía buenos ojos y oídos y también era un poco inquisitivo, eché un buen vistazo a esta supuesta vida y a mis vecinos y conocidos, cincuenta o más de ellos y sus destinos, y luego te vi a ti. Y supe que mis sueños habían sido correctos mil veces, al igual que los tuyos. Era la vida y la realidad las que estaban equivocadas. Era tan poco correcto que una mujer como yo no tuviera otra opción que envejecer en la pobreza y de una manera insensata con una máquina de escribir a sueldo de un fabricante de dinero, o casarse con un hombre así por su dinero, o convertirse en una especie de esclavo, como que un hombre como tú se viera obligado en su soledad y desesperación a recurrir a una navaja de afeitar. Tal vez el problema conmigo era más material y moral y contigo más espiritual, pero era el mismo camino. ¿Crees que no puedo entender tu horror por el foxtrot, tu aversión a los bares y las pistas de baile, tu odio por la música jazz y todo lo demás? Lo entiendo muy bien, y también su aversión por la política, su desaliento por la charla y las payasadas irresponsables de los partidos y la prensa, su desesperación por la guerra, la que ha sido y la que va a ser, por encima de todo lo que la gente piensa, lee y construye hoy en día, por la música que toca, las celebraciones que realizan, la educación que llevan a cabo. Tienes razón, Steppenwolf, tienes razón mil veces, y sin embargo debes ir a la pared. Eres demasiado exigente y hambriento de este mundo simple, tranquilo y fácil de contentar de hoy. Tienes una dimensión de más. Quien quiera vivir y disfrutar de su vida hoy no debe ser como tú y como yo. Quien quiera música en lugar de ruido, alegría en lugar de placer, alma en lugar de oro, trabajo creativo en lugar de negocios, pasión en lugar de tonterías, no encuentra hogar en este mundo trivial nuestro...

Miró hacia abajo y se sumió en la meditación.

"Hermine", exclamé tiernamente, "hermana, ¡qué claramente ves! ¡Y sin embargo me enseñaste el foxtrot! Pero, ¿cómo quiere decir que personas como nosotros con una dimensión de sobra no pueden vivir aquí? ¿Qué lo provoca? ¿Es así solo en nuestros días, o siempre fue así?"

"No lo sé. Por el honor del mundo, supongo que es sólo en nuestro tiempo: una enfermedad, una desgracia momentánea. Nuestros líderes tensan todos los nervios, y con éxito, para poner en marcha la próxima guerra, mientras que el resto de nosotros, mientras tanto, bailamos el foxtrot, ganamos dinero y comemos pralinées: en un momento así, el mundo debe ser realmente una mala figura. Esperemos que otros tiempos hayan sido mejores, y vuelvan a ser mejores, más ricos, más amplios y más profundos. Pero eso no nos ayuda ahora. Y tal vez siempre ha sido lo mismo...

"¿Siempre como es hoy? ¿Siempre un mundo solo para políticos, especuladores, camareros y buscadores de placeres, y ni un soplo de aire para los hombres?"

"Bueno, no lo sé. Nadie sabe. De todos modos, es todo lo mismo. Pero ahora estoy pensando en tu favorito, de quien me has hablado alguna vez, y también me has leído algunas de sus cartas, de Mozart. ¿Cómo le fue en su día? ¿Quién controlaba las cosas en su época y gobernaba el gallinero y daba el tono y contaba para algo? ¿Fue Mozart o la gente de negocios, Mozart o el hombre promedio? ¿Y de qué manera vino a morir y ser enterrado? Y quizás, quiero decir, siempre ha sido lo mismo y siempre lo será, y lo que se llama historia en la escuela, y todo lo que aprendemos de memoria allí sobre héroes y genios y grandes hazañas y emociones finas, no es más que una estafa inventada por los maestros de escuela por razones educativas para mantener a los niños ocupados durante un número determinado de años. Siempre ha sido así y siempre lo será. El tiempo y el mundo, el dinero y el poder pertenecen a la gente pequeña y a la gente superficial. Al resto, a los hombres de verdad no le pertenece nada. Nada más que la muerte".

"¿Nada más?"

"Sí, la eternidad".

"¿Te refieres a un nombre y fama con la posteridad?"

"No, Steppenwolf, no fama. ¿Tiene eso algún valor? ¿Y crees que todos los hombres verdaderos y reales han sido famosos y conocidos por la posteridad?"

"No, por supuesto que no."

"Entonces no es fama. La fama existe en ese sentido solo para los maestros de escuela. No, no es fama. Es lo que yo llamo eternidad. Los piadosos lo llaman el reino de Dios. Me digo a mí mismo: todos los que pedimos demasiado y tenemos una dimensión de más no podríamos vivir si no hubiera otro aire que respirar fuera del aire de este mundo, si no hubiera eternidad en el fondo del tiempo; y este es el reino de la verdad. La música de Mozart pertenece allí y la poesía de sus grandes poetas. También pertenecen allí los santos, que han hecho maravillas y sufrido el martirio y han dado un gran ejemplo a los hombres. Pero la imagen de todo acto verdadero, la fuerza de todo sentimiento verdadero, pertenece a la eternidad en la misma medida, aunque nadie lo sepa, ni lo vea, ni lo registre, ni lo transmita a la posteridad. En la eternidad no hay posteridad".

"Tienes razón."

—Los piadosos —continuó meditativamente—, después de todo, son los que más saben de esto. Por eso establecen a los santos y lo que llaman la comunión de los santos. Los santos, es decir, los hombres verdaderos, los hermanos menores del Salvador. Estamos con ellos toda nuestra vida en cada buena acción, en cada pensamiento valiente, en cada amor. La comunión de los santos, en tiempos anteriores fue colocada por los pintores en un cielo dorado, brillante, hermoso y lleno de paz, y no es otra cosa que lo que quise decir hace un momento cuando lo llamé eternidad. Es el reino al otro lado del tiempo y las apariencias. Es allí donde pertenecemos. Ahí está nuestro hogar. Es por lo que se esfuerza nuestro corazón. Y por esa razón, Steppenwolf, anhelamos la muerte. Allí encontrarás de nuevo a tu Goethe y Novalis y Mozart, y yo mis santos, Cristóbal, Felipe de Neri y todos. Hay muchos santos que al principio eran pecadores. Incluso el pecado puede ser un camino hacia la santidad, el pecado y el vicio. Te reirás de mí, pero a menudo pienso que incluso mi amigo Pablo podría ser un santo escondido. Ah, Harry, tenemos que tropezar con tanta suciedad y farsas antes de llegar a casa. Y no tenemos a nadie que nos guíe. Nuestra única guía es nuestra nostalgia".

Con las últimas palabras, su voz se había hundido de nuevo y ahora había una quietud de paz en la habitación. El sol se estaba poniendo; iluminaba las letras doradas en la parte posterior de mis libros. Tomé la cabeza de Hermine entre mis manos y la besé en la frente y apoyé mi mejilla en la suya como si fuera mi hermana, y así nos quedamos un momento. Y por eso me hubiera gustado más quedarme y no haber salido más ese día. Pero María me había prometido esta noche, la última antes del gran baile.

Pero en mi camino para reunirme con María pensé, no en ella, sino en lo que Hermine había dicho. Me pareció que no eran, quizás, sus propios pensamientos, sino los míos. Los había leído como una clarividente, los había inhalado y me los había devuelto, de modo que tenían una forma propia y venían a mí como algo nuevo. Le estaba particularmente agradecido por haber expresado el pensamiento de la eternidad justo en este momento. Lo necesitaba, porque sin él no podría vivir y tampoco podría morir. El sentido sagrado del más allá, de la intemporalidad, de un mundo que tenía un valor eterno y cuya sustancia era divina me había sido devuelto hoy por este amigo mío que me enseñó a bailar.

Me vi obligado a recordar mi sueño de Goethe y esa visión del viejo sabio cuando se rió tan inhumanamente y me gastó su broma a la manera de los inmortales. Por primera vez entendí la risa de Goethe, la risa de los inmortales. Era una risa sin objeto. Era simplemente luz y lucidez. Era lo que queda cuando un verdadero hombre ha pasado por todos los sufrimientos, vicios, errores, pasiones y malentendidos de los hombres y ha llegado a la eternidad y al mundo del espacio. Y la eternidad no era otra cosa que la redención del tiempo, su regreso a la inocencia, por así decirlo, y su transformación de nuevo en el espacio.

Fui a encontrarme con María en el lugar donde solíamos cenar. Sin embargo, ella no había llegado, y mientras yo estaba sentado esperando a la mesa en el tranquilo y aislado restaurante, mis pensamientos aún corrían hacia la conversación que había tenido con Hermine. Todos estos pensamientos que habían surgido entre ella y yo parecían tan íntimos y bien conocidos, formados a partir de una mitología y una imaginería tan enteramente mías. Los inmortales, viviendo su vida en un espacio atemporal, embelesados, remodelados e inmersos en una eternidad cristalina como el éter, y el frío brillo estrellado y la serenidad radiante de este mundo fuera de la tierra, ¿de dónde se conocía todo esto tan íntimamente? Mientras reflexionaba, me vinieron a la mente pasajes de las Casaciones de Mozart, del Clave bien temperado de Bach y me pareció que a lo largo de toda esta música había el resplandor de este fresco brillo estrellado y el temblor de esta claridad del éter. Sí, estaba allí. En esta música había una sensación como de tiempo congelado en el espacio, y sobre ella temblaba una serenidad interminable y sobrehumana, una risa eterna y divina. Sí, ¡y qué bien encajaba también el anciano Goethe de mis sueños! Y de repente escuché esta risa insondable a mi alrededor. Escuché a los inmortales reír. Me senté en trance. Extasiado, busqué un lápiz en el bolsillo de mi chaleco y, buscando papel, vi la tarjeta de vino sobre la mesa. Le di la vuelta y escribí en la parte posterior. Escribí versos y me olvidé de ellos hasta que un día los descubrí en mi bolsillo. Decían:

Los Inmortales

Siempre apestando desde los valles de la tierra

Asciende a nosotros la oleada febril de la vida,

El exceso de riqueza, la furia de la escasez,

Humo de comidas mortuorias al borde de la horca;

Codicia sin fin, aire aprisionado;

Manos de asesinos, manos de usureros, manos de oración;

Exhala en aliento fétido el enjambre humano

Azotado por el miedo y la lujuria, la sangre cruda, la sangre caliente,

Respirando bienaventuranza y calores salvajes,
Comiéndose a sí mismo y vomitando lo que come,
Incubando la guerra y el arte encantador,
Adornado con locura idiota
Casas obscenas mientras arden,
A través del infantil mercado de la feria
Tambaleándose hasta su propia decadencia
En el resplandor del camino del placer,
Resucitando por cada recién nacido y luego
Hundiéndose para cada uno en polvo de nuevo.
Pero nosotros por encima de ti cada vez más
En la estrella del éter transluminó el hielo
No conozcas el día ni la noche ni la división del tiempo,
No use ni edad ni sexo para nuestro dispositivo.
Todos tus pecados y angustias se atemorizan a sí mismos,
Tus asesinatos y deleites lascivos
Son para nosotros sino como un espectáculo
Como los soles que dan vueltas
No cambiando nuestro día por la noche;
Sobre tu vida frenética espiamos,
Y refrescarnos a partir de entonces
Con las estrellas en orden huyendo;
Nuestro aliento es invierno; en nuestra vista
Adula al dragón del cielo;
Fresco e inmutable es nuestro ser eterno,
Fresca y brillante como una estrella es nuestra eterna risa.

Luego vino María y después de una alegre comida la acompañé a nuestra pequeña habitación. Estaba más encantadora esa noche, más cálida e íntima que nunca. El amor que me dio fue tan tierno que lo sentí como el más completo abandono. "María", dije, "eres tan pródiga hoy como una diosa. No nos mates a los dos del todo. Mañana, después de todo, es el baile. ¿A quién tienes como caballero mañana? Me temo mucho que es un príncipe de las hadas quien te llevará y nunca más te veré. Tu amor de esta noche es casi como el de los buenos amantes que se despiden por última vez.

Acercó sus labios a mi oído y susurró:

"No digas eso, Harry. Cualquier momento podría ser la última vez. Si Hermine te lleva, no vendrás más a mí. Tal vez te lleve mañana".

Nunca experimenté el sentimiento peculiar de aquellos días, esa extraña y agridulce alternancia de humor, con más fuerza que aquella noche antes del baile. Fue felicidad lo que experimenté. Estaba la belleza de María y su rendición. Estaba la dulce y sutil alegría sensual de inhalar y saborear cien placeres de los sentidos que solo había comenzado a conocer cuando era un anciano. Estaba bañado en una dulce alegría como una piscina ondulante. Y, sin embargo, eso era solo la cáscara. Dentro de todo estaba significativo y tenso por el destino, y mientras, perdido por el amor y tierno, estaba ocupado con las pequeñas cosas dulces y atractivas del amor y me hundía aparentemente sin preocuparse en la caricia de la felicidad, era consciente todo el tiempo en mi corazón de cómo mi destino corría a una velocidad vertiginosa, corriendo y persiguiendo como un caballo asustado. directamente hacia el abismo escarpado, espoleado por el temor y el anhelo de la consumación de la muerte. Así como poco antes me había apartado por miedo al placer fácil e irreflexivo del amor meramente sensual y sentía un temor a la belleza de María que se ofrecía riendo, ahora sentía un temor a la muerte, un pavor, sin embargo, que ya era consciente de su inminente cambio en entrega y liberación.

Incluso mientras estábamos perdidos en la silenciosa y profunda preocupación de nuestro amor y nos pertenecíamos más estrechamente que nunca, mi alma se despidió de María y se despidió de todo lo que había significado para mí. Había aprendido de ella, una vez más antes del final, a confiarme como un niño al juego superficial de la vida, a perseguir una alegría fugaz y a ser a la vez niño y bestia en la inocencia del sexo, un estado que (en la vida anterior) solo había conocido raramente y como una excepción. La vida de los sentidos y del sexo casi siempre había tenido para mí el amargo acompañamiento de la culpa, el dulce pero temible sabor de la fruta prohibida que pone en guardia a un hombre espiritual. Ahora, Hermine y María me habían mostrado este jardín en su inocencia, y yo había sido un invitado allí y agradecido. Pero pronto sería el momento de seguir adelante. Era demasiado agradable y demasiado cálido en este jardín. Era mi destino hacer otra oferta por la corona de la vida en la expiación de su culpa sin fin. Una vida fácil, un amor fácil, una muerte fácil, no eran para mí.

Por lo que me dijeron las chicas, deduje que para el baile del día siguiente, o en relación con él, había delicias y extravagancias bastante inusuales. Tal vez fue el clímax, y tal vez la sospecha de María era correcta. Tal vez esta era nuestra última noche juntos y tal vez la mañana traería un nuevo desenrollamiento del destino. Estaba inflamado de anhelo y sin aliento de pavor; Me aferré salvajemente a María; y estalló dentro de mí un último estallido de deseo salvaje...

Recuperé durante el día el sueño que había perdido por la noche. Después de bañarme, me fui a casa muerta de cansancio. Oscurecí mi habitación y mientras me desvestía me encontré con los versos en mi bolsillo; pero los olvidé de nuevo y me acosté de inmediato. Me olvidé de María y Hermine y del Baile de Máscaras y dormí todo el día. No fue hasta que me levanté por la noche y me afeité que recordé que el baile comenzaba en una hora y que tenía que encontrar una camisa de vestir. Me preparé de muy buen humor y salí después a cenar.

Fue el primer baile de máscaras en el que participé. En días anteriores, es cierto, había asistido de vez en cuando a tales festividades e incluso a veces las encontraba muy entretenidas, pero nunca había bailado. Había sido un mero espectador. En cuanto al entusiasmo con el que otros habían hablado y se habían regocijado por ellos a mis oídos, siempre me había parecido cómico. Y ahora había llegado el día en que yo también encontraba la ocasión de un suspenso casi doloroso. Como no tenía pareja a la que llevar, decidí no ir hasta tarde. Esto también me lo había aconsejado Hermine.

Rara vez había estado últimamente en el Casco de Acero, mi antiguo refugio, donde los hombres decepcionados pasaban las noches, empapándose de su vino y jugando a la vida de soltero. No se ajustaba a la vida que había llegado a llevar desde entonces. Esta noche, sin embargo, me sentí atraído por él antes de darme cuenta. En el estado de ánimo entre la alegría y el miedo que el destino y la despedida me impusieron hace un momento, todas las estaciones y santuarios de meditación en la peregrinación de mi vida captaron una vez más ese destello de dolor y belleza que proviene de las cosas pasadas; y también lo había hecho la pequeña taberna, espesa de humo, entre cuyos clientes me habían contado últimamente y cuyo primitivo opio de una botella de vino de la tierra me había animado lo suficiente como para pasar una noche más en mi cama solitaria y soportar la vida un día más. Había probado otros estímulos específicos y más fuertes desde entonces, y bebí un veneno más dulce. Con una sonrisa entré en el antiguo albergue. La casera me saludó y también, con un movimiento de cabeza, lo hizo la silenciosa compañía de los habitués. Un pollo asado fue elogiado y pronto se puso delante de mí. El límpido Elsasser brillaba en el grueso vaso campesino. Las mesas de madera blanca y limpias y el viejo revestimiento de madera amarillo tenían un aspecto amistoso. Y mientras comía y bebía, me invadió ese sentimiento de cambio y decadencia y de celebraciones de despedida, ese sentimiento dulce e interiormente doloroso de ser una parte viva de todas las escenas y todas las cosas de una vida anterior de la que nunca se ha separado, y de la cual ha llegado el momento de separarse. El hombre moderno llama a esto sentimentalismo. Ha perdido el amor por los objetos inanimados. Ni siquiera ama su objeto más sagrado, su automóvil, pero siempre espera cambiarlo tan pronto como pueda por un modelo posterior. Este hombre moderno tiene energía y habilidad. Es sano, fresco y extenuante, un tipo espléndido, y en la próxima guerra será un milagro de eficiencia. Pero todo eso no me preocupaba. No era un hombre moderno, ni tampoco anticuado. Había escapado del tiempo por completo, y seguí mi camino, con la muerte a mi lado y la muerte como mi resolución. No tenía ninguna objeción a los sentimentalismos. Me alegré y agradecí de encontrar un rastro de algo parecido a un sentimiento que aún quedaba en mi corazón quemado. Así que dejé que mis recuerdos de la vieja taberna y mi apego a las sillas de madera maciza y el olor a humo y vino y el aire de uso y costumbre y calidez y hogareño que tenía el lugar me llevaran. Hay belleza en las despedidas y dulzura en su propio tono. El duro asiento era querido para mí, al igual que el vaso campesino y el sabor fresco y picante del Elsasser y mi intimidad con todo y todo en esta habitación, y los rostros de los bebedores encorvados y soñadores, esos desilusionados, cuyo hermano había sido durante tanto tiempo. Todo esto era sentimentalismo burgués, ligeramente sazonado con un toque del romance anticuado de las posadas, un romance que venía de mi infancia, cuando las posadas, el vino y los cigarros eran todavía cosas prohibidas, extrañas y maravillosas. Pero ningún lobo estepario se levantó ante mí, mostrando los dientes para hacer pedazos mi sentimiento. Me senté allí en paz en el resplandor del pasado cuyo escenario aún arrojaba un débil resplandor.

Entró un vendedor ambulante y compré un puñado de castañas asadas. Una anciana entró con flores y compré un ramo de violetas y se las regalé a la casera. No fue hasta que estuve a punto de pagar mi cuenta y busqué en vano el bolsillo del abrigo que solía usar que me di cuenta una vez más de lo que estaba en traje de noche. El baile de máscaras. ¡Y Hermine!

Sin embargo, todavía era lo suficientemente temprano. No pude convencerme de ir a las Globe Rooms de inmediato. También sentí, como en el caso de todos los placeres que se me habían presentado últimamente, toda una serie de controles y resistencias. No tenía ninguna inclinación a entrar en las habitaciones grandes, abarrotadas y ruidosas. Tenía la timidez de un colegial de la atmósfera extraña y el mundo del placer y el baile.

Mientras paseaba, pasé por un cine con sus luces deslumbrantes y enormes carteles de colores. Seguí unos pasos, luego volví a girar y entré. Allí, hasta las once, pude sentarme tranquila y cómodamente en la oscuridad. Siguiendo al asistente con la luz de bolsillo, tropecé a través de las cortinas hacia el pasillo oscuro, encontré un asiento y de repente me encontré en medio del Antiguo Testamento. La película fue una de esas que nominalmente no se muestran por dinero. Se les prodigan muchos gastos y muchos refinamientos en una causa más sagrada y noble, y al mediodía incluso los maestros religiosos llevan a los escolares a verlos. Esta era la historia de Moisés y los israelitas en Egipto, con una gran multitud de hombres, caballos, camellos, palacios, esplendores de los faraones y tribulaciones de los judíos en el desierto. Vi a Moisés, cuyo cabello recordaba los retratos de Walt Whitman, un Moisés espléndidamente teatral, vagando por el desierto a la cabeza de los judíos, con un ojo oscuro y ardiente y un bastón largo y el paso de un Wotan. Lo vi rezar a Dios al borde del Mar Rojo, y vi el Mar Rojo dividido para dar paso libre, un camino profundo entre montañas de agua amontonadas (las clases de confirmación realizadas por el clero para ver esta película religiosa podrían discutir sin fin sobre cómo la gente de la película logró esto). Vi al profeta y a su pueblo asombrado pasar a la otra orilla, y detrás de ellos vi los carros de guerra del faraón aparecer a la vista y a los egipcios detenerse y ponerse en marcha al borde del mar, y luego, cuando se aventuraron valientemente, vi las aguas montañosas cerrarse sobre las cabezas del faraón con todo el esplendor de sus atavíos de oro, y sobre todos sus carros y todos sus hombres, recordando, como yo lo vi, el maravilloso dúo de Händel para dos bajos en el que se canta magníficamente este evento. Vi a Moisés, más adelante, subiendo al Sinaí, un héroe sombrío en un sombrío desierto de rocas, y vi cómo Jehová, en medio de la tormenta, los truenos y los relámpagos, le impartía los Diez Mandamientos, mientras su pueblo inútil colocaba el becerro de oro al pie de la montaña y se entregaba a celebraciones algo bulliciosas. Me pareció tan extraño e increíble estar mirando todo esto, ver la escritura sagrada, con sus héroes y sus maravillas, la fuente en nuestra infancia de la primera sospecha naciente de otro mundo que este, presentada por dinero ante un público agradecido que se sentó tranquilamente a comer las provisiones traídas de casa. ¡Una pequeña y bonita imagen, de hecho, recogida por casualidad en la enorme tala de cultivo al por mayor en estos días! Dios mío, en lugar de llegar a tal punto, hubiera sido mejor para los judíos y para todos los demás, y mucho menos para los egipcios, haber perecido en aquellos días e inmediatamente de una muerte violenta y apropiada en lugar de esta lúgubre pretensión de morir por centímetros que tenemos hoy. ¡Sí, de hecho!

Mis represiones secretas y mi miedo inconfesado frente al Baile de Máscaras no fueron de ninguna manera disminuidos por los sentimientos provocados en mí por el cine. Por el contrario, habían crecido a proporciones incómodas y tuve que sacudirme y pensar en Hermine antes de poder ir a las Habitaciones del Globo y atreverme a entrar. Era tarde, y el baile había estado durante mucho tiempo en pleno apogeo. De inmediato, incluso antes de quitarme mis cosas, me vi atrapado, tímido y sobrio como estaba, en el remolino de la multitud enmascarada. Me abordaron familiarmente. Las chicas me llamaron a las salas de champán. Los payasos me dieron una palmada en la espalda y se dirigieron a mí por todos lados como un viejo amigo. No respondí a nada de eso, sino que me abrí paso a través de las habitaciones abarrotadas hasta el guardarropa, y cuando obtuve mi boleto de guardarropa lo guardé en mi bolsillo con gran cuidado, pensando que podría necesitarlo en poco tiempo cuando hubiera tenido suficiente alboroto.

Cada parte del gran edificio se dedicó a las festividades. Había baile en todas las habitaciones y también en el sótano. Los pasillos y las escaleras estaban llenos de máscaras, bailes, música, risas y tumultos. Oprimido de corazón, me escabullí entre la multitud, desde la orquesta de negros hasta la banda campesina, desde la sala principal grande y brillantemente iluminada hasta los pasillos y las escaleras, los bares, los buffets y los salones de champán. Las paredes estaban en su mayoría colgadas con pinturas salvajes y alegres de los últimos artistas. Todo el mundo estaba allí, artistas, periodistas, profesores, hombres de negocios y, por supuesto, todos los partidarios del placer en la ciudad. En una de las orquestas estaba sentado Pablo, soplando con entusiasmo en su boquilla curva. Tan pronto como me vio, cantó un saludo. Empujado de aquí para allá en la multitud, me encontré en una habitación tras otra, arriba aquí y abajo allá. Un pasillo en el sótano había sido escenificado como el infierno por los artistas y allí una banda de diablos tocaba furiosamente. Después de un rato, comencé a buscar a Hermine o María y me esforcé una y otra vez por llegar a la habitación principal; pero o me perdí el camino o tuve que enfrentarme a la corriente. A medianoche no había encontrado a nadie, y aunque no había bailado, estaba acalorado y mareado. Me arrojé a la silla más cercana entre completos extraños y pedí un poco de vino, y llegué a la conclusión de que participar en festivales tan ruidosos no era parte de un anciano como yo. Bebí mi copa de vino mientras miraba los brazos y las espaldas desnudos de las mujeres, observé la multitud de figuras grotescamente enmascaradas que pasaban y rechacé silenciosamente los avances de algunas chicas que deseaban sentarse en mis rodillas o hacerme bailar. "Viejo Gruñido", me llamó uno; Y tenía razón. Decidí levantar el ánimo con el vino, pero incluso el vino se puso en mi contra y apenas pude tragar una segunda copa. Y luego me invadió la sensación de que el lobo estepario estaba parado detrás de mí con la lengua fuera. Nada me agradó. Estaba en el lugar equivocado. Sin duda, había venido con las mejores intenciones, pero este no era un lugar para divertirme; y toda esta fuerte efervescencia de placer, la risa y toda la tontería por todas partes, me pareció forzada y estúpida.

Así fue que, alrededor de la una, con ira y desilusión, me dirigí al guardarropa, para volver a ponerme el abrigo e irme. Era rendirse y caer en mi lobezno, y Hermine apenas me lo perdonaría. Pero no podía hacer otra cosa. Durante todo el camino, mientras me abría paso entre la multitud hacia el guardarropa, seguí vigilando cuidadosamente por si aún podía ver a uno de mis amigos, pero fue en vano. Ahora estaba de pie en el mostrador. El asistente ya estaba extendiendo cortésmente su mano para mi número. Busqué en el bolsillo de mi chaleco: ¡el número ya no estaba allí! El diablo estaba en eso si incluso esto me fallaba. Con bastante frecuencia, durante mis desamparados vagabundeos por las habitaciones y mientras me sentaba sobre mi vino insípido, había palpado en mi bolsillo, luchando contra la resolución de irme de nuevo, y siempre había encontrado el cheque redondo y plano en su lugar. Y ahora se había ido. Todo estaba en mi contra.

"¿Perdiste tu número?" dijo con voz aguda un pequeño diablo rojo y amarillo a mi lado.

“Toma, camarada, puedes tomar el mío”, y me lo tendió sin más preámbulos. Mientras lo tomaba mecánicamente y le daba la vuelta entre mis dedos, el pequeño y enérgico compañero desapareció rápidamente.

Sin embargo, cuando examiné el contador de cartón en busca de un número, no se vio ningún número. En cambio, había un garabato en una mano pequeña. Le pedí al asistente que esperara y fui a la luz más cercana para leerlo. Allí, en pequeñas letras locas que eran apenas legibles, estaba garabateado:

Esta noche en el Teatro Mágico

Solo para locos

Precio de admisión a tu mente.

No para todos.

Hermine está en el infierno.

Como una marioneta cuyo hilo el operador ha soltado por un momento se despierta a una nueva vida después de una breve parálisis de muerte y coma y una vez más desempeña su papel animado, así me arrojé con este tirón del hilo mágico con la elasticidad y el entusiasmo de la juventud al tumulto del que acababa de retirarme en la apatía y el cansancio de los años de vejez. Nunca el pecador mostró más prisa por llegar al infierno. Un momento antes de que mis zapatos de charol me irritaran, el aire fuertemente perfumado me disgustó y el calor me deshizo. Ahora, con mis pies alados, recorrí ágilmente todas las habitaciones en el camino al infierno. El aire mismo tenía un encanto. El calor me incrustó y me arrastró, y no menos lo hizo la música desenfrenada, la embriaguez de los colores, el perfume de los hombros de las mujeres, el clamor de las cien lenguas, las risas, el ritmo de la danza y las miradas de todos los ojos encendidos. Una bailarina española se arrojó a mis brazos: “¡Baila conmigo!” “No puedo”, dije. “Estoy destinado al infierno. Pero con mucho gusto me daré un beso”. La boca roja debajo de la máscara se encontró con la mía y con el beso reconocí a María. La tomé con fuerza en mis brazos y, como una rosa de junio, florecieron sus labios carnosos. En ese momento estábamos bailando, nuestros labios aún se unían. Pasamos por delante de Pablo, que colgaba como un amante sobre su instrumento que gemía suavemente. Esos hermosos ojos de animales nos abrazaron con su resplandor medio abstraído. Pero antes de que hubiéramos dado veinte pasos, la música se interrumpió y, con pesar, solté a María.

“Me hubiera encantado volver a bailar contigo”, dije, embriagado con su calidez. “Ven conmigo un paso o dos, María. Estoy enamorado de tu hermoso brazo. ¡Déjame un momento más! Pero, ya ves, Hermine me ha llamado. Ella está en el infierno”.

“Eso pensaba. Adiós, Harry. No te olvidaré”. Ella me dejó, me dejó de hecho. Sí, era el otoño, era el destino, el que había dado a la rosa de verano un aroma tan pleno y maduro.

Seguí adelante por los largos pasillos, lujosamente abarrotados, y bajé las escaleras hasta el infierno. Allí, en las paredes oscuras brillaban luces chillonas y malvadas, y la orquesta de demonios tocaba febrilmente. En un taburete alto de la barra estaba sentado un joven y guapo sin máscara y vestido de noche que me escudriñó con una mirada superficial y burlona. Presionado contra la pared por el remolino de bailarines —unas veinte parejas bailaban en este espacio tan reducido—, examiné a todas las mujeres con ansioso suspenso. La mayoría todavía llevaba máscaras y me sonreía, pero ninguna era Hermine. El apuesto joven en el taburete alto me miró burlonamente. En la próxima pausa, pensé, vendrá y me llamará. El baile terminó pero nadie vino.

Me acerqué a la barra, que estaba apretujada en un rincón de la pequeña y baja habitación, y me senté cerca del joven y pedí un whisky. Mientras lo bebía, vi su perfil. Tenía un encanto familiar, como una imagen de hace mucho tiempo, precioso por el mismo polvo que se ha asentado en él desde el pasado. Oh, entonces me atravesó. Era Herman, el amigo de mi juventud.

"¡Herman!" Tartamudeé.

Ella sonrió. "¿Harry? ¿Me has encontrado?"

Era Hermine, apenas disimulada por el maquillaje de su cabello y un poco de pintura. El elegante cuello daba un aspecto desconocido a la palidez de su rostro inteligente, las anchas mangas negras de su chaqueta y los puños blancos hacían que sus manos parecieran curiosamente pequeñas, y los largos pantalones negros daban una curiosa elegancia a sus pies con sus calcetines de seda blancos y negros.

-¿Es éste el disfraz, Hermine, con el que quieres enamorarme de ti?

—Hasta ahora —dijo—, me he contentado con hacer girar la cabeza de las damas. Pero ahora ha llegado tu turno. Primero, tomemos una copa de champán".

Así lo hicimos, encaramados en nuestros taburetes, mientras la danza continuaba a nuestro alrededor al ritmo vivo y febril de las cuerdas. Y sin que Hermine pareciera causarse el menor problema, muy pronto me enamoré de ella. Como estaba vestida como un niño, no podía bailar con ella ni permitirme ningún avance tierno, y aunque parecía distante y neutral con su máscara masculina, sus miradas, palabras y gestos me rodeaban con todo su encanto femenino. Sin siquiera haberla tocado, me rendí a su hechizo, y este hechizo mismo se mantuvo dentro del papel que ella desempeñaba. Era el hechizo de un hermafrodita. Porque me habló de Herman y de la infancia, la mía y la suya propia, y de esos años de la infancia en que la capacidad de amar, en su primera juventud, abarca no sólo a ambos sexos, sino a todo y a todo, sensual y espiritual, y dota a todas las cosas de un hechizo de amor y una facilidad de transformación de hada como en años posteriores vuelve a ser sólo para unos pocos elegidos y para los poetas. y a ellos rara vez. En todo momento mantuvo el papel de un hombre joven, fumando cigarrillos y hablando con una desenfada facilidad que a menudo tenía un poco de burla; y, sin embargo, todo era iridiscente con los rayos del deseo y se transformaba, a medida que llegaba a mis sentidos, en una seducción encantadora.

¡Qué bien y a fondo creía conocer a Hermine, y sin embargo, qué revelación completamente nueva de sí misma me abrió esa noche! ¡Con qué delicadeza y discreción arrojó la red que anhelaba a mi alrededor, y con qué juguetonía y con qué parecido a un duendecillo dio a beber el dulce veneno!

Nos sentamos, hablamos y bebimos champán. Paseamos por las habitaciones y miramos a nuestro alrededor. Hicimos viajes de exploración para descubrir parejas cuyo acto sexual nos divertía espiar. Señaló a las mujeres con las que me recomendó bailar y me aconsejó sobre los métodos de ataque que se emplearían con cada una. Salimos a la pista como rivales y le hicimos la corte por un rato a la misma chica, bailamos con ella por turnos y ambos intentamos ganarnos su corazón. Y, sin embargo, todo era solo un carnaval, solo un juego entre los dos que nos atrapó más de cerca en nuestra propia pasión. Todo era un cuento de hadas. Todo tenía una nueva dimensión, un significado más profundo. Todo era fantasioso y simbólico. Había una chica de gran belleza pero que parecía trágica e infeliz. Herman bailó con ella y la sacó. Desaparecieron para beber champán juntos, y ella me dijo después que la había conquistado no como hombre sino como mujer, con el hechizo de Lesbos. Por mi parte, todo el edificio, reverberando por todas partes con el sonido de la danza, y toda la multitud embriagada de máscaras, se convirtió gradualmente en un sueño salvaje del paraíso. Flor tras flor me cortejó con su aroma. Jugué con fruta tras fruta. Las serpientes me miraban desde sombras verdes y frondosas con ojos hipnóticos. Las flores de loto se deleitaban sobre pantanos negros. Los pájaros encantados cantaban seductores desde los árboles. Sin embargo, todo era un progreso hacia una meta anhelada, la convocatoria de un nuevo anhelo de uno y solo uno. Una vez estaba bailando con una chica que no conocía. La había arrastrado con el ardor de un amante al vertiginoso remolino de bailarines y mientras permanecíamos en este mundo irreal, de repente comentó con una risa: "Uno no te conocería. Antes eras tan aburrido y plano". Entonces reconocí a la chica que me había llamado "Viejo Gruñón" unas horas antes. Pensó que me había atrapado ahora, pero con el siguiente baile fue otro por quien mi ardor brilló. Bailé sin cesar durante dos horas o más, todos los bailes y algunos, incluso, que nunca había bailado antes. De vez en cuando Herman estaba cerca de mí y me daba un asentimiento y una sonrisa mientras desaparecía entre la multitud.

Esta noche me tocó en suerte una experiencia del baile que nunca había conocido en todos mis cincuenta años, aunque es conocida por todos los flapper y estudiantes: la embriaguez de una festividad general, la misteriosa fusión de la personalidad en la masa, la unión mística de la alegría. A menudo había oído hablar de ello. Lo sabía, lo sabían todas las sirvientas. A menudo había observado el brillo en los ojos de quienes me lo contaban y siempre lo había tratado con una sonrisa mitad superior, mitad envidiosa. Cien veces en mi vida había visto ejemplos de aquellos a quienes el éxtasis había embriagado y liberado del yo, de esa sonrisa, de esa absorción medio enloquecida, de aquellos cuyas cabezas han sido volteadas por un entusiasmo común. Lo había visto en reclutas y marineros borrachos, y también en grandes artistas en el entusiasmo, tal vez, de un festival musical; y no menos en los jóvenes soldados que van a la guerra. Incluso en los últimos días me había maravillado, amado, burlado y envidiado este brillo y esta sonrisa en mi amigo Pablo, cuando colgaba de su saxofón en la dichosa embriaguez de tocar en la orquesta, o cuando, extasiado y extasiado, miraba al director, al tambor o al hombre con el banjo. A veces se me había ocurrido que tal sonrisa, tal resplandor infantil solo podía ser posible para personas muy jóvenes o entre aquellos pueblos cuyas costumbres no permitían diferencias marcadas entre un individuo y otro. Pero hoy, en esta bendita noche, yo mismo, el lobo estepario, estaba radiante con esta sonrisa. Yo mismo nadé en esta felicidad profunda e infantil de un cuento de hadas. Yo mismo respiraba la dulce embriaguez de un sueño común y de la música y el ritmo y el vino y las mujeres, yo, que en otros días había escuchado con diversión, o lúgubre superioridad, su panegírico en la charla de salón de baile de algún estudiante. Ya no era yo mismo. Mi personalidad se disolvió en la embriaguez de la festividad como la sal en el agua. Bailaba con esta mujer o con aquella, pero no era solo la que tenía en mis brazos y cuyo cabello rozaba mi rostro lo que me pertenecía. Todas las demás mujeres que bailaban en la misma habitación y en la misma danza y con la misma música, y cuyos rostros radiantes flotaban junto a mí como flores fantásticas, me pertenecían a mí, y yo a ellas. Todos teníamos una parte en los demás. Y los hombres también. Yo también estaba con ellos. Ellos tampoco eran extraños para mí. Su sonrisa era la mía, y la mía, su cortejo y el de ellos mío.

Un nuevo baile, un foxtrot, con el título de "Anhelo", había barrido el mundo ese invierno. Una vez que lo hubiéramos escuchado, no podíamos tener suficiente. Todos estábamos empapados y embriagados con él y todos tarareaban la melodía cada vez que se tocaba. Bailé sin parar y con cualquiera que se interpusiera en mi camino, con muchachas muy jóvenes, con mujeres en su mejor momento o en su último momento, y con aquellas que tristemente las habían pasado a ambas; y con todos ellos estaba embelesado: riendo, feliz, radiante. Y cuando Pablo me vio tan radiante, a quien siempre había considerado como un pobre diablo muy lamentable, sus ojos brillaron dichosamente sobre mí y se sintió tan inspirado que se levantó de su silla y, soplando lujuriosamente en su cuerno, se subió a ella. Desde esta elevación sopló con todas sus fuerzas, mientras que al mismo tiempo todo su cuerpo, y su instrumento con él, se balanceaban al ritmo de "Anhelo". Mi pareja y yo le besamos las manos y cantamos en voz alta en respuesta. Ah, pensé, mientras tanto, dejé que viniera a mí lo que, al menos por una vez, yo también he sido feliz, radiante, liberado de mí mismo, un hermano de Pablo, un niño.

Había perdido el sentido del tiempo, y no sé cuántas horas o momentos duró la embriaguez de la felicidad. Tampoco observé que cuanto más brillante ardía el fuego festivo, más estrechos eran los límites dentro de los cuales estaba confinado. La mayoría de la gente ya se había ido. Los pasillos estaban en silencio y muchas de las luces apagadas. Las escaleras estaban desiertas y en las habitaciones de arriba una orquesta tras otra había dejado de tocar y se había ido. Fue solo en la sala principal y en el infierno de abajo donde la orgía todavía se desarrollaba en un crescendo. Como no podía bailar con Hermine cuando era niño, solo habíamos tenido encuentros fugaces en las pausas entre los bailes, y al final la perdí de vista por completo, y no solo la vista sino el pensamiento. No quedaban pensamientos. Estaba perdido en el laberinto y el torbellino de la danza. Olores, tonos, suspiros y palabras me conmovieron. Fui recibido y encendido por ojos extraños, rodeados de rostros extraños, llevados de aquí para allá al ritmo de la música como por una ola.

Y luego, de repente, vi, medio volviendo en sí por un momento, entre los últimos que aún lo mantenían en una de las habitaciones más pequeñas, y lo llenaron a rebosar, el único en el que aún sonaba la música, de repente vi una Pierrette negra con la cara pintada de blanco. Era fresca y encantadora, la única figura enmascarada que quedaba y una aparición hechizante que nunca antes había visto en todo el transcurso de la noche. Mientras que en todos los demás la hora tardía se mostraba en rostros sonrojados y acalorados, vestidos aplastados, cuellos flácidos y gorgueras arrugadas, la negra Pierrette permanecía allí fresca y pulcra con su rostro blanco debajo de la máscara. Su disfraz no tenía arrugas y ni un cabello estaba fuera de lugar. Su gorguera y puños puntiagudos estaban intactos. Corrí hacia ella, la rodeé con mis brazos y la arrastré al baile. Su gorguera perfumada me hizo cosquillas en la barbilla. Su cabello rozó mi mejilla. El joven vigor de su cuerpo respondió a mis movimientos como nadie más lo había hecho esa noche, cediendo a ellos con una ternura interior y obligándolos a nuevos contactos mediante el juego de sus atractivos. Me incliné para besar su boca mientras bailábamos. Su sonrisa era triunfante y familiar desde hace mucho tiempo.

De repente reconocí la barbilla firme, los hombros, los brazos y las manos. Era Hermine, Herman ya no era. Hermine en una muda de vestido, fresca, perfumada, empolvada. Nuestros labios se encontraron apasionadamente. Por un momento, todo su cuerpo hasta las rodillas se aferró en anhelo y entrega al mío. Luego apartó la boca y, conteniéndose, huyó de mí mientras bailábamos. Cuando la música se interrumpió, todavía estábamos abrazados donde estábamos. Todas las parejas emocionadas a nuestro alrededor aplaudieron, patearon, gritaron e instaron a la orquesta exhausta a tocar "Anhelo" nuevamente. Y ahora la sensación de que era de mañana se apoderó de todos nosotros. Vimos la luz cenicienta detrás de las cortinas. Nos advirtió del fin cercano del placer y nos dio síntomas del cansancio que vendría. A ciegas, con estallidos de risa, nos lanzamos desesperadamente a la danza una vez más, a la música y a la luz que comenzaba a inundar la habitación. Nuestros pies se movieron al ritmo de la música como si estuviéramos poseídos, cada pareja tocándose, y una vez más sentimos que la gran ola de felicidad rompía sobre nosotros. Hermine abandonó su aire triunfante, su burla y su frialdad. Sabía que no había nada más que hacer para enamorarme de ella. Yo era suya, y su forma de bailar, sus miradas, sonrisas y besos mostraban que se entregaba a mí. Todas las mujeres de esta noche febril, todas con las que había bailado, todas las que había encendido o que me habían encendido, todas las que había cortejado, todas las que se habían aferrado a mí con anhelo, todas las que había seguido con ojos extasiados se fundieron y se convirtieron en una, la que tenía en mis brazos.

Siguió y siguió este baile nupcial. Una y otra vez la música flaqueaba. El viento dejó caer sus instrumentos. El pianista se levantó del piano. El primer violín negó con la cabeza. Y cada vez fueron conquistados por la persistencia implorante de los últimos bailarines ebritos y tocaron una vez más. Jugaron más rápido y más salvajemente. Entonces, por fin, mientras estábamos de pie, todavía entrelazados y sin aliento después de la última danza ansiosa, el piano se cerró con un golpe, y nuestros brazos cayeron cansadamente a nuestros costados como los del viento y las cuerdas, y el flautista, parpadeando somnoliento, guardó su flauta en su estuche. Las puertas se abrieron, el aire frío entró, los asistentes aparecieron con capas y el camarero del bar apagó la luz. Toda la escena desapareció inquietantemente y los bailarines que un momento antes habían estado en llamas se estremecieron mientras se ponían abrigos y capas y se subían los cuellos. Hermine estaba pálida pero sonriente. Lentamente levantó el brazo y se echó el pelo hacia atrás. Mientras lo hacía, un brazo captó la luz y una sombra tenue e indescriptiblemente tierna corrió desde su axila hasta su pecho oculto, y esta pequeña línea temblorosa de sombra me pareció resumir todo el encanto y la fascinación de su cuerpo como una sonrisa.

Nos quedamos mirándonos unos a otros, los últimos en el pasillo, los últimos en todo el edificio. En algún lugar abajo escuché un golpe en la puerta, un vidrio roto, una risa que se desvanecía, mezclada con el ruido furioso y apresurado de los automóviles que arrancaban. Y en algún lugar, a una distancia y altura indeterminadas, oí resonar una risa, una risa extraordinariamente clara y alegre. Sin embargo, era espeluznante y extraño. Era una risa, hecha de cristal y hielo, brillante y radiante, pero fría e inexorable. ¿Dónde había oído esta risa antes? No podría decirlo.

Nos pusimos de pie y nos miramos unos a otros. Por un momento volví en mi yo sobrio. Sentí que un terrible cansancio descendía sobre mí. Sentí con repugnancia lo húmeda y flácida que colgaba mi ropa a mi alrededor. Vi mis manos saliendo rojas y con las venas hinchadas de mis puños arrugados y marchitos. Pero de repente el estado de ánimo pasó, desterrado por una mirada de Hermine. Ante esta mirada que parecía provenir de mi propia alma, toda la realidad se desvaneció, incluso la realidad de mi amor sensual por ella. Embrujados nos miramos unos a otros, mientras mi pobre alma me miraba.

—¿Estás lista? —preguntó Hermine, y su sonrisa se desvaneció como las sombras de su pecho. A lo lejos, en un espacio desconocido, resonó esa risa extraña y espeluznante.

Asentí. Oh, sí, estaba listo.

En ese momento Pablo apareció en la puerta y nos sonrió con sus ojos alegres que en realidad eran ojos de animal, excepto que los ojos de los animales siempre son serios, mientras que los suyos siempre se reían, y esta risa los convertía en ojos humanos. Nos hizo señas con su habitual cordialidad amistosa. Se había puesto una hermosa chaqueta de seda. Su cuello flácido y su rostro blanco y cansado tenían un aspecto marchito y pálido sobre sus caras rojas; pero la impresión fue borrada por sus radiantes ojos negros. Así se borró la realidad, porque ellos también tenían la brujería.

Nos unimos a él cuando hizo señas y en la puerta me dijo en voz baja: "Hermano Harry, lo invito a un poco de entretenimiento. Solo para locos, y solo un precio: tu mente. ¿Estás listo?"

De nuevo asentí.

El querido hombre nos dio a cada uno un brazo con amable solicitud, Hermine a su derecha, yo a la izquierda, y nos condujo escaleras arriba a una pequeña habitación redonda que estaba iluminada desde el techo con una luz azulada y casi vacía. No había nada en ella más que una pequeña mesa redonda y tres sillones en los que nos sentamos.

¿Dónde estábamos? ¿Estaba dormido? ¿Estaba en casa? ¿Estaba conduciendo en un automóvil? No, estaba sentado bajo una luz azul en una habitación redonda y una atmósfera rara, en un estrato de realidad que se había enrarecido en extremo.

¿Por qué entonces Hermine era tan blanca? ¿Por qué Pablo hablaba tanto? ¿No fui acaso yo quien lo hizo hablar, hablé, de hecho, con su voz? ¿No era, también, mi propia alma la que me contemplaba con sus ojos negros como un pájaro perdido y asustado, tal como lo había hecho con los grises de Hermine?

Pablo nos miró con buen humor como siempre y con algo ceremonioso en su amabilidad; y habló mucho y durante mucho tiempo. Aquel a quien nunca había oído decir dos frases consecutivas, a quien ninguna discusión ni tesis podía interesar, a quien apenas había acreditado un solo pensamiento, hablaba ahora con su voz cálida y bondadosa con fluidez y sin falta.

"Amigos míos, los he invitado a un entretenimiento que Harry ha deseado durante mucho tiempo y con el que ha soñado durante mucho tiempo. La hora es un poco tarde y sin duda todos estamos un poco fatigados. Entonces, primero, descansaremos y nos refrescaremos un poco".

De un hueco en la pared tomó tres vasos y una pequeña botella pintoresca, también una pequeña caja oriental con incrustaciones de maderas de diferentes colores. Llenó los tres vasos de la botella y, sacando tres cigarrillos amarillos largos y delgados de la caja y una caja de fósforos del bolsillo de su chaqueta de seda, nos encendió. Y ahora todos fumamos lentamente los cigarrillos cuyo humo era tan espeso como el incienso, recostándonos en nuestras sillas y sorbiendo lentamente el líquido aromático cuyo extraño sabor era tan completamente desconocido. Su efecto era inconmensurablemente vivificante y delicioso, como si uno estuviera lleno de gas y ya no tuviera gravedad. Así nos sentamos tranquilamente exhalando pequeñas bocanadas y tomando pequeños sorbos de nuestros vasos, mientras a cada momento nos sentíamos más ligeros y serenos.

Desde muy lejos llegó la cálida voz de Pablo.

"Es un placer para mí, mi querido Harry, tener el privilegio de ser su anfitrión de una manera pequeña en esta ocasión. A menudo has estado muy cansado de tu vida. ¿No estabas esforzándote por escapar? Tienes el anhelo de abandonar este mundo y su realidad y penetrar en una realidad más nativa para ti, en un mundo más allá del tiempo. Sabes, por supuesto, dónde se esconde este otro mundo. Es el mundo de tu propia alma lo que buscas. Solo dentro de ti existe esa otra realidad que anhelas. No puedo darte nada que no tenga ya su ser dentro de ti. No puedo abrirte ninguna galería de cuadros sino tu propia alma. Todo lo que puedo darte es la oportunidad, el impulso, la clave. Te ayudo a hacer visible tu propio mundo. Eso es todo".

Volvió a meter la mano en el bolsillo de su hermosa chaqueta y sacó un espejo redondo.

"Mira, es así como te has visto hasta ahora".

Sostuvo el vasito ante mis ojos (me vino a la mente un verso infantil: "Vasito en la mano") y vi, aunque indistinta y confusamente, el reflejo de un ser inquieto y atormentado, interiormente laborioso y furioso: yo mismo, Harry Haller. Y dentro de él volví a ver al lobo estepario, un lobo tímido, hermoso y aturdido, con ojos asustados que ardían ahora de ira, ahora de tristeza. Esta forma de lobo corría a través del otro en movimiento incesante, como un afluente vierte su turbulencia turbia en un río. En amarga lucha, cada uno trató de devorar al otro para que su forma pudiera prevalecer. Qué indeciblemente triste era la mirada que esta figura fluida e incipiente del lobo arrojaba de sus hermosos ojos tímidos.

"Ahí te ves", comentó Pablo y guardó el espejo en su bolsillo. Estaba agradecido de cerrar los ojos y tomar un sorbo del elixir.

-Y ahora -dijo Pablo-, hemos descansado. Hemos tenido nuestro refrigerio y una pequeña charla. Si tu fatiga ha pasado, te llevaré a mi espectáculo y te mostraré mi pequeño teatro. ¿Vendrás?"

Nos levantamos. Con una sonrisa, Pablo lideró. Abrió una puerta y corrió una cortina a un lado y nos encontramos en el pasillo en forma de herradura de un teatro, y exactamente en el medio. A ambos lados, el pasillo curvo pasaba por un gran número, de hecho un número increíble, de puertas estrechas hacia los palcos.

"Este", explicó Pablo, "es nuestro teatro, y es alegre. Espero que encuentres mucho de qué reírte". Se rió en voz alta mientras hablaba, una risa corta, pero me atravesó como un disparo. Era la misma risa brillante y peculiar que había escuchado antes desde abajo.

Este pequeño teatro mío tiene tantas puertas en tantos palcos como quieras, diez, cien o mil, y detrás de cada puerta te espera exactamente lo que buscas. Es un bonito gabinete de cuadros, mi querido amigo; pero sería completamente inútil que lo atravesaras tal como estás. Te verías frenado y cegado a cada paso por lo que te complace llamar tu personalidad. Sin duda has adivinado desde hace mucho tiempo que la conquista del tiempo y el escape de la realidad, o cualquier otra cosa que elijas para describir tu anhelo, significa simplemente el deseo de ser liberado de tu supuesta personalidad. Esa es la prisión donde yaces. Y si entraras en el teatro tal como eres, verías todo a través de los ojos de Harry y los viejos anteojos del lobo estepario. Por lo tanto, se le pide que deje a un lado estos anteojos y sea tan amable de dejar su personalidad altamente estimada aquí en el guardarropa, donde la encontrará nuevamente cuando lo desee. El agradable baile del que acaba de llegar, el tratado sobre el lobo estepario y el pequeño estimulante del que acabamos de participar en este momento pueden haberlo preparado suficientemente. Tú, Harry, después de haber dejado atrás tu valiosa personalidad, tendrás el lado izquierdo del teatro a tu disposición, Hermine el derecho. Una vez dentro, podéis encontraros como os plazca. Hermine será tan amable de ir por un momento detrás de la cortina. Me gustaría presentar a Harry primero".

Hermine desapareció a la derecha más allá de un espejo gigantesco que cubría la pared trasera desde el piso hasta el techo abovedado.

"Ahora, Harry, ven y sé lo más alegre que puedas. Hacerlo así y enseñarte a reír es el objetivo de organizar este entretenimiento, espero que me lo pongas fácil. ¿Te sientes bastante bien, confío? ¿No tienes miedo? Eso es bueno, excelente. Ahora, sin miedo y con un placer no fingido, entrarás en nuestro mundo visionario. Te introducirás en él por medio de un suicidio insignificante, ya que esta es la costumbre".

Volvió a sacar el espejo de bolsillo y lo sostuvo frente a mi cara. De nuevo me enfrenté al mismo reflejo confuso y nublado, con la forma del lobo rodeándolo y corriendo a través de él. Lo conocía demasiado bien y me desagradaba demasiado sinceramente como para que su destrucción me causara algún dolor.

-Ahora extinguirá usted esta reflexión superflua, mi querido amigo. Eso es todo lo que se necesita. Para ello, bastará con que lo saludes, si tu estado de ánimo lo permite, con una carcajada. Estás aquí en una escuela de humor. Debes aprender a reír. Ahora, el verdadero humor comienza cuando un hombre deja de tomarse en serio a sí mismo".

Fijé mis ojos en el pequeño espejo, donde el hombre Harry y el lobo estaban pasando por sus convulsiones. Por un momento hubo una convulsión profunda dentro de mí también, débil pero dolorosa como el recuerdo, o como la nostalgia, o como el remordimiento. Entonces la ligera opresión dio paso a una nueva sensación como la que siente un hombre cuando se le ha extraído un diente con cocaína, una sensación de alivio y de dejar escapar un profundo suspiro, y de asombro, al mismo tiempo, de que no le haya dolido en lo más mínimo. Y este sentimiento fue acompañado por un regocijo boyante y un deseo de reír tan irresistible que me vi obligado a ceder a él.

La imagen lúgubre en el vidrio dio una convulsión final y desapareció. El vidrio en sí se volvió gris, carbonizado y opaco, como si se hubiera quemado. Con una risa, Pablo tiró la cosa y salió rodando por el pasillo interminable y desapareció.

-Bien reído, Harry -exclamó Pablo-. "Aprenderás a reír como los inmortales todavía. Por fin has terminado con el lobo estepario. No es bueno con una navaja de afeitar. Cuida de que permanezca muerto. Podrás dejar atrás la farsa de la realidad directamente. En nuestra próxima reunión beberemos hermandad, querido amigo. Nunca me gustaste más que hoy. Y si todavía crees que vale la pena, podemos filosofar juntos y discutir y hablar sobre música y Mozart y Gluck y Platón y Goethe al contenido de tu corazón.

Ahora comprenderás por qué antes era tan imposible. Te deseo que te deshagas del Steppenwolf por hoy, al menos. Porque, naturalmente, tu suicidio no es definitivo. Estamos en un teatro mágico; un mundo de imágenes, no de realidades. Asegúrate de elegir a los hermosos y alegres y demuestra que realmente ya no estás enamorado de tu personalidad altamente cuestionable. Sin embargo, si todavía lo anhelas, solo necesitas mirarte de nuevo en el espejo que ahora te mostraré. Pero ya conoces el viejo proverbio: «¿Más vale espejo en la mano que dos en la pared?» ¡Ja! ¡Ja!" (¡De nuevo esa risa, hermosa y aterradora!) "Y ahora solo queda una pequeña ceremonia y bastante alegre. Ahora tienes que dejar de lado los anteojos de tu personalidad. Así que ven aquí y mira en un espejo adecuado. Te dará algo de diversión".

Riendo, con unas cuantas caricias divertidas, me dio la vuelta para que me enfrentara al gigantesco espejo de la pared. Allí me vi a mí mismo.

Me vi por un breve instante como de costumbre, excepto que me veía inusualmente de buen humor, brillante y risueño. Pero apenas había tenido tiempo de reconocerme cuando el reflejo se hizo pedazos. Una segunda, una tercera, una décima, una vigésima figura saltaron de ella hasta que todo el gigantesco espejo se llenó de nada más que Harry o trozos de él, cada uno de los cuales vi solo por el instante del reconocimiento. Algunos de estos multitudinarios Harry eran tan viejos como yo, algunos mayores, otros muy viejos. Otros eran jóvenes. Había jóvenes, niños, escolares, bribones, niños. Los de cincuenta y veinte años jugaron a saltar ranas. Treinta y cinco años, solemnes y alegres, dignos y cómicos, bien vestidos e impresentables, e incluso completamente desnudos, de pelo largo y sin pelo, todos éramos yo y todos eran vistos por un instante, reconocidos y desaparecidos. Saltaron el uno del otro en todas direcciones, izquierda y derecha y en los huecos del espejo y limpios fuera de él. Uno, un joven elegante, saltó riendo a los brazos de Pablo y lo abrazó y se fueron juntos. Y uno que me agradó particularmente, un chico guapo y encantador de dieciséis o diecisiete años, saltó como un rayo al pasillo y comenzó a leer los avisos en las puertas. Fui tras él y lo encontré frente a una puerta en la que estaba inscrito:

Todas las chicas son tuyas

Un cuarto en la ranura

El querido muchacho se lanzó hacia adelante, dio un salto y, cayendo de cabeza en la ranura, desapareció detrás de la puerta.

Pablo también había desaparecido. Así que aparentemente tenía el espejo y con él todas las innumerables figuras. Me di cuenta de que ahora estaba abandonado a mí mismo y al teatro, y fui con curiosidad de puerta en puerta y leí en cada una su atractiva invitación.

La inscripción

Caza alegre

Gran caza en automóviles

me atrajo. Abrí la puerta estrecha y entré.

Fui arrastrado de inmediato a un mundo de ruido y emoción. Los automóviles, algunos de ellos blindados, corrían por las calles persiguiendo a los peatones. Los atropellaron y los dejaron destrozados en el suelo o los aplastaron hasta la muerte contra las paredes de las casas. Vi de inmediato que era la guerra largamente preparada, largamente esperada y temida entre hombres y máquinas, que ahora por fin estallaba. Por todos lados yacían cuerpos muertos y en descomposición, y por todos lados, también, automóviles destrozados, distorsionados y medio quemados. Los aviones volaban en círculos por encima de la espantosa confusión y eran disparados desde muchos techos y ventanas con rifles y ametralladoras. En cada pared había pancartas salvajes y magníficamente conmovedoras, cuyas letras gigantes ardían como antorchas, llamando a la nación a ponerse del lado de los hombres contra las máquinas, para acabar por fin con los plutócratas gordos, bien vestidos y perfumados que usaban máquinas para exprimir la grasa de los cuerpos de otros hombres, de ellos y de sus enormes automóviles diabólicamente ronroneantes. ¡Por fin incendiar fábricas! ¡Haz un poco de espacio en la tierra lisiada! Despoblarlo para que la hierba vuelva a crecer, y los bosques, los prados, los brezos, los arroyos y los páramos vuelvan a este mundo de polvo y hormigón. Otros carteles, por otro lado, en colores maravillosos y magníficamente redactados, advertían a todos aquellos que tenían un interés en el país y alguna parte de prudencia (en términos más moderados y menos infantiles que atestiguaban la notable inteligencia e intelecto de quienes los habían compuesto) contra la creciente marea de anarquía. Describían de una manera verdaderamente impresionante las bendiciones del orden, el trabajo, la propiedad, la educación y la justicia, y alababan la maquinaria como la última y más sublime invención de la mente humana. Con su ayuda, los hombres serían iguales a los dioses. Estudié estos carteles, tanto el rojo como el verde, y reflexioné sobre ellos y me maravillé de ellos. La elocuencia llameante me afectó tan poderosamente como la lógica convincente. Tenían razón, y yo estaba tan profundamente convencido frente a uno como frente al otro, muy perturbado todo el tiempo por el fuego bastante jugoso que se producía a mi alrededor. Bueno, lo principal estaba claro. Había una guerra, una guerra violenta, genuina y altamente comprensiva en la que no había preocupación por el Kaiser o la república, por las fronteras, las banderas o los colores y otros asuntos igualmente decorativos y teatrales, todas tonterías en el fondo; pero una guerra en la que todos los que carecían de aire para respirar y ya no encontraban la vida exactamente agradable expresaba enfáticamente su disgusto y se esforzaba por preparar el camino para una destrucción general de esta civilización nuestra fundida de hierro. En todos los ojos vi la chispa no disimulada de la destrucción y el asesinato, y en los míos también estas rosas rojas silvestres florecieron tan altas y altas, y brillaron con la misma intensidad. Me uní a la batalla con alegría.

Lo mejor de todo, sin embargo, fue que mi amigo de la escuela, Gustav, apareció cerca de mí. Lo había perdido de vista durante docenas de años, el más salvaje, el más fuerte, el más ansioso y aventurero de los amigos de mi infancia. Me reí en mi corazón cuando lo vi hacerme señas con sus brillantes ojos azules. Me hizo señas y al instante lo seguí alegremente.

—Dios mío, Gustav —exclamé alegre—, me gustaría volver a verte. ¿Qué ha sido de ti?

"¡Guarda silencio con tus preguntas y charlas! Soy profesor de teología si quieres saberlo. Pero, alabado sea el Señor, no hay ocasión para la teología ahora, hijo mío. Es la guerra. ¡Vamos!"

Le disparó al conductor de un pequeño automóvil que venía resoplando hacia nosotros y, saltando sobre él tan ágilmente como un mono, lo detuvo para que yo entrara. Luego condujimos como el diablo entre balas y autos estrellados fuera de la ciudad y los suburbios.

"¿Estás del lado de los fabricantes?" Le pregunté a mi amigo.

—Oh, Señor, eso es una cuestión de gustos, así que podemos dejarlo fuera de cuenta, aunque ahora que lo mencionas, creo que podríamos tomar el otro lado, ya que en el fondo es lo mismo, por supuesto. Soy teólogo y mi predecesor, Lutero, se puso del lado de los príncipes y plutócratas contra los campesinos. Así que ahora estableceremos un poco el equilibrio. Este auto podrido, espero que aguante una milla o dos más".

Rápidos como el viento, ese hijo del cielo, seguimos traqueteando y llegamos a un campo verde y pacífico a muchas millas de distancia. Atravesamos una amplia llanura y luego subimos lentamente a las montañas. Aquí hicimos una parada en un camino suave y reluciente que conducía en curvas audaces entre la empinada pared de roca y el muro de contención bajo. Muy abajo brillaba la superficie azul de un lago.

"Hermosa vista", dije.

"Muy bonito. Lo llamaremos Axle Way. Un buen número de ejes de un tipo u otro van a chocar aquí, Harry, muchacho. ¡Así que cuidado!"

Un pino alto crecía al borde del camino, y entre las ramas altas vimos algo así como una pequeña choza hecha de tablas para servir de perspectiva y punto de vista. Gustav sonrió con un brillo de complicidad en sus ojos azules. Nos apresuramos a salir del coche, subimos por el maletero y, respirando con dificultad, nos ocultamos en el poste de vigilancia, lo que nos agradó mucho. Encontramos rifles y revólveres allí y cajas de municiones. Apenas nos habíamos enfriado cuando oímos el ronco e imperioso ulular de un gran coche de turismo desde la siguiente curva de la carretera. Llegó ronroneando a toda velocidad por el camino liso. Nuestros rifles estaban listos en nuestras manos. La emoción era intensa.

—Apunta al chófer —ordenó Gustav rápidamente justo cuando el pesado coche pasaba por debajo de nosotros. Apunté y disparé al chofer con su gorra azul. El hombre cayó en un montón. El coche avanzó a toda velocidad, cargó contra el acantilado, rebotó, atacó furiosamente la pared inferior con todo su peso difícil de manejar como un gran abejorro y, al caer, se estrelló con un breve y distante informe en las profundidades de abajo.

"¡Lo tengo!" Gustav se rió. "Mi turno a continuación".

Otro llegó mientras hablaba. Había tres o cuatro ocupantes apiñados en el asiento trasero. De la cabeza de una mujer salía un velo azul brillante detrás. Me llenó de genuino remordimiento. ¿Quién podría decir lo bonita que podría ser la cara que podría adornar? Dios mío, aunque jugáramos al bandido, al menos podríamos emular a las ilustres y sobrias mujeres bonitas. Gustav, sin embargo, ya había disparado. El conductor se estremeció y se desplomó. El coche saltó contra el acantilado perpendicular, cayó hacia atrás y volcó, con las ruedas hacia arriba. Su motor seguía funcionando y las ruedas giraban absurdamente en el aire; pero de repente, con una explosión espantosa, estalló en llamas.

—Un Ford —dijo Gustav—. "Debemos bajar y despejar el camino".

Bajamos y observamos el montón en llamas. Pronto se quemó. Mientras tanto, hicimos palancas de madera verde y la izamos a un lado del camino y sobre la pared hacia el abismo, donde durante mucho tiempo se estrelló contra la maleza. Dos de los cadáveres se habían caído cuando dimos la vuelta al coche y yacíamos en la carretera con la ropa parcialmente quemada. Uno llevaba un abrigo bastante bueno. Busqué en los bolsillos para ver quién era. Un estuche de cuero llegó a la mano con algunas tarjetas. Tomé uno y leí: Tat Twam Asi.

—Muy ingenioso —dijo Gustav—. "Aunque, de hecho, todo es uno como se llama a nuestras víctimas. Son pobres diablos como nosotros. Sus nombres no importan. Este mundo está hecho y nosotros también. La solución menos dolorosa sería mantenerlo bajo el agua durante diez minutos. Ahora a trabajar...

Tiramos los cuerpos tras el coche. Ya estaba sonando otro. Lo derribamos con una descarga donde estábamos. Hizo un viraje borracho y se tambaleó por un tramo, luego se dio la vuelta y se quedó jadeando. Un pasajero todavía estaba sentado adentro, pero una hermosa niña salió ilesa, aunque estaba blanca y temblaba violentamente. La saludamos cortésmente y le ofrecimos nuestra ayuda. Estaba demasiado conmocionada para hablar y nos miró fijamente durante un rato bastante aturdida.

-Bueno, primero cuidemos del viejo -dijo Gustav, y se volvió hacia el ocupante del coche, que seguía aferrado a su asiento detrás del chófer. Era un caballero con cabello corto y gris. Sus inteligentes y claros ojos grises estaban abiertos, pero parecía estar gravemente herido; Al menos, la sangre fluía de su boca y mantenía su cuello torcido y rígido.

"Permítanme presentarme. Mi nombre es Gustav. Nos hemos tomado la libertad de disparar a su chofer. ¿Podemos preguntar a quién tenemos el honor de dirigirnos?

El anciano nos miró con frialdad y tristeza a través de sus pequeños ojos grises.

—Soy el fiscal general Loering —dijo lentamente—. No sólo has matado a mi pobre chófer, sino también a mí, me imagino. ¿Por qué nos disparaste?"

"Por exceder el límite de velocidad".

"No viajábamos a más velocidad de la normal".

"Lo que era normal ayer ya no es normal hoy, señor fiscal general. Somos de la opinión de que cualquier velocidad a la que viaja un automóvil es demasiado grande. Estamos destruyendo todos los automóviles y todas las demás máquinas también".

"¿Tus rifles también?"

"Llegará su turno, siempre que tengamos tiempo. Presumiblemente para mañana o pasado estaremos todos acabados. Sabes, por supuesto, que esta parte del mundo estaba sorprendentemente superpoblada. Bueno, ahora vamos a dejar entrar un poco de aire".

"¿Estás disparando a todos, sin distinción?"

"Ciertamente. En muchos casos, sin duda, puede ser una lástima. Lo siento, por ejemplo, por esta encantadora jovencita. Tu hija, supongo.

"No. Ella es mi taquígrafa".

"Tanto mejor. Y ahora, por favor, sal o déjanos que te saquemos, ya que el coche va a ser destruido.

"Prefiero ser destruido con él".

"Como quieras. Pero permítame hacerle una pregunta más. Usted es un fiscal. Nunca pude entender cómo un hombre podía ser fiscal. Te ganas la vida llevando a juicio a otros hombres, pobres diablos en su mayoría, y dictándoles sentencia. ¿No es así?"

"Lo es. Cumplo con mi deber. Era mi oficina. Exactamente como es el oficio del verdugo ahorcar a aquellos a quienes condeno a muerte. Tú también has asumido un cargo similar. También matas gente".

—Muy cierto. Solo que no matamos por deber, sino por placer, o mucho más, más bien, por disgusto y desesperación del mundo. Por esta razón encontramos cierta diversión en matar gente. ¿Nunca te ha divertido?

"Me aburriste. Sé tan amable de hacer tu trabajo. Dado que la concepción del deber es desconocida para usted...

Guardó silencio e hizo un movimiento de labios como si fuera a escupir. Sin embargo, solo le salió un poco de sangre y se le pegó a la barbilla.

—¡Un momento! —dijo Gustav cortésmente—. "La concepción del deber es ciertamente desconocida para mí, ahora. Anteriormente tenía una gran preocupación oficial con eso. Yo era profesor de teología. Además de eso, fui soldado y pasé por la guerra. Lo que me parecía un deber y lo que las autoridades y mis oficiales superiores me ordenaban de vez en cuando no era de ninguna manera bueno. Preferiría haber hecho lo contrario. Pero admitiendo que ya no conozco la concepción del deber, todavía conozco la concepción de la culpa, tal vez sean la misma cosa. En la medida en que una madre me dio a luz, soy culpable. Estoy condenado a vivir. Estoy obligado a pertenecer a un Estado, a servir como soldado, a matar y a pagar impuestos por armamentos. Y ahora, en este momento, la culpa de la vida me ha llevado una vez más a la necesidad de matar gente como lo hizo en la guerra. Y esta vez no tengo repugnancia. Estoy resignado a la culpa. No tengo ninguna objeción a que este estúpido mundo congestionado se haga pedazos. Me alegro de ayudar y me alegro de perecer con él".

El fiscal hizo un esfuerzo por sonreír un poco con los labios en los que se había coagulado la sangre. No tuvo mucho éxito, aunque la buena intención era manifiesta.

"Bien", dijo. "Así que somos colegas. Bueno, como tal, por favor cumple con tu deber".

Mientras tanto, la hermosa muchacha se había sentado al borde del camino y se había desmayado.

En ese momento se oyó de nuevo el pitido de un coche que bajaba por la carretera a toda velocidad. Arrastramos a la niña un poco hacia un lado y, de pie contra el acantilado, dejamos que el automóvil que se acercaba chocara contra las ruinas del otro. Los frenos se aplicaron violentamente y el automóvil se elevó en el aire. Se detuvo sin daños. Agarramos nuestros rifles y rápidamente cubrimos a los recién llegados.

—¡Fuera! —ordenó Gustav—. "¡Manos arriba!"

Tres hombres salieron del auto y obedientemente levantaron las manos.

"¿Alguno de ustedes es médico?" Preguntó Gustav.

Negaron con la cabeza.

—Entonces tenga la bondad de eliminar a este caballero. Está gravemente herido. Llévalo en tu coche al pueblo más cercano. Adelante, y sigue adelante".

El anciano pronto estuvo acostado en el otro auto. Gustav dio la orden y se fueron.

Mientras tanto, la taquígrafa había vuelto en sí y había estado observando estos procedimientos. Me alegré de que hubiéramos hecho un premio tan justo.

—Señora —dijo Gustav—, ha perdido a su patrón. Espero que no estuvieras atado al anciano caballero por otros vínculos. Ahora estás a mi servicio. Así que sea nuestro buen camarada. Demasiado para eso; y ahora el tiempo apremia. Será incómodo aquí en poco tiempo. ¿Puede escalar, señora? ¿Sí? Entonces sigue adelante y te ayudaremos a levantarte entre nosotros".

Todos subimos a nuestra cabaña en el árbol lo más rápido que pudimos. La señora no se sentía muy bien allí arriba, pero le dimos un poco de brandy, y pronto se recuperó tanto que pudo admirar la maravillosa vista sobre el lago y las montañas y decirnos también que su nombre era Dora.

Inmediatamente después de esto, había otro automóvil debajo de nosotros. Pasó con cuidado por delante del volcado sin detenerse y luego cobró velocidad.

—¡Poltroon! —rió Gustav y disparó al cochero—. El auto zigzagueó y se estrelló contra la pared, lo quemó y colgó suspendido sobre el abismo.

"Dora", dije, "¿puedes usar armas de fuego?"

No podía, pero le enseñamos a cargar. Al principio fue torpe y se lastimó el dedo y lloró y quiso yeso de la corte. Pero Gustav le dijo que era la guerra y que debía mostrar su coraje. Luego fue mejor.

"¿Pero qué va a ser de nosotros?", preguntó.

—No lo sé —dijo Gustav—. "A mi amigo Harry le gustan las chicas bonitas. Él cuidará de ti".

"Pero la policía y los soldados vendrán y nos matarán".

"Ya no hay policía ni cosas por el estilo. Podemos elegir, Dora. O nos quedamos en silencio aquí arriba y derribamos todos los autos que intentan pasar, o bien podemos tomar un automóvil y conducir en él y dejar que otros nos disparen. Da igual el lado que tomemos. Estoy a favor de quedarme aquí".

Y ahora se oyó el fuerte pitido de otro coche debajo de nosotros. Pronto se contabilizó y puso las ruedas en primer lugar.

Gustav sonrió. "Sí, de hecho hay demasiados hombres en el mundo. En días anteriores no era tan notable. Pero ahora que todo el mundo quiere aire para respirar, y un coche para conducir también, uno lo nota. Por supuesto, lo que estamos haciendo no es racional. Es infantilismo, al igual que la guerra es infantilismo a escala gigantesca. Con el tiempo, la humanidad aprenderá a mantener su número bajo control por medios racionales. Mientras tanto, nos enfrentamos a una situación intolerable de una manera bastante irracional. Sin embargo, el principio es correcto: eliminamos".

"Sí", dije, "lo que estamos haciendo es probablemente una locura, y probablemente sea bueno y necesario de todos modos. No es bueno cuando el hombre sobrecarga su razón y trata de reducir a un orden racional asuntos que no son susceptibles de tratamiento racional. Luego surgen ideales como los de los estadounidenses o los de los bolcheviques. Ambos son extraordinariamente racionales, y ambos conducen a una espantosa opresión y empobrecimiento de la vida, porque la simplifican tan crudamente. La semejanza del hombre, una vez un alto ideal, está en proceso de convertirse en un artículo hecho a máquina. Es para locos como nosotros, tal vez, ennoblecerlo de nuevo".

Con una sonrisa, Gustav respondió: "Hablas como un libro, muchacho. Es un placer y un privilegio beber en tal fuente de sabiduría. Y tal vez incluso haya algo en lo que dices. Pero ahora, por favor, recargue su pieza. Eres demasiado soñador para mi gusto. Cualquier momento puede traer unos cuantos dólares, y no podemos matarlos con filosofía. Debemos tener la pelota en nuestros barriles".

Llegó un automóvil y lo dejaron caer de inmediato. La carretera estaba bloqueada. Un sobreviviente, un hombre corpulento de cara roja, gesticulaba salvajemente sobre las ruinas. Luego miró de arriba abajo y, al descubrir nuestro escondite, vino a por nosotros gritando y disparándonos con un revólver.

"Bájate contigo o dispararé", gritó Gustav. El hombre le apuntó y volvió a disparar. Luego le disparamos.

Después de esto, vinieron dos más y fueron embolsados. Entonces el camino quedó silencioso y desierto. Aparentemente se había corrido la noticia de que era peligroso. Tuvimos tiempo de disfrutar de la belleza de la vista. Al otro lado del lago había un pequeño pueblo en el valle. El humo se elevó y pronto vimos fuego saltando de techo a techo. Se podían escuchar disparos. Dora lloró un poco y le acaricié las mejillas húmedas.

"¿Tenemos que morir todos entonces?", preguntó. No hubo respuesta. Mientras tanto, un hombre a pie pasaba por debajo. Vio los coches destrozados y empezó a husmear a su alrededor. Inclinándose hacia uno de ellos, sacó una sombrilla gay, un bolso de mujer y una botella de vino. Luego se sentó contento en la pared, tomó un trago de la botella y comió algo envuelto en papel de aluminio del bolso. Después de vaciar la botella, continuó, muy complacido, con la sombrilla bajo el brazo; y le dije a Gustav: "¿Podrías encontrar en ti disparar a este buen hombre y hacerle un agujero en la cabeza? Dios sabe, no podría".

"No se te pide que lo hagas", gruñó mi amigo. Pero tampoco se sentía muy cómodo. Tan pronto como vimos a un hombre cuyo comportamiento era inofensivo, pacífico e infantil y que todavía estaba en un estado de inocencia, todas nuestras actividades loables y más necesarias se volvieron estúpidas y repulsivas. ¡Pah, toda esa sangre! Estábamos avergonzados de nosotros mismos. Pero en la guerra debe haber habido generales que incluso sintieron lo mismo.

—No nos dejes quedarnos aquí más tiempo —imploró Dora—. "Bajemos. Seguro que encontramos algo para comer en los coches. ¿No tenéis hambre, bolcheviques?

Abajo, en la ciudad en llamas, las campanas comenzaron a repicar con un terror salvaje. Nos dispusimos a bajar. Mientras ayudaba a Dora a trepar por encima del trabajo de senos, besé su rodilla. Ella se rió en voz alta, y luego los tablones cedieron y ambos caímos vacíos.

Una vez más me quedé en el pasillo redondo, todavía emocionado por la aventura de caza. Y por todas partes, en todas las innumerables puertas, había inscripciones seductoras:

Mutabor

Transformación en cualquier animal o planta

Por favor,

Kama Sutra

Instrucción en las artes indias del amor

Curso para principiantes; Cuarenta y dos diferentes

Métodos y prácticas

Suicidio encantador

Te ríes a pedazos

¿Quieres ser todo espíritu?

La sabiduría de Oriente.

Caída de Occidente

Precios moderados. Nunca superado

Compendio de arte

Transformación del tiempo al espacio

Por medio de la música

Lágrimas de risa

Gabinete del humor

Soledad simplificada

Sustituto completo de todas las formas de

Sociabilidad.

La serie de inscripciones era interminable. Uno fue

Orientación en la construcción de la

Personalidad. Éxito garantizado

Esto me pareció que valía la pena investigarlo y entré por esta puerta.

Me encontré en una tranquila habitación crepuscular donde un hombre con algo así como un gran tablero de ajedrez frente a él estaba sentado en el suelo a la manera oriental. A primera vista pensé que era el amigo Pablo. Llevaba en todo caso una hermosa chaqueta de seda similar y tenía los mismos ojos oscuros y brillantes.

"¿Eres Pablo?" Pregunté.

—No soy nadie —respondió amablemente—. "No tenemos nombres aquí y no somos nadie. Soy un jugador de ajedrez. ¿Deseas instrucción en la edificación de la personalidad?"

"Sí, por favor."

"Entonces tenga la amabilidad de poner algunas docenas de sus piezas a mi disposición".

—¿Mis piezas...?

"De las piezas en las que vio dividida su supuesta personalidad. No puedo jugar sin piezas".

Me acercó un vaso y de nuevo vi la unidad de mi personalidad dividida en muchos yoes cuyo número parecía incluso haber aumentado. Sin embargo, las piezas eran ahora muy pequeñas, del tamaño de piezas de ajedrez. El jugador tomó una docena de ellos con sus dedos seguros y tranquilos y los colocó en el suelo cerca del tablero. Mientras lo hacía, comenzó a hablar de la manera monótona de alguien que pasa por una recitación o lectura que a menudo ha pasado antes.

"La noción errónea e infeliz de que un hombre es una unidad duradera es conocida por ustedes. También sabéis que el hombre está formado por una multitud de almas, por numerosos yoes. La separación de la unidad de la personalidad en estas numerosas piezas pasa por locura. La ciencia ha inventado el nombre de esquizomanía para ello. La ciencia está en esto tan acertada que no se puede tratar con multiplicidad a menos que haya una serie, un cierto orden y agrupación. Es erróneo en la medida en que sostiene que es posible un solo orden vinculante y de por vida para la multiplicidad de yoes subordinados. Este error de la ciencia tiene muchas consecuencias desagradables, y la única ventaja de simplificar el trabajo de los pastores y maestros nombrados por el estado y ahorrarles los trabajos del pensamiento original. Como consecuencia de este error, muchas personas pasan por miembros normales y, de hecho, muy valiosos de la sociedad, que están incurablemente locos; y muchos, por otro lado, son considerados locos que son genios. De ahí que complementemos la psicología imperfecta de la ciencia con la concepción que llamamos el arte de edificar el alma. Demostramos a cualquiera cuya alma se haya desmoronado que puede reorganizar estas piezas de un yo anterior en el orden que le plazca, y así alcanzar una multiplicidad interminable de movimientos en el juego de la vida. Así como el dramaturgo da forma a un drama a partir de un puñado de personajes, nosotros también a partir de las piezas del yo desintegrado construimos grupos siempre nuevos, con una interacción y un suspenso siempre nuevos, y nuevas situaciones que son eternamente inagotables. ¡Mira!"

Con el toque seguro y silencioso de sus hábiles dedos agarró mis piezas, todos los ancianos y jóvenes y niños y mujeres, alegres y tristes, fuertes y débiles, ágiles y torpes, y rápidamente los colocó en su tablero para un juego. De inmediato se formaron en grupos y familias, juegos y batallas, amistades y enemistades, formando un mundo pequeño. Durante un tiempo dejó que este mundo vivo y sin embargo ordenado pasara por sus evoluciones ante mis ojos embelesados en juegos y luchas, haciendo tratados y peleando batallas, cortejando, casándose y multiplicándose. De hecho, era un escenario abarrotado, un drama conmovedor y sin aliento.

Luego pasó su mano rápidamente sobre el tablero y barrió suavemente todas las piezas en un montón; y, meditativamente con la habilidad de un artista, inventó un nuevo juego de las mismas piezas con agrupaciones, relaciones y enredos muy diferentes. El segundo juego tenía una afinidad con el primero, era el mismo mundo construido con el mismo material, pero la clave era diferente, el tiempo cambió, el motivo se dio de manera diferente y las situaciones se presentaron de manera diferente.

Y de esta manera, el inteligente arquitecto construyó un juego tras otro a partir de las figuras, cada una de las cuales era un poco de mí mismo, y cada juego tenía un parecido lejano con todos los demás. Cada uno pertenecía reconociblemente al mismo mundo y reconocía un origen común. Sin embargo, cada uno era completamente nuevo.

"Este es el arte de la vida", dijo soñadoramente. "Tú mismo, como artista, puedes desarrollar el juego de tu vida y prestarle animación. Puedes complicarlo y enriquecerlo a tu antojo. Está en tus manos. Así como la locura, en un sentido superior, es el comienzo de toda sabiduría, la esquizomanía es el comienzo de todo arte y toda fantasía. Incluso los hombres eruditos han llegado a un reconocimiento parcial de esto, como se puede deducir, por ejemplo, del Príncipe Wunderhorn, ese libro encantador, en el que se inmortalizan la industria y los dolores de un hombre de erudición, con la ayuda del genio de una serie de locos y artistas encerrados como tales. Toma, llévate tus pedacitos contigo. El juego a menudo te dará placer. La pieza que hoy creció hasta las proporciones de un insecto intolerable, mañana la degradarás a una mera figura laica. La desafortunada Cenicienta en el próximo juego será la princesa. Le deseo mucho gusto, mi querido señor.

Me incliné en gratitud hacia el talentoso jugador de ajedrez, puse las pequeñas piezas en mi bolsillo y me retiré por la estrecha puerta.

Mi verdadera intención era sentarme de inmediato en el suelo del pasillo y jugar el juego durante horas, durante eternidades enteras; pero tan pronto como estuve en la brillante luz del pasaje circular del teatro, una nueva e irresistible corriente me llevó. Un cartel deslumbrante brilló ante mis ojos:

Maravillosa doma del lobo estepario

Muchas emociones diferentes surgieron en mí al ver este anuncio. Mi corazón estaba dolorosamente contraído por todo tipo de miedos y represiones de mi vida anterior y la realidad que había dejado atrás. Con mano temblorosa abrí la puerta y me encontré en el stand de una Feria con una barandilla de hierro que me separaba de un escenario miserable. En el escenario vi a un domador de animales, un caballero tacaño con un aire pomposo, que a pesar de un gran bigote, bíceps exuberantemente musculosos y su absurdo atuendo de circo tenía un parecido malicioso y decididamente desagradable conmigo. El hombre fuerte conducía con una correa como un perro -lamentable visión- un lobo grande, hermoso pero terriblemente demacrado, cuyos ojos eran acobardados y furtivos; y era tan repugnante como intrigante, tan horrible como secretamente entretenido, ver a este brutal domador de animales someter a la noble y sin embargo tan ignominiosamente obediente bestia de presa a una serie de trucos y giros sensacionales.

En cualquier caso, el hombre, mi doble diabólicamente distorsionado, tenía su lobo maravillosamente roto. El lobo estaba obedientemente atento a cada orden y respondía como un perro a cada llamada y cada chasquido del látigo. Cayó de rodillas, se dio por muerto y, imitando al señor de la creación, llevó un pan, un huevo, un trozo de carne, una canasta en la boca con alegre obediencia; e incluso tuvo que recoger el látigo que el domador había dejado caer y llevarlo tras él entre los dientes mientras movía la cola con una sumisión insoportable. Le pusieron un conejo delante y luego un cordero blanco. Mostró los dientes, es cierto, y la saliva cayó de su boca mientras temblaba de deseo, pero no tocó a ninguno de los animales; y a la orden saltó sobre ellos con un salto elegante, mientras temblaban en el suelo. Más aún, se acostó entre el conejo y el cordero y los abrazó con sus patas delanteras para formar un grupo familiar conmovedor, al mismo tiempo que comía una barra de chocolate de la mano del hombre. Era una agonía presenciar hasta qué punto el lobo había aprendido a desmentir su naturaleza; y me quedé allí con los pelos de punta.

Sin embargo, hubo alguna compensación, tanto para el espectador horrorizado como para el propio lobo, en la segunda parte del programa. Porque después de esta refinada exhibición de domesticación de animales y cuando el hombre con una sonrisa ganadora hizo su reverencia triunfal sobre el grupo del lobo y el cordero, los papeles se invirtieron.

Mi doble de repente, con una baja reverencia, puso su látigo a los pies del lobo y se puso tan agitado, tan encogido y miserable, como lo había estado el lobo antes. El lobo, sin embargo, se lamió las chuletas con una sonrisa, su restricción y disimulo borrados. Sus ojos se encendieron . Todo su cuerpo estaba tenso y mostraba la alegría que sentía al recuperar su naturaleza salvaje.

Y ahora el lobo ordenó y el hombre obedeció. A la orden de orden, el hombre se dejó caer de rodillas, dejó que su lengua saliera y se arrancó la ropa con los dientes limados. Caminó a dos patas o a cuatro patas tal como el lobo le ordenó, jugó al ser humano, se dio por muerto, dejó que el lobo cabalgara sobre su espalda y llevó el látigo tras él. Con la aptitud de un perro se sometió gustosamente a todas las humillaciones y perversiones de su naturaleza. Una chica encantadora subió al escenario y se acercó al hombre domesticado. Ella le acarició la barbilla y frotó su mejilla contra la suya; pero permaneció a cuatro patas, siguió siendo una bestia. Sacudió la cabeza y comenzó a mostrar los dientes a la encantadora criatura, tan amenazadora y lobuna al final, que ella se escapó. Le pusieron chocolate delante, pero con un olfato despectivo se lo quitó con el hocico. Finalmente, el cordero blanco y el conejo gordo y pío fueron traídos de nuevo y el hombre dócil dio su último turno y jugó al lobo de la manera más divertida. Agarró a las criaturas chillonas con sus dedos y dientes, las desgarró miembro por miembro, masticó sonriente la carne viva y bebió extasiada su sangre caliente mientras sus ojos se cerraban en un deleite soñador.

Me dirigí a la puerta horrorizado y salí corriendo. Este Teatro Mágico claramente no era un paraíso. Todo el infierno yacía bajo su encantadora superficie. Oh Dios, ¿ni siquiera aquí hubo liberación?

Asustado, corrí de un lado a otro. Tenía el sabor de la sangre y el chocolate en la boca, uno tan odioso como el otro. No deseaba nada más que estar más allá de esta ola de disgusto. Luché conmigo mismo para obtener fotos más llevaderas y amigables. «¡Oh amigo, no estas notas!», cantó en mi cabeza, y con horror recordé esas terribles fotografías del frente que se veían ocasionalmente durante la guerra: esos montones de cuerpos enredados entre sí, cuyos rostros se convirtieron en demonios sonrientes por sus máscaras de gas. Qué tonto e infantil de mi parte, aunque era un oponente de la guerra de mentalidad humana, haberme horrorizado con esas imágenes. Hoy sabía que ningún domador de bestias, ningún general, ningún loco podía incubar un pensamiento o una imagen en su cerebro que no pudiera igualar a uno tan espantoso, tan salvaje y malvado, tan crudo y estúpido.

Con un inmenso alivio recordé el aviso que había visto al entrar por primera vez en el teatro, el que el buen chico había asaltado tan furiosamente:

Todas las chicas son tuyas

y me pareció, en general, que realmente no había nada más deseable que esto. Me alegré mucho al descubrir que podía escapar de ese maldito mundo de lobos, y entré.

La fragancia de la primavera me encontró. La atmósfera misma de la niñez y la juventud, tan profundamente familiar y sin embargo tan legendaria, me rodeaba y en mis venas corría la sangre de aquellos días. Todo lo que había hecho, pensado y sido desde entonces, se me escapó y volví a ser joven. Una hora, unos minutos antes, me había enorgullecido de saber lo que era el amor, el deseo y el anhelo, pero había sido el amor y el anhelo de un anciano. Ahora era joven de nuevo y esta corriente de fuego brillante que sentía en mí, este poderoso impulso, esta pasión que se desataba como ese viento en marzo que trae el deshielo, era joven, nueva y genuina. ¡Cómo saltó de nuevo la llama que había olvidado, cuán oscuramente robaron en mis oídos los tonos de antaño! Mi sangre estaba en llamas y floreció mientras mi alma lloraba en voz alta y cantaba. Yo era un muchacho de quince o dieciséis años con la cabeza llena de latín, griego y poesía. Era todo ardor y ambición y mi imaginación estaba cargada de los sueños del artista. Pero mucho más profundo, más fuerte y más terrible que todo lo que había ardió y saltó en mí la llama del amor, el hambre del sexo, la fiebre y el presentimiento del deseo.

Estaba parado en un espolón de las colinas sobre el pequeño pueblo donde vivía. El viento soplaba el olor de la primavera y las violetas a través de mi largo cabello. Abajo, en la ciudad, vi el resplandor del río y las ventanas de mi casa, y todo lo que vi, oí y olí me abrumó, tan fresco y tambaleante por la creación, tan radiante en profundidad de color, mecido por el viento de la primavera en una transfiguración tan mágica, como cuando una vez miré el mundo con los ojos de la juventud, primero la juventud y la poesía. Con mano errante saqué un capullo de hoja entreabierto de un arbusto que estaba recién verde. Lo miré y lo olí (con el olor todo de aquellos días volvió en un resplandor) y luego lo puse entre mis labios, labios que ninguna chica había besado jamás, y comencé a morderlo juguetonamente. Con el sabor agrio y aromáticamente amargo, supe de inmediato y exactamente qué era lo que estaba viviendo de nuevo. Todo volvió. Estaba viviendo de nuevo una hora de los últimos años de mi infancia, un domingo por la tarde a principios de la primavera, el día en que en un paseo solitario conocí a Rosa Kreisler y la saludé tan tímidamente y me enamoré de ella tan locamente.

Vino, ese día, sola y soñando colina arriba hacia mí. Ella no me había visto y la vista de su acercamiento me llenó de aprensión y suspenso. Vi su cabello, atado en dos trenzas gruesas, con mechones sueltos a cada lado, sus mejillas arrastradas por el viento. Vi por primera vez en mi vida lo hermosa que era, y lo hermosa y onírica que era el juego del viento en su delicado cabello, lo hermosa y provocativa que caía su delgado vestido azul sobre sus jóvenes miembros; y así como la amarga especia del capullo masticado me recorría con todo el terrible placer y dolor de la primavera, así la vista de la niña me llenó con todo el presentimiento mortal del amor, el presentimiento de la mujer. En ese momento se contuvo la conmoción y la advertencia de enormes posibilidades y promesas, deleite sin nombre, desconcierto impensable, angustia, sufrimiento, liberación a la culpa más íntima y profunda. ¡Oh, qué agudo era el sabor amargo de la primavera en mi lengua! ¡Y cómo el viento corría juguetonamente a través del cabello suelto junto a sus mejillas sonrosadas! Ahora estaba cerca. Levantó la vista y me reconoció. Por un momento se sonrojó un poco y miró a un lado; pero cuando me quité la gorra de la escuela, ella se dueña de sí misma de inmediato y, levantando la cabeza, me devolvió el saludo con una sonrisa que era bastante adulta. Luego, completamente dueña de la situación, avanzó lentamente, en un halo de los mil deseos, esperanzas y adoraciones que envié tras ella.

Así había sido una vez un domingo treinta y cinco años antes y todo lo que había sido entonces volvió a mí en este momento. Colina y ciudad, viento de marzo y sabor de amigos, Rosa y su cabello castaño, el brote del deseo y la dulce asfixia de la angustia. Todo era como era entonces, y me parecía que nunca en mi vida había amado como amaba a Rosa ese día. Pero esta vez me fue dado saludarla de otra manera que en esa ocasión. Vi que se sonrojaba cuando me reconoció, y los esfuerzos que se esforzó por ocultarlo, y supe de inmediato que le gustaba y que este encuentro significaba lo mismo para ella que para mí. Y esta vez, en lugar de permanecer ceremoniosamente gorra en mano hasta que ella hubiera pasado, hice, a pesar de la angustia que rayaba en la obsesión, lo que mi sangre me ordenaba hacer. Grité: "¡Rosa! Gracias a Dios, has venido, hermosa, hermosa niña. Te amo tanto". Quizás no era la más brillante de todas las cosas que se podrían haber dicho en este momento, pero no había necesidad de brillantez, y era suficiente y más. Rosa no adoptó su aire de adulta, y no prosiguió. Se detuvo y me miró y, poniéndose aún más roja que antes, dijo: "Alabado sea el cielo, Harry, ¿realmente te gusto?" Sus ojos marrones iluminaron su rostro fuerte, y me mostraron que mi vida pasada y mis amores habían sido todos falsos y perplejos y llenos de estúpida infelicidad desde ese mismo momento en que un domingo por la tarde dejé pasar a Rosa. Ahora, sin embargo, el error se corrigió. Todo fue diferente y todo estuvo bien.

Nos tomamos de la mano y caminamos de la mano lentamente tan felices como avergonzados. No sabíamos qué hacer ni qué decir, así que comenzamos a caminar más rápido por la vergüenza y luego echamos a correr, y corrimos hasta que perdimos el aliento y tuvimos que quedarnos quietos. Pero no soltamos nuestras manos. Ambos éramos todavía niños y no sabíamos muy bien qué hacer el uno con el otro. Ese domingo ni siquiera nos besamos, pero fuimos inconmensurablemente felices. Nos pusimos de pie para recuperar el aliento. Nos sentamos en el césped y le acaricié la mano mientras ella pasaba la otra tímidamente por mi cabello. Y luego nos levantamos de nuevo y tratamos de medir cuál de nosotros era el más alto. En realidad, yo era más alto por un dedo, pero no lo quería así. Sostuve que éramos exactamente de la misma altura y que Dios nos había diseñado el uno para el otro y que más tarde nos casaríamos. Entonces Rosa dijo que olía violetas y nos arrodillamos en la hierba corta de primavera y las buscamos y encontramos algunas con tallos cortos y le di las mías y ella me dio las suyas, y como hacía frío y el sol se inclinaba bajo sobre los acantilados, Rosa dijo que debía irse a casa. Ante esto, ambos nos entristecimos mucho, porque no me atrevía a acompañarla. Pero ahora compartíamos un secreto y era nuestra posesión más querida. Me quedé atrás en los acantilados y, tumbado con la cara sobre el borde del escarpado descenso, miré hacia abajo sobre la ciudad y observé cómo aparecía su dulce figura muy por debajo y la vi pasar por el manantial y cruzar el puente. Y ahora sabía que había llegado a su casa y iba de habitación en habitación, y yo me quedé allí tumbado lejos de ella; Pero había un vínculo entre ella y yo. La misma corriente corrió entre nosotros dos y un secreto pasó de un lado a otro.

Nos volvimos a ver aquí y allá durante toda esta primavera, a veces en los acantilados, a veces sobre el seto del jardín; y cuando el anciano comenzó a florecer, nos dimos el primer beso tímido. Era poco lo que los niños como nosotros teníamos que darse y nuestro beso carecía de calidez y plenitud. Apenas me atreví a tocar los mechones de su cabello alrededor de sus orejas. Pero todo el amor y toda la alegría que había en nosotros eran nuestros. Era una emoción tímida y el trote que apostamos aún no estaba maduro, pero esta tímida espera mutua nos enseñó una nueva felicidad. Subimos un pequeño escalón en la escalera del amor. Y así, comenzando por Rosa y las violetas, volví a vivir todos los amores de mi vida, pero bajo estrellas más felices. Perdí a Rosa, y apareció Irmgard; y el sol era más cálido y las estrellas menos estables, pero Irmgard no era más que Rosa mía. Paso a paso tuve que escalar. Había mucho que vivir y mucho que aprender; y también tuve que perder a Irmgard y Anna. A todas las chicas que una vez amé en la juventud, las volví a amar, pero ahora podía inspirar amor a cada una.

Había algo que podía dar a cada uno, algo que cada uno podía darme a mí. Los deseos, sueños y posibilidades que antes no habían tenido otra vida que mi propia imaginación se vivían ahora en la realidad. Pasaron ante mí como hermosas flores, Ida y Laura y todos los que había amado durante un verano, un mes o un día.

Ahora era, como percibía, ese muchacho guapo y ardiente que había visto dirigirse tan ansiosamente a la puerta del amor. Estaba viviendo un poco de mí mismo solamente, un poco que en mi vida y ser reales no se habían expresado en una décima o milésima parte, y lo estaba viviendo al máximo. Lo estaba viendo crecer sin ser molestado por ninguna otra parte de mí. No fue perturbado por el pensador, ni torturado por el lobo estepario, ni empequeñecido por el poeta, el visionario o el moralista. No, ahora no era más que el amante y no respiraba otra felicidad ni otro sufrimiento que el amor. Irmgard ya me había enseñado a bailar e Ida a besar, y fue Emma la primera, la más hermosa de todas, quien en una tarde de otoño bajo un olmo que se balanceaba me dio sus pechos castaños para besar y la copa de la pasión para beber.

Viví mucho en el pequeño teatro de Pablo y ni una milésima parte se puede contar con palabras. Todas las chicas que había amado eran mías. Cada uno me dio lo que solo ella tenía para dar y a cada uno le di lo que solo ella sabía tomar. Mucho amor, mucha felicidad, mucha indulgencia y mucho desconcierto también, y sufrimiento cayeron en mi parte. Todo el amor que me había perdido en mi vida floreció mágicamente en mi jardín durante esta hora de sueños. Había flores castas y tiernas, chillonas que ardían, oscuras que se desvanecían rápidamente. Había lujuria ardiente, ensoñación interior, melancolía brillante, muerte angustiada, nacimiento radiante. Encontré mujeres que solo iban a ser tomadas por asalto y aquellas a las que era un placer cortejar y ganar gradualmente. Cada rincón crepuscular de mi vida donde, si por un momento la voz del sexo me había llamado, la mirada de una mujer me encendía o el brillo de la piel blanca de una chica me atraía, emergía de nuevo y todo lo que se había perdido se había reparado. Todos eran míos, cada uno a su manera. La mujer con los notables ojos marrones oscuros debajo del cabello rubio estaba allí. Había estado a su lado durante un cuarto de hora en el pasillo de un expreso y después apareció a menudo en mis sueños. No dijo una palabra, pero lo que me enseñó sobre el arte del amor fue inimaginable, espantoso, mortal. Y la elegante, todavía china, del puerto de Marsella, con su sonrisa vidriosa, su suave cabello negro muerto y sus ojos nadadores, ella también conocía cosas inimaginables. Cada uno tenía su secreto y el ramo de su tierra. Cada una besaba y reía a su manera, y a su manera peculiar era vergonzosa y a su manera peculiar desvergonzada. Iban y venían. El arroyo los llevó hacia mí y me arrastró hasta ellos y me alejó. Era un niño en la corriente del sexo jugando en medio de todo su encanto, su peligro y sorpresa. Y me sorprendió descubrir cuán rica había sido mi vida, la vida aparentemente tan pobre y sin amor del lobo estepario, en las oportunidades y seducciones del amor. Los había extrañado. Había huido antes que ellos. Me había tropezado con ellos. Me había apresurado a olvidarlos. Pero aquí estaban todos almacenados por cientos, y no faltaba ni uno. Y ahora que los veía, me entregué a ellos sin defensa y me hundí en el crepúsculo rosado de su inframundo. Incluso esa seducción a la que Pablo me había invitado una vez volvió, y otras anteriores, ninguna de las cuales en ese momento había comprendido del todo, partidas fantásticas para tres o cuatro, me atraparon en sus juegos con una risa. Pasaron muchas cosas y se jugaron muchos juegos que no se pueden decir con palabras.

Cuando me elevé una vez más a la superficie de la corriente interminable de seducción, vicio y enredo, estaba tranquilo y silencioso. Estaba equipado, muy avanzado en conocimientos, sabio, experto, maduro para Hermine. Se levantó como la última figura de mi populosa mitología, el apellido de una serie interminable; y al instante volví en mí y puse fin a este cuento de hadas de amor; porque no deseaba encontrarme con ella en este crepúsculo de espejo mágico. Le pertenecía no solo como esta pieza en mi juego de ajedrez, le pertenecía por completo. Oh, ahora pondría las piezas en mi juego de tal manera que todo se centrara en ella y condujera a la realización.

La corriente me había arrastrado a la orilla. Una vez más me paré en el pasillo silencioso del teatro. ¿Y ahora qué? Busqué las pequeñas figuras en mi bolsillo, pero este impulso ya se había extinguido. A mi alrededor estaba el mundo inagotable de puertas, avisos y espejos mágicos. Con indiferencia leí las primeras palabras que me llamaron la atención y me estremecí.

Cómo se mata por amor

fue lo que dijo.

Rápidamente una imagen apareció en mi memoria con un tirón y permaneció allí un instante. Hermine en la mesa de un restaurante, apartándose de repente del vino y la comida, perdida en un abismo de palabras, con una seriedad aterradora en su rostro mientras decía que tendría un solo objetivo al convertirme en su amante, y era que muriera por mi mano. Una fuerte ola de angustia y oscuridad inundó mi corazón. De repente, todo me enfrentó una vez más. De repente, una vez más, la sensación de la última llamada del destino se apoderó de mi corazón. Desesperadamente, busqué en mi bolsillo las pequeñas figuras para poder practicar un poco de magia y reorganizar el diseño del tablero. Las cifras ya no estaban allí. En lugar de ellos, saqué un cuchillo. Con un temor mortal corrí por el pasillo, pasando por todas las puertas. Me paré frente al espejo gigantesco. Lo investigué. En el espejo había un hermoso lobo tan alto como yo. Se quedó quieto, mirando tímidamente a sus ojos inquietos. Mientras me miraba lascivamente, sus ojos brillaban y sonrió un poco para que sus chuletas se separaran y mostraran su lengua roja.

¿Dónde estaba Pablo? ¿Dónde estaba Hermine? ¿Dónde estaba ese tipo inteligente que había disertado tan agradablemente sobre la construcción de la personalidad?

De nuevo me miré en el espejo. Había estado enojado. Debo haber estado loco. No había ningún lobo en el espejo, dejando caer la lengua en sus fauces. Era yo, Harry. Mi rostro estaba gris, abandonado de todas las fantasías, fordone con todo vicio, horriblemente pálido. Aún así, era un ser humano, alguien con quien se podía hablar.

"Harry", dije, "¿qué estás haciendo allí?"

"Nada", dijo en el espejo, "solo estoy esperando. Estoy esperando la muerte".

"¿Dónde está la muerte entonces?"

—Ya viene —dijo el otro—. Y escuché desde los espacios vacíos dentro del teatro el sonido de la música, una música hermosa y horrible, esa música de Don Giovanni que anuncia la llegada del huésped de piedra. Con un sonido horrible y de hierro resonó a través de la casa fantasmal, procedente del otro mundo, de los inmortales.

"Mozart", pensé, y con la palabra evoqué la imagen más querida y exaltada que contenía mi vida interior.

Al oír eso, resonó detrás de mí una carcajada, una risa clara y helada de un mundo más allá desconocido para los hombres, un mundo nacido de sufrimientos, purga y humor divino. Me di la vuelta, congelado por la bendición de esta risa, y allí llegó Mozart. Pasó junto a mí riendo mientras avanzaba y, paseando tranquilamente, abrió la puerta de uno de los palcos y entró. Seguí ansiosamente al dios de mi juventud, el objeto, durante toda mi vida, del amor y la veneración. La música siguió sonando. Mozart estaba inclinado sobre el frente de la caja. Del teatro no se veía nada. La oscuridad llenó el espacio ilimitado.

—Ya ves —dijo Mozart—, todo va bien sin el saxofón, aunque para estar seguro de que no desearía pisar los dedos de los pies de ese famoso instrumento.

"¿Dónde estamos?" Pregunté.

"Estamos en el último acto de Don Giovanni. Leporello está de rodillas. Una escena magnífica, y la música también está bien. Hay mucho en él, ciertamente, que es muy humano, pero puedes escuchar el otro mundo en él, la risa, ¿eh?"

"Es la última gran música jamás escrita", dije con la pomposidad de un maestro de escuela. "Ciertamente, estaba Schubert por venir. Hugo Wolf también, y tampoco debo olvidar al pobre y encantador Chopin. ¿Frunce el ceño, maestro? Oh, sí, Beethoven, él también es maravilloso. Pero todo eso, por hermoso que sea, tiene algo de rapsódico, algo de desintegración. Una obra de tanta abundancia y poder como Don Giovanni nunca ha surgido entre los hombres".

-No te esfuerces demasiado -rió Mozart, en una espantosa burla-. "Tú mismo eres músico, lo percibo. Bueno, he abandonado el oficio y me he retirado para descansar. Es solo por diversión que miro el negocio de vez en cuando".

Levantó las manos como si estuviera dirigiendo, y una luna, o alguna constelación pálida, se elevó en alguna parte. Miré por encima del borde de la caja hacia profundidades inconmensurables del espacio. La niebla y las nubes flotaban allí. Las montañas y las costas brillaban, y debajo de nosotros se extendía por todo el mundo una llanura desértica. En esta llanura vimos a un anciano caballero de aspecto digno, con una larga barba, que dirigía tristemente un gran grupo de unos diez mil hombres vestidos de negro. Tenía un aire melancólico y desesperado; y Mozart dijo:

"Mira, ahí está Brahms. Se esfuerza por la redención, pero le llevará todo su tiempo".

Me di cuenta de que los miles de hombres de negro eran los intérpretes de todas esas notas y partes de sus partituras que, según el juicio divino, eran superfluas.

"Demasiado densamente orquestado, demasiado material desperdiciado", dijo Mozart con un asentimiento.

Y entonces vimos a Richard Wagner marchando a la cabeza de una hueste igualmente vasta, y sentimos la presión de esos miles mientras se aferraban y se cerraban sobre él. A él también, lo vimos arrastrarse con paso lento y triste.

"En mis días de juventud", comenté con tristeza, "estos dos músicos pasaron como los contrastes más extremos concebibles".

Mozart se rió.

"Sí, ese es siempre el camino. Tales contrastes, vistos desde una pequeña distancia, siempre tienden a mostrar su creciente similitud. En cualquier caso, la orquestación gruesa no fue un fracaso personal de Wagner ni de Brahms. Fue una falla de su tiempo".

"¿Qué? ¿Y tienen que pagarlo tan caro?" Lloré en protesta.

"Naturalmente. La ley debe seguir su curso. Hasta que no hayan pagado la deuda de su tiempo, no se puede saber si les queda algo personal para su crédito".

"¡Pero ninguno de los dos puede evitarlo!"

"Por supuesto que no. Tampoco pueden evitar que Adán se comiera la manzana. Pero tienen que pagarlo de todos modos".

"Pero eso es espantoso".

"Ciertamente. La vida siempre es espantosa. No podemos evitarlo y somos responsables de todos modos. Uno nace y al mismo tiempo es culpable. Debes haber tenido un tipo notable de educación religiosa si no lo sabías".

Ahora me sentía completamente miserable. Me vi a mí mismo como un peregrino muerto de muerte, arrastrándome por el desierto del otro mundo, cargado con los muchos libros superfluos que había escrito, y todos los artículos y folletines; seguido por el ejército de compositores que habían tenido el tipo para montar, por el ejército de lectores que lo habían tenido todo para tragar. Dios mío, y por encima de todo estaba Adán y la manzana, y todo el pecado original. Todo esto, entonces, debía pagarse en un purgatorio sin fin. Y solo entonces podría surgir la pregunta de si, detrás de todo eso, quedaba algo personal, algo mío; o si todo lo que había hecho y todas sus consecuencias eran simplemente la espuma vacía del mar y una onda sin sentido en el flujo de lo que había terminado y hecho.

Mozart se rió en voz alta cuando vio mi cara larga. Dio un salto mortal en el aire por el bien de la risa y tocó trinos con los talones. Al mismo tiempo, me gritó: "Oye, mi joven, ¿te estás mordiendo la lengua, hombre, con una queja en el pulmón, hombre? Piensas en tus lectores, en esos carroñeros y en todos tus tipógrafos, en esos miserables cómplices y en los afiladores de sables. Dragón, me haces reír hasta que me sacudo y revito las puntadas de mis pantalones. Oh corazón de gaviota, con tinta de imprenta apagada y alma llena de tristeza. Te dejaré una vela, si eso te alivia. Envejecido, envejecido, espectacularizado y encadenado, y lastimosamente enganchado y movido por la cola, con timidez y shally no te entretendrás más. Porque el diablo, te lo ruego, se lo llevará y lo cortará y lo empalmará hasta que eso le bastará para sus escritos y plagios podridos mal habidos".

Esto, sin embargo, fue demasiado para mí. La ira no me dejaba tiempo para la melancolía. Agarré a Mozart por la coleta y salió volando. La coleta se hizo más y más larga como la cola de un cometa y yo giré al final. El diablo, ¡pero hacía frío en este mundo que atravesamos! Estos inmortales soportan una atmósfera enrarecida y glacial. Pero era delicioso de todos modos: este aire helado. Me di cuenta de eso, incluso en el breve momento que transcurrió antes de que perdiera el juicio. Una alegría helada amarga, aguda y brillante como el acero me recorrió y un deseo de reír tan estridente, salvaje y sobrenatural como lo había hecho Mozart. Pero luego me falló el aliento y la conciencia.

Cuando volví en mí, estaba desconcertado y agotado. La luz blanca del pasillo brillaba en el piso pulido. No estaba entre los inmortales, todavía no. Todavía estaba, como siempre, en este lado del enigma del sufrimiento, de los hombres lobo y las complejidades torturadoras. No había encontrado ningún lugar feliz, ningún lugar de descanso soportable. Debe haber un final para ello.

En el gran espejo, Harry se paró frente a mí. No parecía ser muy floreciente. Su apariencia era muy parecida a la de aquella noche en que visitó al profesor y se sentó a ver el baile en el Águila Negra. Pero eso quedó muy atrás, años, siglos atrás. Había envejecido. Había aprendido a bailar. Había visitado el teatro mágico. Había oído reír a Mozart. El baile, las mujeres y los cuchillos ya no le aterrorizaban. Incluso aquellos que tienen dones promedio, dados unos pocos cientos de años, llegan a la madurez. Miré durante mucho tiempo a Harry en el espejo. Todavía lo conocía bastante bien, y todavía tenía un ligero parecido con el muchacho de quince años que un domingo de marzo se encontró con Rosa en los acantilados y se quitó la gorra de la escuela. Y, sin embargo, había envejecido unos siglos desde entonces. Se había dedicado a la filosofía y la música y se había hartado de la guerra y de su Elsasser en el Casco de Acero y discutía sobre Krishna con hombres de honesto conocimiento. Había amado a Erica y a María, y había sido amigo de Hermine, y había derribado coches, y se había acostado con los elegantes chinos, y se había encontrado con Mozart y Goethe, y había hecho varios agujeros en la red del tiempo y rasgaduras en el disfraz de la realidad, aunque todavía lo mantenía prisionero. Y supongamos que hubiera perdido sus bonitas piezas de ajedrez de nuevo, todavía tenía una fina espada en el bolsillo. Entonces, viejo Harry, viejo loco cansado.

¡Bah, el diablo, qué amargo es el sabor de la vida! Le escupí a Harry en el espejo. Le di una patada y lo pateé hasta convertirlo en astillas. Caminé lentamente por el pasillo resonante, escaneando cuidadosamente las puertas que habían ofrecido tantas promesas brillantes. Ninguno mostró ahora un solo anuncio. Lentamente pasé por las cien puertas del Teatro Mágico. ¿No era este el día en que había estado en un baile de máscaras? Habían pasado cientos de años desde entonces. Pronto los años cesarían por completo. Sin embargo, todavía quedaba algo por hacer. Hermine me esperaba. Iba a ser un matrimonio extraño, y una ola triste fue la que me llevó a cabo, me llevó tristemente, como un esclavo, un hombre lobo. ¡Bah, el diablo!

Me detuve en la última puerta. Hasta aquí me había llevado la ola triste. ¡Oh Rosa! ¡Oh juventud difunta! ¡Oh Goethe! ¡Oh Mozart!

Lo abrí. Lo que vi fue una imagen simple y hermosa. Sobre una alfombra en el suelo yacían dos figuras desnudas, la hermosa Hermine y el hermoso Pablo, uno al lado del otro, en un sueño de profundo agotamiento después del juego amoroso. Hermosas, hermosas figuras, hermosas imágenes, cuerpos maravillosos. Debajo del pecho izquierdo de Hermine había una marca redonda fresca, oscuramente magullada, un mordisco de amor de los hermosos y relucientes dientes de Pablo. Allí, donde estaba la marca, hundí mi cuchillo hasta la empuñadura. La sangre brotó de su piel blanca y delicada. Habría besado la sangre si todo hubiera sucedido de manera un poco diferente. Tal como estaba, no lo hice. Solo observé cómo fluía la sangre y vi cómo sus ojos se abrían por un momento de dolor y profundo asombro. ¿Qué la hace preguntarse? ¿Pensé? Entonces se me ocurrió que tenía que cerrar los ojos. Pero se cerraron de nuevo en sí mismos. Así que todo estaba hecho. Sólo se volvió un poco hacia un lado, y desde la axila hasta el pecho vi el juego de una delicada sombra. Parecía que deseaba recordar algo, pero lo que yo no podía recordar. Luego se quedó quieta.

La miré durante mucho tiempo y al final me desperté con un escalofrío y me volví para irme. Entonces vi a Pablo estirarse. Lo vi abrir los ojos y estirar las extremidades y luego inclinarse sobre la niña muerta y sonreír. Nunca, pensé, este tipo se tomará nada en serio. Todo lo hace sonreír. Pablo, mientras tanto, volteó con cuidado una esquina de la alfombra y cubrió a Hermine hasta el pecho para que la herida quedara oculta, y luego salió silenciosamente de la caja. ¿A dónde iba? ¿Todos me dejaban en paz? Me quedé allí, solo con el cuerpo medio amortajado de aquella a quien amaba y envidiaba. El cabello juvenil colgaba bajo sobre la frente blanca. Sus labios brillaban rojos contra la palidez muerta de su rostro pálido y estaban un poco separados. Su cabello difundía su delicado perfume y a través de él brillaba la pequeña oreja con forma de concha.

Su deseo se cumplió. Antes de que ella fuera mía, había matado a mi amor. Había hecho lo impensable, y ahora me arrodillaba y miraba fijamente y no sabía en absoluto lo que significaba este acto, si era bueno y correcto o lo contrario. ¿Qué tendría que decir el hábil ajedrecista, qué tendría que decirle Pablo? No sabía nada y no podía pensar. La boca pintada brillaba más roja en la creciente palidez de la cara. Así había sido toda mi vida. Mi pequeña felicidad y mi amor eran como esta boca fija, un poco roja sobre una máscara de muerte.

Y del rostro muerto, de los hombros blancos muertos y de los brazos blancos muertos, exhaló y lentamente se deslizó un estremecimiento, un invierno y una desolación del desierto, un escalofrío que aumentaba lentamente, lentamente, en el que mis manos y labios se entumecieron. ¿Había apagado el sol? ¿Había detenido el corazón de toda la vida? ¿Fue la frialdad de la muerte y el espacio irrumpiendo?

Con un escalofrío miré la frente pétrea y el cabello austero y el brillo pálido y fresco de la oreja. El frío que fluía de ellos era mortal y, sin embargo, era hermoso, sonaba, vibraba. ¡Era música!

¿No había sentido una vez este estremecimiento antes y lo había encontrado al mismo tiempo una alegría? ¿No había escuchado esta música antes? Sí, con Mozart y los inmortales

Me vinieron a la cabeza versos que una vez había encontrado en alguna parte:

Nosotros por encima de ti cada vez más residiendo

En la estrella del éter transluminó el hielo

No conozcas ni el día ni la noche ni el tiempo que divide,

No use ni edad ni sexo como nuestro dispositivo.

Fresco e inmutable es nuestro ser eterno,

Fresca y brillante como una estrella es nuestra eterna risa.

Entonces se abrió la puerta del palco y entró Mozart. No lo reconocí a primera vista, porque no tenía coleta, calzones hasta la rodilla ni zapatos con hebillas, vestía un traje moderno. Se sentó cerca de mí, y estuve a punto de retenerlo debido a la sangre que había corrido por el suelo desde el pecho de Hermine. Se sentó allí y comenzó a ocuparse de un aparato y algunos instrumentos que estaban a su lado. Se lo tomó muy en serio, apretando esto y atornillando aquello, y miré con asombro sus dedos hábiles y ágiles y deseé verlos tocar un piano por una vez. Lo miré pensativo, o más bien en un ensueño, perdido en la admiración de sus hermosas y hábiles manos, calentado también, por el sentido de su presencia y un poco aprensivo también. De lo que realmente estaba haciendo y de lo que estaba jodiendo y manipulando, no le presté atención alguna.

Sin embargo, pronto descubrí que había arreglado un aparato inalámbrico y lo había puesto en orden, y ahora insertó el altavoz y dijo: "Munich llama. Concerto Grosso en fa mayor de Händel".

De inmediato, para mi indescriptible asombro y horror, el diabólico embudo de metal escupió, sin más preámbulos, su mezcla de limo bronquial y caucho masticado; ese ruido que los poseedores de gramófonos y aparatos inalámbricos son prevalecidos para llamar música. Y detrás del limo y el croar había, efectivamente, como un viejo maestro bajo una capa de tierra, el noble contorno de esa música divina. Pude distinguir la majestuosa estructura y la respiración profunda y amplia y el arco completo de las cuerdas.

"Dios mío", grité horrorizado, "¿qué estás haciendo, Mozart? ¿De verdad quieres infligirme a mí y a ti mismo este lío, este triunfo de nuestros días, la última arma victoriosa en la guerra de exterminio contra el arte? ¿Debe ser esto, Mozart?

¡Cómo se rió el hombre incómodo! ¡Y qué risa tan fría y espeluznante! Era silencioso y, sin embargo, todo se hizo añicos en él. Marcó mi tormento con profunda satisfacción mientras se inclinaba sobre los malditos tornillos y atendía a la trompeta de metal. Riendo todavía, dejó que la música distorsionada, asesinada y asesina rezumara y continuara; y riendo todavía, respondió:

"¡Por favor, no patetismo, amigo mío! De todos modos, ¿observaste el ritardando? Una inspiración, ¿eh? Sí, y ahora hombre tolerante, deja que el sentido de este ritardando te toque. ¿Escuchas los bajos? Caminan como dioses. Y deja que esta inspiración del viejo Händel penetre en tu corazón inquieto y le dé paz. Escucha, pobre criatura, escucha sin patetismo ni burla, mientras a lo lejos, detrás del velo de este aparato irremediablemente idiota y ridículo, pasa la forma de esta música divina. Presta atención y aprenderás algo. Observa lo que esta loca trompeta parlante, aparentemente la cosa más estúpida, la más inútil y la más condenable que contiene el mundo, se las ingenia para hacer. Se apodera de alguna música que se toca donde se quiere, sin distinción ni discreción, lamentablemente distorsionada, para empezar, y la arroja al espacio para aterrizar donde no tiene nada que hacer; y sin embargo, después de todo esto, no puede destruir el espíritu original de la música; solo puede, por mucho que se entrometa y estropee, poner su mecanismo insensato. Escucha, entonces, pobrecito. Escucha bien. Lo necesitas. Y ahora se oye no sólo a un Händel que, desfigurado por la radio, está, de todos modos, en el más espantoso de los disfraces todavía divino; También oye y observa, digno señor, un símbolo admirable de toda la vida. Cuando escuchas inalámbrico, eres testigo de la guerra eterna entre la idea y la apariencia, entre el tiempo y la eternidad, entre lo humano y lo divino. Exactamente, mi querido señor, mientras la radio durante diez minutos proyecta la música más encantadora sin miramientos a los lugares más imposibles, a cómodos salones y áticos y en medio de oyentes parlanchines, tragadores, bostezantes y dormidos, y exactamente como despoja a esta música de su belleza sensual, la estropea, la araña y la enloquece y, sin embargo, no puede destruir por completo su espíritu,  Del mismo modo, la vida, la llamada realidad, se ocupa del sublime juego de imágenes del mundo y lo convierte en un hurley-burley. Hace su tono poco apetitoso, limo de la música orquestal más mágica. En todas partes se entromete en su mecanismo, su actividad, sus lúgubres exigencias y su vanidad entre lo ideal y lo real, entre la orquesta y el oído. Toda la vida es así, hija mía, y debemos dejar que así sea; y, si no somos asnos, reírnos de ello. Poco corresponde a personas como usted ser críticos de la tecnología inalámbrica o de la vida. ¡Mejor aprende a escuchar primero! Aprende lo que hay que tomar en serio y ríete del resto. ¿O es que usted mismo lo ha hecho mejor, más noble, en forma y con mejor gusto? Oh, no, señor Harry, no lo ha hecho. Has hecho de tu vida una espantosa historia de enfermedad y una desgracia de tus dones. Y, como veo, no has encontrado mejor uso para una joven tan bonita y encantadora que clavarle un cuchillo en el cuerpo y destruirla. ¿Crees que fue así?

"¿Verdad?" Lloré de desesperación. "¡No! ¡Dios mío, todo es tan falso, tan infernalmente estúpido y equivocado! Soy una bestia, Mozart, una bestia estúpida y furiosa, enferma y podrida. Ahí tienes razón mil veces. Pero en cuanto a esta chica, era su propio deseo. Solo he cumplido su propio deseo".

Mozart se rió con su risa silenciosa. Pero tuvo la gran amabilidad de apagar la radio.

Mi autoatenuante sonaba inesperada y completamente tonta incluso para mí, que había creído en ella con todo mi corazón. Cuando Hermine habló una vez, según se me ocurrió de repente, sobre el tiempo y la eternidad, estaba listo de inmediato para tomar sus pensamientos como un reflejo de los míos. Sin embargo, el pensamiento de morir por mi mano había sido su propia inspiración y deseo y no había sido influenciado en lo más mínimo por mí, lo había tomado como algo natural. Pero, ¿por qué en esa ocasión no solo había aceptado ese pensamiento horrible y antinatural, sino que incluso lo había adivinado de antemano? Quizás porque había sido mío. ¿Y por qué había asesinado a Hermine justo en el mismo momento en que la veía desnuda en los brazos de otro? Omnisciente y burlona resonó la risa silenciosa de Mozart.

—Harry —dijo—, eres un gran bromista. ¿Esta hermosa chica realmente no tenía nada que desear de ti más que la puñalada de un cuchillo? ¡Guárdalo para otra persona! Bueno, al menos la has apuñalado correctamente. El pobre niño está tan muerto como un ratón. Y ahora tal vez sea un momento oportuno para darse cuenta de las consecuencias de su galantería hacia esta dama. ¿O piensas en evadir las consecuencias?"

"No", grité. "¿No entiendes nada? ¿Evado las consecuencias? No tengo otro deseo que pagar y pagar y pagar por ellos, poner mi cabeza bajo el hacha y pagar la pena de la aniquilación".

Mozart me miró con una burla intolerable.

"Qué patético eres siempre. Pero aún aprenderás el humor, Harry. El humor es siempre humor de horca, y es en la horca que ahora te ves obligado a aprenderlo. ¿Estás listo? Bien. Luego vete contigo al fiscal y deja que la ley siga su curso contigo hasta que te corten la cabeza fríamente al amanecer en el patio de la prisión. ¿Estás listo para ello?"

Al instante, un aviso brilló ante mis ojos:

La ejecución de Harry

y yo acepté con un movimiento de cabeza. Me paré en un patio desnudo rodeado por cuatro paredes con ventanas enrejadas, y me estremecí en el aire de un amanecer gris. Había una docena de caballeros allí con chaqués y togas, y una guillotina recién erigida. Mi corazón estaba contraído por la miseria y el pavor, pero estaba listo y consentido. A la orden di un paso adelante y a la orden me arrodillé. El fiscal se quitó la gorra y se aclaró la garganta y todos los demás caballeros se aclararon la garganta. Desdobló un documento oficial y lo sostuvo ante él y leyó en voz alta:

“Caballeros, está ante ustedes Harry Haller, acusado y declarado culpable del mal uso deliberado de nuestro teatro mágico. Haller no ha insultado solo la majestuosidad del arte al confundir nuestra hermosa galería de pinturas con la llamada realidad y apuñalar hasta la muerte el reflejo de una niña con el reflejo de un cuchillo; Además, ha mostrado la intención de utilizar nuestro teatro como mecanismo de suicidio y se ha mostrado desprovisto de humor. Por lo tanto, condenamos a Haller a la vida eterna y suspendemos durante doce horas su permiso para entrar en nuestro teatro. La pena de ser ridiculizado fuera de la corte tampoco puede ser remitida. ¡Caballeros, todos juntos, uno-dos-tres!”

Al oír la palabra “tres”, todos los presentes prorrumpieron en una carcajada simultánea, una risa en pleno coro, una risa espantosa del otro mundo que apenas puede ser soportada por los oídos de los hombres.

Cuando volví en mí, Mozart estaba sentado a mi lado como antes. Me dio una palmada en el hombro y dijo: “Has escuchado tu sentencia. Entonces, como ves, tendrás que aprender a escuchar más de la música inalámbrica de la vida. Te hará bien. Eres extraordinariamente pobre en dones, un pobre tonto, pero poco a poco llegarás a comprender lo que se requiere de ti. Tienes que aprender a reír. Eso se requerirá de ti. Debes aprehender el humor de la vida, su humor de horca. Pero, por supuesto, estás listo para todo en el mundo, excepto para lo que se te exigirá. Estás listo para apuñalar a las chicas hasta la muerte. Estás listo para ser ejecutado con toda solemnidad. Estarías dispuesto, sin duda, a mortificarte y azotarte durante siglos juntos. ¿No lo harías?”

“Oh, sí, listo con todo mi corazón”, grité en mi miseria.

“¡Por supuesto! Cuando se trata de algo estúpido y patético y desprovisto de humor o ingenio, eres el hombre, eres trágico. Bueno, no lo soy. No me importan un comino todos tus románticos de la expiación. ¡Querías ser ejecutado y que te cortaran la cabeza, Berserker! Por este ideal imbécil sufrirías la muerte diez veces. Estás dispuesto a morir, cobarde, pero no a vivir. ¡El diablo, pero vivirás! Te serviría de algo si fueras condenado a la más severa de las penas”.

“Oh, ¿y qué sería eso?”

“Podríamos, por ejemplo, devolverle la vida a esta chica y casarte con ella”.

“No, no debería estar listo para eso. Traería infelicidad”.

“¡Como si no hubiera suficiente infelicidad en todo lo que ya has diseñado! Sin embargo, basta de patetismo y muerte. Es hora de entrar en razón. Debes vivir y aprender a reír. Debes escuchar la música inalámbrica de la vida y reverenciar el espíritu detrás de ella y reírte del bim-bim que hay en ella. Así que ahí estás. No se te pedirá más”.

Suavemente desde detrás de los dientes apretados pregunté: “¿Y si no me someto? ¿Y si niego tu derecho, Mozart, a interferir con el lobo estepario y a entrometerte en su destino?

—Entonces —dijo Mozart con calma—, debería invitarte a fumar otro de mis encantadores cigarrillos. Y mientras hablaba y sacaba un cigarrillo del bolsillo de su chaleco y me lo ofrecía, de repente ya no era Mozart. Era mi amigo Pablo mirándome cálidamente a través de sus ojos oscuros y exóticos y como el hombre que me había enseñado a jugar al ajedrez con las pequeñas figuras como un gemelo.

“¡Pablo!” Lloré con un sobresalto convulsivo. “Pablo, ¿dónde estamos?”

-Estamos en mi Teatro Mágico -dijo con una sonrisa-, y si desea en algún momento aprender el tango o ser general o tener una conversación con Alejandro Magno, siempre está a su servicio. Pero estoy obligado a decir, Harry, que me has decepcionado un poco. Te olvidaste mucho de ti mismo. Rompiste el humor de mi pequeño teatro y trataste de hacer un desastre con él, apuñalando con cuchillos y salpicando nuestro hermoso mundo de imágenes con el barro de la realidad. Eso no fue bonito de tu parte. Espero, al menos, que lo hayas hecho por celos cuando nos viste a Hermine y a mí tirados allí. Desafortunadamente, no sabías qué hacer con esta figura. Pensé que habías aprendido mejor el juego. Bueno, lo harás mejor la próxima vez".

Cogió a Hermine, que encogió inmediatamente los dedos hasta las dimensiones de una figura de juguete, y la metió en el mismo bolsillo del chaleco del que había sacado el cigarrillo.

Su humo dulce y pesado difundía un agradable aroma. Estaba completamente agotado y listo para dormir durante un año.

Lo entendí todo. Entendí a Pablo. Entendí a Mozart, y en algún lugar detrás de mí escuché su risa espantosa. Sabía que todas las cien mil piezas del juego de la vida estaban en mi bolsillo. Un atisbo de su significado había despertado mi razón y estaba decidido a comenzar el juego de nuevo. Probaría sus torturas una vez más y me estremecería de nuevo ante su insensatez. Atravesaría no una vez más, sino a menudo, el infierno de mi ser interior.

Un día sería una mejor mano en el juego. Un día aprendería a reír. Pablo me estaba esperando, y Mozart también.

9 789358 481419

Printed at Repro India Ltd.